Naomi Ishiguro
COMMON GROUND

共有之地

[英]石黑直美 ————著
邹欢 ————译

上海译文出版社

献给本·诺布尔、我的父母，以及
——鉴于这是一本关于友谊的书——
我所有可爱的朋友

目 录

第一部　2003 年　……… 001

第二部　2012 年　……… 141

第三部　两周后　……… 283

致谢　　　　　……… 359

第一部　2003 年

1

萨里郡纽福德镇戈肖克公共绿地。此处并不算乡野中最广阔的一片地方，不过是南英格兰的一处低矮草地和绵延山丘，就像纽福德镇一样不起眼。但是，这片公共绿地也有迷人的地方，尤其在早秋下午，这片旷野清新自然，色彩纷呈，生机盎然，兔子在草丛里窜来窜去，画眉、知更鸟和乌鸫在林中歌唱。

就在这样一个下午，十三岁的斯坦利·高尔骑着自行车，沿着阿尔德肖路和戈肖克路飞驰，然后从柏油马路转到了公共绿地的草地上。他现在骑得很快。也许从没这么快过。他往前冲，一头扎进旷野的中心地带，这里没有喧闹，有一种簌簌声的宁静，而他的"隐形游隼"自行车车轮轰隆碾过地面，即便他闭着眼骑车——就像罗尔德·达尔的那个故事里一样，一个男的即便蒙眼骑车也能透视——他依然能够分辨出他的车轮正咔哒轧过草地和石块，他已经远离小镇。

在这里，他自由了。是一个自由的人。或者说是一只自由鸟，因为，去他妈的，为什么他要做个男子汉——男孩——甚至人类？他情愿做一只鸟，这样他就能整日飞翔。从上空俯瞰世界一定很怪，也很酷！尽管鸟类可能早已习惯，根本不觉得古怪或酷炫，它们可能还觉得我们在地面上走路、跑步、骑车的视角又怪又酷呢。但他的眼睛又有点泪汪汪了，眼泪不受控制地流出来，使得他那副用胶带修修补补的眼镜顺着鼻梁滑下。大概是因为冷空气或是因为他骑得太快了。大概，肯定是这样。他眨眼把眼泪撇掉，尽量不去再想，因为今天到此为止，不是吗？明天就好了，因为他终于来到了这里，有广阔的天空、树林和已经落地的秋叶——因为在这片公共绿地，没有人会在意他穿的不合身的二手校服，他终于能一个人了。而且，看！还有一只兔子呢，就在那里，往前一蹦一跳，沿着隐形游隼厚重车轮前的那段小径。小心点，小兔子！世界残酷无情，不会给你任何预警，毋庸置疑，而且如果你一直跳到自行车飞驰的小径上，你的小命必定不长。

现在，他来到一片缓坡上，调低挡位，在草地上靠惯性向前滑行，绕开兔子——祝你好运，小东西！希望你能比我更好地照顾自己！——接着再次踩动踏板，加快速度，重新调高挡位、增加阻力，这样踩起来更带劲，开始在草地上飞驰，往前冲向余晖照耀的天空，所有的色彩都混在一起，他看不清，因为他眨眼的时候眼镜往鼻梁下滑，而这副破眼镜如果被妈妈看见，她肯定会生气，但实际上早些时候，她来学校接他时根本没说什么——不说，从某种程度上，并没有让事情变得更简单，反而让人感觉更糟了。

接着，隐形游隼传来了一声不妙的咔嗒声，感觉有什么东西滑出了他的脚下，原本自由高飞的游隼摇摇欲坠——他的自行车链条脱落了，脚踏板不停转动，他变回那个十三岁的人类男孩，在他的破二手自行车上摇晃，这车子似乎骑不到十分钟就有讨厌的链条坏事。

斯坦利刹车，蹬下自行车，把游隼侧放到草地上，尽力让链条归位。可该死的它僵硬得很，不像平常那样能装上去。他告诉他妈妈他会在家乖乖待着，看书、吃她给的土豆圈零食，这样她就能小睡一会儿，而现在他的手指上、牛仔裤上都是机油，他想都没想就把愚蠢的双手抹在牛仔裤上，现在好了，他得脏兮兮地回家，自行车还坏了——她会以为是他把车弄坏了，因为他先前没有告诉她链条的事。因为游隼是她送的生日礼物，他下意识地觉得不该告诉她链条的事，不想在那时候扫兴。

当然，他回去的时候已经晚了，毫无疑问，因为她向来只睡半小时，如果她很累则至多四十分钟，但她今晚上夜班，不是吗？所以很可能她十分钟内就会醒，而走回家不止十分钟，也就是说，他来不及赶回家清理干净，把这辆破车藏起来不让她看到。她会看到他全身机油，很可能牛仔裤就此报废，而且在尝试修链条但没成功后，现在他的手指也在疼，他的身上也在疼，因为之前在操场上经历的一切，他今天真倒霉，他要是住在纳尼亚、霍格沃茨或者其他任何地方，只要不是纽福德就好了——就在这些事之后，现在又来了一只兔子，它定住不动，盯着他。你想要什么，小家伙？我跪着，就在这里跪着，在草地上。可以吗？还是说我跪着的这片草地你特别喜欢？你想让我挪开吗？

兔子抽动脑袋，眼睛闪烁着看向斯坦利身后，接着转身跳走了，这时他听到另一辆自行车从他的身后靠近。听声音，这辆车没他的车锈，骑行要顺畅得多——为什么他的车又油又锈？然后他听到刹车声，转过头，看到一个年纪比他大的男孩，他穿着摩托车夹克，戴着护具和其他的一身行头。他还戴着墨镜，梳油亮的背头，戴着耳机，斯坦利可以听到耳机里轰鸣的金属乐。斯坦利甚至认不出这是哪一款自行车，因为车身被喷涂成黑色和绿色——或许是这个年纪比较大的男孩自己喷涂的，鉴于喷涂的手艺一塌糊涂。但这个男孩究竟几岁？他看上去十六七岁，可能……但接着他抬起墨镜，把它推到头上，斯坦利开始觉得他或许没有十六七岁。男孩摘下耳机,手插进夹克口袋,拿出一台闪亮的随身听,把音乐暂停。

"你还好吧,朋友?"他问道,一边小心地把随身听和耳机放回口袋,一边皱眉看着斯坦利,仿佛他是躺在路边的一朵奇葩——从某种程度上,他的确是。"你经常和兔子聊天?你的眼镜怎么了?"

当然——当然了,这个男孩会取笑他。那种恶心的刺痛感再次在斯坦利的眼中出现,他张嘴想说话,但发现自己已经失去了开口组织语句的能力。就和在学校时一样,但还有一种陌生的感觉,不似以前他在戈肖克公共绿地总是觉得很自由,来去自如,不会有人找茬。

"别紧张,朋友。"年纪大点的男孩坐在自行车上说道,现在他跳下车,把车放倒在草地上,就在斯坦利的车旁边,"我就是随口问问。"

他的口音和这里的人不太一样,斯坦利随后注意到。他的口音里有其他地方的、远方的东西,来自自视甚高又恶毒的纽福德之外。或许来自某处,让他有点想起了电视剧《加冕街》。

"对了,我叫查理。"这个大男孩说,"需要帮忙吗?"

查理一边弄链条,一边聊天。"不用跟我客气。"查理说道,"你看,我刚下班,也不知道要干吗。我是说,这地方有点古怪,纽福德。搬过来前,我以为这里很热闹。至少我弟弟是这么跟我说的。不过我觉得他是想骗我回来才这么说的,因为我离开这里有段时间了——哎呀你的链条一塌糊涂,朋友,你知道吗?"

一开始,斯坦利觉得被冒犯了,很尴尬,因为很明显他修不好自己的自行车,还因为刚才的片刻安宁被彻底打断而觉得烦躁。他很想告诉查理别管闲事,别来烦他,他以为自己是谁?莽撞地过来，自说自话地插手，让人注意到他的车很破、他很没用？不过话说回来，查理并没有笑话他。实际上，他看上去根本没这意思。而且，真的，斯坦利仔细想想，他可能还挺善良，愿意帮忙。他人还不错，实际上，似乎没有犹豫就下了自己的自行车，在骑行途中停下，跪在潮湿的草地上，似乎也丝毫不介意两手沾到了机油。

不止如此，斯坦利还莫名感谢他的健谈。斯坦利不爱说话。他通常会安静地盯着人看——看得人不自在，妈妈这么说过。他不是故意要这样。情况是无论他多想说些话，不知怎地就是说不好。他从不觉得说话是简单的事，每次他想好好说，每次他强迫自己说些什么，结果说出来的话都很奇怪，任何住在他大脑之外的人都难以理解。

就像第一天上学那样，第一天在圣雷金纳德学校，现在感觉已是几个世纪前的事了——就像他已经在那里待了一辈子，而且过得并不好——但其实只过了几周而已。他们在班级里轮流说自己长大后想做什么，每个人说的东西都让其他人点头、提问，老师则把他们说的写在黑板上——警察、室内设计师、歌手、演员、舞者，再普通不过的东西，但他现在复述不出他们说的具体内容，但是——他说开了去，说自己想要成为《魔戒》里的梅里或皮聘，他觉得自己在开玩笑，但肯尼迪老师带着一副那种神情问他"为什么"，好像他是当真的而且她很担心，接着班上的其他人当然都盯着他。开始盯着他这个新来的拿奖学金的人。这个穿着傻里傻气、不合身的二手校服的人，一直被自己为了"成长空间"而买大的鞋子绊倒的人。斯坦利觉得自己动弹不得，无法说话，甚至无法蹦出两三个词，以最简单的方式来解释自己的意思，甚至无法找到他的声带，随口说一句"开个玩笑"。接下来的整节课，他都处于那种状态，沉默地坐着，与此同时其他所有人都在鄙视他，觉得他很古怪。长话短说，然后，查理这么轻松地和他交谈，这种感觉很好，仿佛他甚至没注意到斯坦利正艰难地想着如何合理回复。

"我刚搬到这里，从我爸那里搬过来。"查理正在说，"或者说，我其实没跟我爸生活在一起，只是在他那儿暂住几天，然后我家里其他人之前都在其他地方，我上次住这儿的时候还是个小孩。所以我想说的是，我在这里认识的人没几个——除了我的家人，当然，还有我工作地方的同事……"

查理终于把链条归位。他不仅年纪更大——虽然第一眼看他个子不高，而且他穿着巨大的皮夹克，看上去有点瘦——很明显他力气也更大。属于那类举重、攀爬、击打各方面斯坦利都难以企及的精瘦的人。查理跪坐在脚后跟上，把手上的机油抹到牛仔裤上——似乎不在意把自己弄脏。

"不过重点是，"他继续道，看向草坪一头的几棵树，"即便我只在一个地方待几个月，我还是希望了解这个地方。你知道的，这个地方的历史。它意味着什么、为什么它会存在。所有曾在这里生活的人，他们搞建设，生儿育女，在我们还没有开始呼吸的时候死去，你知道吗？"查理盯着那几棵树看了会儿，接着向地上的游隼点点头。

"你的车修好了。"他说道。

斯坦利张嘴，不禁慌乱了一下，咳了一声，终于憋出一句："谢谢。"

"你叫什么来着？"

"斯坦利。斯坦。"

"应该叫哪个？"

"斯坦吧。如果你愿意。"

查理站起来,再次跨上他自己的自行车。"很高兴认识你,斯坦。"他说道。

"等等。"斯坦说道,说得太快了,他自己都诧异了,难道他不正在等查理离开,这样他就能放松下来,一个人,不用担心让局面变得尴尬吗?

但查理停了下来,看着他,双手插在衣袋中。毫无疑问,在等待斯坦吐出他要说的话,然后他就能上路了。

"所以,你是曼彻斯特来的?"斯坦问他,主要就是想说点什么。

"不算啦。"查理说道,"我爸是曼城的。我跟他住了快一年。或者说一起过了春天和夏天,这么说更准确,我想。但我就是这附近的人,不是纽福德人。就是这样。"

"你是哪个学校的?"他问查理。

"我不上学。"

"啊……怎么会?每个人都要上学啊?你爸妈不送你去学校?"

"没啦,"查理的手往口袋深处伸,"没再上了。"他打量斯坦利,"你有点怪怪的,是不是?"

那句话本应很伤人。斯坦利知道自己本应感到难过。但他笑了,他自己也很惊讶。"那你呢?"他反问,这三个字在他脑袋里听上去很奇怪,就像他听到自己的声音从别处发出回响,来自一个遥远的、与他分离的地方。"你自己也不怎么正常。"他说道。

查理大笑。"好的,"他说道,"我喜欢这样。你看,我总是忍不住想,在这样的小镇上,如果别人认为你很正常,那也肯定意味着你很无聊。我没有恶意,如果你从小在这里长大。你是在这里长大的吗？"

斯坦利点头。

"总归有本地人。"查理说道，"不过，这也有好处。我一直很喜欢舒服的公共绿地。你知道这里的历史吗，斯坦？"

斯坦摇头。

"我也不知道，说实话，不清楚。但关键是，就是说，公共绿地的关键是，这个叫法意味着它们是公有土地，你知道吗？它们依然是公有的，至少从某种程度上。这地方属于我们，属于所有人。我们和其他人一样都有权在这里。"

"我从来不知道这个。"斯坦说道。

"好的，好吧，现在你知道了。你想上历史课的时候就来找我。"查理拾起他的自行车，跨上车座，"不说了，我得走了。有事情要做。我肯定我会跟你再见的。"

"你住哪里？"斯坦问道。

"我在拳击馆工作。就在那里。"查理的头向后一点，指向公共绿地那边，"工作挺累的，但可以在星期天免费使用场馆，所以倒也不算最糟。"

然后，他走了，骑着车沿着小径离开，只留斯坦在原地眨眼消化刚刚发生的事，和查理这样的人聊了很久，他年纪更大，也明显更酷，日常的社交原则和学校里的等级制度从某种程度上消失了。

然后，当然，他回过神来，再次想到在家里的妈妈——她应该已经起床，不知道他去了哪里——然后，当然，还有他牛仔裤上的机油，眼镜上的胶带，肋骨处的淤青，藏在长袖毛衣下的手肘上的擦伤。他目送查理离开，对方现在成了远处一个不断缩小的人影，在他宽大的外套中显得那么不起眼，弓背握住把手。犹豫片刻后——

"谢谢你修好了我的车。"斯坦在查理身后的小径上喊道。

他甚至不确定查理是否听到了,他的声音是否够响、能传到远处的查理那边。正当他要转身回家时,查理伸出一只手,挥了挥。

2

之后,在厨房发出嗡嗡声的昏暗灯光下,斯坦利坐在海伦也就是他的妈妈对面,叉起一整坨的芝士焗通心粉往嘴里送,一边思考查理在公共绿地说的话。

"我在拳击馆工作。就在那里。"

现在一想,查理似乎就是他想象中喜欢打拳击的人。不是说他看上去流里流气的这种。完全不是。就是……无畏。权威。有能力。

接着,斯坦利分神了,因为海伦一边翻过她在桌上打开的杂志的一页,一边叹气。他看着她揉揉眼睛。几缕浅棕色头发从她的马尾辫中散落出来,搭在她脸上,不过她似乎没注意到。对她而言,她正在吃的是早饭。每次上夜班前都会吃上这么一顿。一个芝士三明治、一杯咖啡,咖啡闻起来太香了,他总是会缠着她给他也来一杯。当然,她从来不允许,说他喝了会精神亢奋,睡不着觉——他不相信,因为她喝那么多,还总是睡不醒的样子。不过,有时候,如果她心情好,她会让他啜一口,尽管最后那苦涩的味道让他大失所望,但他依然觉得这是一种奖励,一场小小的胜利,因为他说服了她,尽管只有那么一会儿,说她让他体验成年人的生活。

他现在从餐盘上黏糊糊的食物中抬起头来,看着餐桌对面的她咀嚼三明治的一个角，慢吞吞地，然后她又揉揉眼，仍旧垂眼对着杂志，杂志上满版的海边度假区照片。他决定今晚不再要咖啡喝了。今晚的氛围感觉不太对劲。

"妈妈，"他发现自己正说道，"你知道街角的拳击馆吗？公共绿地再过去一点？"

一道轻微的折痕出现在她的眉毛之间，他知道现在大概不是提问的好时候，他最好闭嘴，保持安静，让她上班前享片刻安宁，但话还是忍不住倾泻而出。

"爸爸以前打拳击，对不对？在我这么大的时候？"斯坦利说道。

海伦放下三明治，咬住嘴唇。"比你再大点。"她说道，"怎么在想这件事，斯坦利？"

当然，他现在大概把事情搞砸了。她总是说只要他想，她随时都能跟他说说爸爸的事，但他每尝试一次，就失败一次，他知道。他耸耸肩，继续埋头吃，大口吃通心粉，把愧疚的感觉也一起吃掉。

在海伦把屋子里的大部分旧照片打包放到阁楼上去前，有一张爸爸的照片，就在壁炉上的几张照片的最后排。现在想想有点奇怪，爸爸还在这里时，斯坦利竟然从没问过他这件事。对于这张照片就和其他家里的物件一样，他习以为常，从不好奇它们背后的故事。他发现，很多东西都是这样。有时候，他感觉每天都能看到一样新的物件，一件他从没问过爸爸的新东西。总之，在这张照片里，爸爸戴着拳击手套，脖子上挂着一枚奖牌，他在微笑。最重要的是，他看上去很年轻，跟他一样就是个男孩子，神采奕奕，现在想来，这对斯坦利而言几乎难以置信，这张照片真的存在，照片捕捉的这个人跟在医院苦熬几周后他最终与之道别

共有之地 | 013

的竟是同一个人。

"他在纽福德拿过第一,是吗?"他问海伦。

她拨开脸上的头发,微笑,但她并没有因此看上去更开心。"纽福德第三,亲爱的,"她说道,"不过已经过去很久了。"

接着,玄关处的闹钟响了,告诉二人她该去上班了。她走去拿挂在门边挂钩上的东西,斯坦利跟着她。她总是不得不出门。总是不得不工作。

"对不起。"他在门框下对她说,而她则把笔和笔记本放进包里。

海伦只是耸耸肩,然后转过身,扣好外套的纽扣。"你想念他,"她说道,"没必要为这个道歉。"接着,她的声音突然变得明亮、正式,以斯坦利觉得她在工作时对病人会用到的平淡友善又精神的声音对他说——"今晚你要做什么?有什么好看的电视节目吗?"

"我想我就继续看书吧,"他说道,"正在看一本希腊罗马神话的书。很好看。"

她听了露出微笑,笑意十足。甚至还过来想给他一个拥抱,虽然他扭动身体避开她,但他还是挺高兴的。

"你怎么那么聪明?"她说道。

"妈妈,"他抱怨道,"别这样。"

自从外婆给他报上了圣雷金纳德十三岁以上奖学金的考试,而且他真的考过后,海伦时不时会这样。每次说到学校、作业,甚至仅仅是书本,她就会这样,肉麻得很,让人觉得古怪又尴尬。想到她可能又会抓住他拥抱,他再次后退,她的笑容退去了些许,突然看上去很伤心。

"我真为你骄傲,斯坦利。"她说道,"你知道的,对吧?"

斯坦利点头，不知道该说什么。

然后，海伦把外套的衣摆扯扯紧，开门挥手致意，径直走进八月夜晚的寒意，往医院去了。

*

他试着看书，他真的努力过了。他的确也很想看书。他喜欢看书，大家都知道，而且他说喜欢这本书也不是在骗人。他当然很喜欢。他正在读弥诺陶洛斯的故事，弥诺陶洛斯太精彩了。那么又是出于什么原因，在他清理完餐盘、洗好锅子、擦干净桌子后，他上楼去到自己的房间，坐在床上，把被子往上拉到下巴处，又把眼镜往鼻子上推了推——为什么在这种环境中，在一天的折腾后本应是平静、怡人、舒适的，他似乎还是坐不住呢？

他扭来扭去，就是找不到让自己舒服的姿势。仿佛他的四肢突然变长或更笨拙了，就是难以操控，他也不知道怎么把它们交叠起来或是调整好，以适应它们所处的小小空间。接着，当他想好好看书时，他不知怎的就是无法集中精力阅读文字，再次想到今天在学校的事，还有一周前的事，再是几周前、几个月前、几年前的事，无法集中。而且每隔五秒他就得调整一下眼镜，当然不可能好好看书。

同一个段落他读了三遍，读到页末，他发现自己根本没注意上文，他读不通。而现在，他盖着羽绒被觉得太热了，他觉得自己像个小孩被掖进了被窝，而现在连八点都没到。天甚至还没黑。

他扯掉被子，下楼。他在厨房来回走了一阵，但发现空间太小了，他总是险些撞到东西，走到哪里都得小心翼翼。他想强迫自己坐下来，冷静下来，做几次深呼吸，或者干脆打开电视。他不知道电视上在放什么。《邻居》或《流行金曲》，可能吧。学校

共有之地 | 015

里别人总是谈论的那些节目。他拿起遥控器,盯着它看了一会儿。然后他又放下,推上他的自行车,出门了。

去哪儿呢,斯坦?去哪儿?自己一个人这样出门感觉很怪,下午茶后,暮色中,凭自己的主意。好像他不守规矩,但他并没有,真的没有。妈妈从来没说他不能出门,他只是从没出过门,就是这样。但他要去哪儿呢,骑着刚修好的车在安静的街道上咔哒晃荡?在公共绿地碰到的查理那类人会去哪儿,如果他晚上要出门透透气?这当然是查理这样的人常做的事,很简单,根本不会多想。斯坦沿着伍德赛德巷骑。所有的绿篱和与之搭配的房屋——带轮垃圾箱和铁丝花园围栏、红砖、打磨抛光的白色大门、窗框。

"在这样的小镇上,如果别人认为你很正常,那也肯定意味着你很无聊。"查理这么说过,不是吗?他说得对吗?现在他环顾小镇,觉得这似乎并非不可能。毕竟,斯坦路过的一切看上去都一模一样。维护得当,挂着纱帘,整洁有序。所有的前院都种一样的花,没有人把门漆成不同的颜色,连垃圾箱都没有任何点缀。想到这里,他和妈妈也没有——这意味着什么?这究竟是否有意义?

继续沿着伍德赛德巷骑,房屋在他的右侧渐渐消失,路边出现了树木或者说修剪整齐的绿篱,绿篱后才是树林……哦,但纽福德还不错。查理知道些什么呢?曼彻斯特真的比这里好很多吗?他在福克斯布洛路转向了——这个路名多好,福克斯布洛路,他打赌曼彻斯特可没福克斯布洛路。在那之前,查理住在哪里?他在哪里长大?他没有明确说,不是吗?他的足迹遍布各地。与房子风格一致的屋顶在斯坦所在的两边排列,扎实地、静静地立于仍旧微亮的天空下,从屋顶后方能看到林子里的树影,斯坦突然想到了《大富翁》里的房子，想到如果你缩到蚂蚁大小的话，在游戏盘上四处爬行的感觉。

他转到小路上，加速，更快速地骑过安静沉睡的街道，穿过住宅区，他穿过斯贝尔曼街上——如果他说自己不过是在晃荡，不知道要去哪儿，锁上大门后转身的那一刻或合上希腊神话、下床的那一刻，他并没有什么打算，那就是自欺欺人。拳击馆才是目的地，当然是因为那是查理会去的地方。

他用力踩踏板，然后在长弧形的路上靠惯性滑行，直到一排排的房子突然断开，变得空旷，然后到了，就在前方，窗上的灯隔着空荡荡的停车场向他闪烁——一大片平房，每面墙都是深浅不一的灰色。他滑行到那里，然后刹车。

他能听到里面传来的声音。男性的声音，在喊叫、大笑。听上去在说笑。他在这里听不清里面在说什么，但听到了有节奏的声音。声音会间歇性地弱下去，只剩一道单一的声响，然后突然又爆出笑声和喊声，大家又重新开始交谈。查理也在其中吗？斯坦听得更仔细了，想分辨出他的声音。高大的影子在窗户中移动，在百叶帘后。然后，建筑一角的灯灭了，越来越多的灯灭了，黑暗向内蔓延，占据整片空间——又然后，大门甩开，两个高个男孩大步穿过停车场，他们背着大背包，头发汗湿，运动服的拉链拉上，抵御夜里的寒气。斯坦能看到他们交谈时呼出的气。

"跟那个没关系，"其中一个人说道，"如果他继续这样，那就完了，他就完了，我保证……"

他们比斯坦年纪大，很明显。个头也更大。但他还是忍不住惊讶，或许是因为他们年纪还很轻。惊讶，甚至说失望。他原以为能见到成年男性，走出来的会是身上带伤、鼻青脸肿、鲜血直流的男人。而不是这样的男孩——普普通通的，跟学校里的学生无异，现在这时候很可能要回家喝下午茶，然后做数学作业，第二天一早再坐校车。

斯坦站在自行车踏板上，开始慢慢地绕圈骑，重新转至来时的方向，他虽然一边仍旧注意着拳击馆的大门，但带着点"我不该来这里"的感觉。"这不是我该待的地方。"这时又有一群男孩子出来，他认出了其中一人。是查理，当然，一股胜利的欣喜冲了上来，因为他准确猜到了查理会在哪儿，而且如果公共绿地上的对话不算瞎吹，在他不确定是否能再见到查理的情况下，竟这么轻易就找到了他。

查理在这里很自在，和这些人其乐融融。他肩上背了一个背包，和其他人一样穿运动服，正在卷烟。卷纸舔得十分自然，那个动作，好像他已做过百遍——他很可能的确已做过百遍——别人说了什么，他笑了。

来这里是个错误。斯坦现在意识到了。他不能让查理看到他这样，像个可悲的跟踪狂，在查理工作的地方外面等待。他为什么要来？这么做真奇怪——甚至真他妈诡异。但他不是有意要这么做的。他只是好奇，或许——或许还有些期待？期待他可能碰巧发现一个地方——虽然它就在千篇一律的房子和街道的一角，给他在近来变得像迷宫一样的生活一点后退的空间，跳出家中难以名状的忧郁和学校日常的斗争。他可以到这里感受和查理在公共绿地上那十分钟的感觉——仿佛他就和其他人一样，有充分的权利待在这里，享受他占据的这片空间。

但是，他在骗谁呢？这地方和其他地方没什么差别——甚至更糟，因为是打拳击的，妈妈恨拳击——或者说，她对拳击的反应很奇怪，只要是让她想起爸爸的事，她都会有这种奇怪的反应。他在做什么？他知道她一定会不高兴，但他还在这里寻找新世界？

他根本不需要寻找新世界。这里是纽福德，不是纳尼亚。这里不存在新世界这种东西。他现在该回家，在进入任何一个新世界前回家。他该回到床上看书，这样他跟妈妈说他今晚打算看书就不算骗她，她当时看上去那么自豪，而且……那是什么神情呢？她离家前的那副神情？

他向下踩踏板，骑入黑夜，就在这时他听到背后有人说话——响亮，自信，带点北方口音。

"喂，斯坦，是你吗？"

然后传来更多人的声音……但他已经上路了，听不到他们在说什么。

3

第二天又在校车上开始了。你以为他们会让他先醒醒,花一分钟时间消化他的早饭,给他一丁点儿机会。他们难道不需要醒神吗?他们难道不是人类吗?还是说,他们每天都愤怒地睁眼,眼皮后面烙着斯坦利·高尔的名字?或许整个世界就像一个天大的谎言,就像妈妈非常喜欢看的那部电影,叫什么来着?金·凯利出演的。《楚门的世界》。是的,或许世界就是那样,而他就是楚门,只不过这不是电视节目,这是一场实验,测试他能够承受多少狗屎,赫胥黎·爱德华兹和他的两个跟班根本不算人,是机器人,他们编程中的唯一指令是尽可能地让他痛苦。

啊,可能那纯属胡思乱想。那至少意味着他有一点点重要。这些男孩子在看不到他时,很可能从没想到过他。他真希望自己能以同样的态度对待他们——他真希望当他们不在他面前时,他能禁止他们进入他的大脑,阻止他们每时每刻地影响他的行为和思想,不仅在学校,而是每时每刻,如果有一天他没来学校,他们可能根本不会注意到,他们不过是在眼睛一眨、看到他时,突然想起他有多么讨厌,觉得有必要采取行动。可能就是因为这样,在校车上就开始了,在早晨不留喘息的余地——他们看到他,想到了,必须行动。而他那天坐在后排,一切行事都是为了保持低调。他甚至还戴了帽子。或许问题出在帽子上。

他们三人挤过来，坐到他边上的座位上，其他孩子给他们让路、腾空间，艾迪·弗兰克斯跟萨拉米香肠似的傻脸一下子更红了，赫胥黎·爱德华兹却更苍白了，他的眼睛更亮了。

"帽子真不错。"赫胥黎说道。

问题绝对出在这顶帽子上。

"你哪里找来的？"

"随便找的。"斯坦闷声道，把帽檐拉低，遮住眼睛。

"这是什么意思，斯坦利？学校里没教过你讲话闷声闷气很不礼貌吗？"

斯坦耸耸肩，意识到尽管他有决心去抵抗、不让这三人得逞，但他现在还是在退让，把自己逼进座位和车窗之间的狭小空间中。

"所以，这顶帽子，斯坦利。这不是你的帽子，我理解得对吗？是你偷的？这就是你在乡下学校学到的？偷东西？"

"这是我爸爸的。"斯坦利不知为何说了个谎——而且他不知道自己为什么要那样说。就是自然而然说了出来。

"什么？我告诉过你，讲话大声点，不是吗？"

"这是我爸爸的。"斯坦再次说道。这一次，他的声音出乎他意料地响亮，从赫胥黎的面部表情看，他能看出来他做到了。斯坦很快抬头瞟了眼前方的两排座位。其他所有孩子都坐着，穿着校服，那么安静，那么乖巧，假装无事发生。

"啊，"赫胥黎看了看身边的两个跟班，好像三人就某件要事达成共识般点了点头，"如果说有什么事我无法忍受的话，那就是骗子。你不必骗我们，斯坦利。你想跟谁吹牛呢？我们都知道你没爸。"

"我有。"斯坦忍不住反驳道，尽管他知道这么做很傻，闭嘴、低头直到赫胥黎这一帮人觉得无聊了、走开了，这才是明智

共有之地 | 021

的做法。但事实是,他的确有爸爸,当然了。就算他爸爸不在了,那也并不意味着他不存在。这是两码事。而且,有必要澄清这一点,无论如何。

癌症的事,斯坦并没有告诉学校里的人。并不是刻意不说,而是学校里似乎没有值得信赖的人。要完全回避父亲的话题很难,尤其是大家常聊爸爸的职业,所以斯坦发现自己经常回避这种问题——这件事,当然,赫胥黎很快就察觉到,并且来找他茬了。

赫胥黎大笑,他的朋友也跟着笑,三人当着斯坦的面笑话他刚才说的话。尽管斯坦知道他们的反应不会好到哪去,但他还是被刺痛了,很难过,他们笑话的事正是对他而言最可怕的经历,他不得不面对的最大的痛。

"真的吗,斯坦利?"赫胥黎继续说,在做作的大笑间隙喘了口气,"你的衣服是他帮忙挑的?"

他们又开始笑了,当然。斯坦再次困惑,为什么尼尔或艾迪从不说话?至少换个人来挑事,也不至于总是这么千篇一律。他们比赫胥黎高大,可为什么他们似乎受他的掌控?他们就像一支歌队,希腊戏剧里的剧情说明人,就像他看的那本书里那样,在赫胥黎背后制造声响,支持他所做的一切。赫胥黎正朝他伸手,要抓住斯坦的帽子——这不过是他在妈妈的橱柜底部翻出来的一顶棒球帽,正面绣了一条鱼或海豚或其他什么东西。赫胥黎把帽子从斯坦头上拽走,然后帽子在他手指上一转,他仔细看了看帽子正面。

"拯救鲸鱼。"赫胥黎说道。

"什么?"斯坦说道。

"你爸爸是拥抱大树的嬉皮士吗?"

"没明白。"

"拯救鲸鱼，我刚说。"赫胥黎说道，"天啊，斯坦利，你别告诉我你整天在外面走来走去，头上顶着一串文字，你甚至都没想过检查一下，看看上面写了什么？这可不太聪明啊，虽然你读了那么多书，是不是，斯坦利？不是很聪明。"他把帽子递给艾迪，斯坦开始对拿回帽子这件事不抱希望。"实际上，斯坦利，你能不能告诉我，你是怎么一回事。因为你刚来学校那会儿，我确定你是有特别之处的。尽管你看上去不怎么灵光，我告诉自己你不可能完全是个废物，要不然他们不会让你进来。不过现在，我不得不承认，我开始质疑这一点了。"

斯坦发现自己想不到任何话，任何反驳的话，现在没有帽子遮盖的他觉得更加暴露了。

"看啊，"尼尔说道，"真是个厌货。"

斯坦感到内心有什么东西崩塌了，不由自主地，眼睛开始闪光。

"尽管我不得不说，"赫胥黎继续道，"你妈妈看上去还算正常。我是说，如果她好好保养，看上去会更体面。不过，你这么大了，她生你的时候很年轻吧？她是你的亲妈吗？或者，青少年时期就怀孕了？"

那句话让他们仨都笑出了声，赫胥黎、艾迪和尼尔，斯坦可以看到车上离得更远的几个人也开始笑，直到现在，他们才选择支持哪一方。接着，赫胥黎再次向前伸出手，往斯坦的面部去。斯坦退缩。赫胥黎咧嘴一笑。接着，他动作轻松、淡定、毫不理亏地，且近乎轻柔地，拿走了斯坦的眼镜。

"我给你保管一会儿。"他说道，一边开始揭开碎裂镜框处的胶带。

斯坦知道，他不能听之任之。他必须说些什么、做些什么。

不管怎样，眼镜很贵，比那顶愚蠢的棒球帽重要多了。如果是他爸爸面对这种情况，他会怎么做呢？如果是在拳击馆工作、在公共绿地上认识的查理，他会怎么做呢？

现在，似乎所有人都在嘲笑他。所有坐在他周围的孩子。赫胥黎把胶带撕完了，车也正好在教堂街转弯，在校门口停下。他抓住碎成两半的眼镜，塞进自己的外套口袋里，然后动作干脆利落地把胶带扔到地上。

"课间休息见。"他说道，一边站起来，示意他的两个朋友跟上，"别不高兴啊，厌货。如果我心情好，我可能会还给你的。"

赫胥黎又一次朝他弯腰，装出要拍斯坦肩膀的样子——在斯坦反应过来或者说意识到往后退之前，他就被狠狠推了一把，推向他前面的椅背。他下意识地把脑袋往后缩，然后太阳穴处被重重一击，疼痛传遍整个头骨和眼睛，他一边振作起来，眨眼、摇晃脑袋，没了眼镜，他的眼前模糊一片。

他终于坐直了，正巧看到他们仨走开了，感谢上帝，他们沿着走道，和往常一样第一个下车。虽然没了眼镜，无法看清细节的东西，比如车上他身边其他人的面部表情，但斯坦利还是足以看出每个人都避免看他，伸手去拿书包和外套，他们望向别处，这样就不会突然和他对视上。

没了眼镜，他几乎看不清窗外的东西。现在几英尺外的东西看上去真的很模糊，边缘柔化。他回家后还得跟妈妈解释为什么帽子不见了。不过，她会注意到吗？她上完夜班后总是很累。她总是太累，就是这样。他在座位上来回换脚，等着其他人都挤过去，他们在走道上挤来挤去，走下台阶，走到人行道上，穿过大门。不管怎样，司机还是在他经过时点点头。所有的司机都认识斯坦。他总是最后一个下车的。

4

赫胥黎没有还他眼镜。就斯坦所知，两片碎片还在他的外套口袋里。他很可能再也见不到它们了。或者赫胥黎会在还给他前对眼镜做出可怕的事。仅仅因为赫胥黎的爸爸在伦敦是大人物，就是这样。仅仅因为赫胥黎的爸爸身穿干洗的西装，有三辆不一样的汽车，根据他的心情选开哪辆，还在特维克纳姆体育场有个狗屁包厢，赫胥黎和他的傻瓜朋友可以去看橄榄球赛，配上香槟、牡蛎或者其他东西。那个包厢很可能是赫胥黎能交上朋友的唯一理由，总不可能是因为他热情大方吧，可能吗？

斯坦坐在海伦旁边，怒气冲冲地往车窗外瞪视。她来接他时总是迟到，至少这样赫胥黎和其他人就不会有机会嘲笑他像个六岁小孩一样被妈妈接回家。现在，他看见她后能够明白赫胥黎说的话——"如果她好好保养。"她的头发乱成一团，每天都往后梳成同样的马尾，穿同样的灰色旧短裙、上班穿的破旧鞋子，眼睛下方的眼袋大得像撞到哪儿了一样。他不记得上次他看到她穿漂亮衣服、化妆是什么时候……哦，这么想实在不好。他现在在做什么，就这么让赫胥黎惹他不快？他的妈妈认真工作，就是这样。这是值得骄傲的事——在医院里帮助他人、照料他人，还得一个人操持家务，每个人都这么说，尽管她并不是一个人，他也在，不是吗？他为她感到骄傲，他当然为她感到骄傲。每个人都说他应该如此。只不过，他有时会对此感到厌烦。他对一切感到厌烦，止不住地希望要是有些时候，他的生活可以和其他人的一样就好了。

如果他不能拥有那样的生活，那么或许她至少可以就他眼镜不见了一事说几句话？因为他看出来她发现了。她在大门口向他走来的那一刻，他就看到了她的神情——失望，放弃。他不会去提眼镜的事，因为他该怎么解释呢？他怎么能告诉她发生了什么？不可能。尤其在他们那番针对她和爸爸的刻薄之语后。但他还是需要一副新眼镜，不是吗？他不能就这样过下去，看不清五英尺外人们的面部表情，学校黑板看过去一片模糊，今天就已经有了两次麻烦……尽管至少那意味着他很可能会退步，成绩下降，也许这会让赫胥黎少一个来惹他的理由，他这个穿二手校服的新来的学生，傻里傻气地表现出一副热爱学习的书呆子的模样——这是在学校里最不酷的事了。

他现在无法再问她要一副新眼镜，直接说出来，就那样说出口，不是吗？在她特意提出来之前不能。那样会很奇怪，近乎令人窘迫。还有，他最近问她讨东西时觉得羞愧，因为她看上去总是那么憔悴、赶时间、疲劳。全因为她工作太努力了，他知道。她工作那么努力，而他现在连一副小小的眼镜都保管不好。她内心至少有一部分是这么想的。

他们转进东街，在房子外靠边停车。海伦下车，一句话没说，用力把门关上。是的，她绝对在这么想。她这么想也没错，不是吗，说真的？他为什么没有反抗赫胥黎？或者至少阻止他拿走眼镜？

直到他上楼进了他的房间，换下校服准备喝下午茶——他解开领口的扣子、剥下粗糙的灰色长袜，感觉变轻了——这时，他才看到他的衬衫背后写的东西,他穿了一整天。课间休息时他们在操场上扭打了一阵,他们都在抓他、推他,玩那顶傻兮兮的帽子——赫胥黎或尼尔或艾迪,总之他们中的一个扣下了帽子——不错,很好的解脱,他恨那顶傻里傻气的帽子——但他怎么没注意到他的背上写了字?"鼻孔",写得歪歪扭扭,一摊一摊的蓝色钢笔墨水写的。好吧,去你妈的。"你整天在外面走来走去,头上顶着一串文字,你甚至都没想过检查一下,看看上面写了什么。"这说得也算在理。有一种对称性。至少妈妈没发现。或者她也在刻意忽视?肯定不是。但他现在该做什么,怎么洗?他该怎么把墨水去掉,不让她发现?

他把衣服塞到床垫下面,穿上他的牛仔裤和套头衫,跑下楼,推上他的自行车,再次走出前门,没有对海伦说一句话。他无法面对。无法想象他们俩坐在厨房里喝各自的茶,因为像赫胥黎那样的人渣而为彼此感到羞愧,但他们对彼此的感受应该是羞愧的反面——或者说应该是他对她的感受的反面。

他蹬着踏板离家,转进阿尔德肖路、戈肖克路——大富翁式的房子和银色掀背车看过去一片模糊,因为他看不清的眼睛和没有阻止别人拿他眼镜的无能……但没关系,一片模糊其实不错,边边角角更柔和了,一切都看上去少了一分真实。他蹬得更快,越来越快,直到他来到公共绿地,有草地、有树木、有成片的林地和天空,没有人会说他没有权利享受,他没有资格来这里。

*

下午朦胧的太阳正从山顶下沉,也就是说,斯坦躺在草地上应该近一小时了,他原本很累、很烦躁,但小径上的自行车轮声将他惊醒。

共有之地 | 027

他从草地上坐起来，吹走脸上的草屑——伸出一只手撑住自己，不小心把手按到了他的自行车踏板上，他忘了车就在边上，过于用力地一压，痛得叫出了声。他正在查看他的手掌伤得如何，这时查理在他边上刹了车。

"嘿，怎么了，"他说道，"你没事吧？"

"没事，只是——我想我刚才走神了，一只手在这里猛撑了一下，然后，算了。我没事，没关系。"

"我以为你摔倒了。"查理说道。

"没有啦。"查理说道，"我车骑得没那么烂。即便是在我没戴眼镜的情况下。"

"难怪，我觉得你看上去不一样了。"查理说道，"眼镜丢了还是怎么的？"

"差不多吧。"斯坦说道。他揉揉眼，想让视线稍微清晰些。但搞笑的是，不戴眼镜反而更容易和人说话，或许，当一切都有点模糊、有点距离时。

"昨晚我是不是看到你了？"查理问道，"你路过了拳击馆？在斯贝尔曼街上？"

斯坦呆视了一分钟，在想怎么说才能显得不那么变态。然后他眨眨眼，说"是啊"——因为那是真话。

"我在你身后喊你，"查理说道，"你没听到吗？"

"我听到了。"斯坦说道。

"不想打招呼？"

"不太想。"斯坦说道。

"我帮你修了车，也不打招呼吗？"

斯坦耸耸肩。

"哦。不客气。"查理说道。

"没关系。"斯坦说道。

查理大笑。接着他下车,把车放到路边,在斯坦边上,然后过来直接坐到他对面的草地上,这让斯坦彻底震惊了。斯坦不知道要说什么。他坐直了些,发现这个秋天的下午暖和了些,太阳的余晖更耀眼了些。查理从口袋里接连拿出几个纸盒、小袋,开始卷烟。

"抽吗?"他说道。

"不了。"斯坦说道,"我妈是护士。她说吸烟致命。"

"啊,"查理说道,"人总会死的。"

"会死得很惨,我妈说。"

"在那之前其他东西也会让我死。"

"比如说?"

"不知道。如果我知道,我会有所准备,不是吗?摩托车车祸?拳击意外?"

"你有摩托车吗?"

查理摇摇头。"还没呢,但那并不意味着我没这个打算。"他轻轻点了点他的鼻子。

"打算死于摩托车车祸?"

"当然不是,但车祸常有,不是吗?这种事不断发生,就没停过。"

"是吗?"

查理耸耸肩。"是有可能经常发生。"他摇摇头,似乎在否定一个不好的想法,然后舔了舔卷烟纸,顺畅地卷了起来,"我只是想说,你不知道你接下来会碰到什么。任何事都有可能。"他把烟卡到耳朵后面,笑了笑。

"是吧。"斯坦说道。

"真是这样的。"查理说道,然后突然站起来。"你的眼镜怎么了?"他说道。

"被抢走了。"

"真的假的?"查理说道,"有人直接走到你面前,"他演了一遍,走到斯坦跟前,抓住并不存在的眼镜,"直接从你脸上抢走了眼镜?为什么啊?每个人戴的眼镜都不一样,不是吗?"

斯坦摇头,没有笑,尽管他知道查理在开玩笑,礼貌起见,他至少应该微笑一下。"不是那样的。"他说道。

"好吧。"查理说道。

"是跟我同级的一个男生,"斯坦说道,他的喉咙发紧、嘴里变干,不知道自己为什么还在往下说,"他就是喜欢找我的茬。他甚至都不需要眼镜。他的视力很好,我想。"

"视力贼好的一群烂人。"查理说道。

"你视力不也很好吗?"斯坦说道。

"是,但我不觉得会一直好下去。"查理又突然站起来,抬起他的自行车,再次瞄准小路的方向。"你不该让着他。"他说道,"那种垃圾,如果你让他们觉得可以任由他们踩踏,他们就会上脚踩你。"他跨上他的自行车。

"好吧,也许下次我不会。"斯坦说道。

"这就对了。"查理说道,一拳举到空中。这个姿势搅起了斯坦的某些记忆。蜷曲在沙发上,和海伦一起看电视、吃道奇饼干,整个夏天都如此,距他去圣雷金纳德上学还有几周的时间呢,可现在一切都变得那么复杂。她强迫他们两个看那些纪录片,因为她说或许对他上学有用,历史课用得上,那时候他们以为圣雷金纳德重视聪明才智、努力学习。那部讲西班牙内战的。斯坦自动模仿了查理的拳头,突然觉得好多了。

"Nae pasaran。"查理说道。

"什么?"斯坦说道。

"意思是'禁止通行'。是反法西斯的口号,不过是苏格兰语。从我一个格拉斯哥的朋友那听到的。"

"苏格兰语?"斯坦说道,"更像——我不知道,像西班牙语吧。"

查理点头。"是啊,是从西班牙语传过来的。但 nae 这个词很像苏格兰语,不是吗?这句话的来源是七十年代的工厂工人,在东基尔布莱德,我想应该是那里。工人发现他们被皮诺切特利用后,不愿意修理他们本应修理的战斗机引擎,不愿意支持智利的军事政变。他们团结起来,说出了这句话,'Nae pasaran'。"这一次,他的口音竟然听起来是正宗的格拉斯哥口音。

"皮诺切特是谁?"

"邪恶的军事独裁者。对历史不上心啊,斯坦?"

"从没听说过皮诺切特。还有东基尔布莱德。只知道都铎王朝之类的。"

"都铎王朝?"

"你知道的,亨利八世。"

"哦对,"查理朝斯坦眯了眯眼睛,仿佛他说了特别难懂的东西,"我想我们各有所好。"

"你怎么——怎么知道那么多奇怪的事?你又不上学。"

"奇怪的事?"查理大笑。

"你就是知道奇怪的事啊。那些格拉斯哥或——或者东基尔布莱德的工人。Nae pasaran。皮诺切特。公共绿地的事。公共土地。"

查理耸耸肩。"不知道,我想我就是喜欢有趣的事吧。"他咧

共有之地 | 031

嘴一笑，然后沿着小路推着自行车走，一边向斯坦挥手。

*

斯坦回到家时，天快黑了，海伦正在洗她的餐盘和马克杯，她的头发扎到脑后，准备上班去。

"橱里有面包，锅里有豆子。"她说道，"还有冰淇淋，如果你想吃的话。"

"谢谢。"斯坦说道，依然在厨房的门廊口徘徊。

"你还好吗？"海伦说道，然后，听他没回答——"我不知道你去哪了，斯坦，我很担心。"

"我就是去了公共绿地。"他说道，"呼吸新鲜空气。我没走远。"

"你去了很久。"她说道。

"是啊，"斯坦说道，"我在看书。"他不知道他为什么会那样说。为什么他对她撒了个小谎，没有把查理说出来。因为抽烟，也许？或者因为摩托车的事？

"你确定没有什么要说的，是吗，斯坦？"海伦说道。

他忍不住觉得站在那里的她看着有点无能为力，湿答答的双手仍旧悬在水池上方，水一直在滴。只有担忧和工作，而没有……没有什么来着？没有 nae pasaran。就是这样。没有眼镜，他看不太清她的表情，但他知道会是什么样的——混合着担忧和疲劳，无非在说："告诉我一切都很好，即便并非如此，这样我就不用这么担心了。"或许情况还算好。算是吧。毕竟赫胥黎·爱德华兹并不是一切。

等到海伦出门上班后，他自己吃起了晚餐，边吃边读希腊神话，终于把忒修斯和弥诺陶洛斯的故事看完了。然后，那晚上他快睡着时,他想象自己是忒修斯,弥诺陶洛斯正沉重地压在他身上。*Nae pasaran*!他会这么喊道,然后把他的自行车径直撞向它腹部脆弱的褶皱处。

5

随着九月渐渐过去,进入十月,一切大致安定了下来。学校风平浪静,斯坦尽可能避开赫胥黎、尼尔和艾迪以及其他人,效果不一。然后,几乎每天放学后,斯坦会骑车到公共绿地,去见查理。

他们会坐在草地上,查理卷烟或吸烟,斯坦望着刚要西沉的太阳或树,树冠随风晃动,查理会聊一些斯坦从没听过或想过的事。比如他和他爸爸在曼彻斯特去过的音乐演出,或者和拳击、摩托车相关的——主要是聊他爸爸修东西有多在行。他还聊他在他待过的不同的城市和不同的女孩做的事,他知道的奇事,他待过的地方发生了什么或人怎么样——通常都和纽福德有点关系。斯坦觉得那些是最有趣的,真的。不是因为他不喜欢音乐或摩托车或拳击或女孩,而是因为查理对历史的好奇心可能是他身上最令人意外的一点。

吸引斯坦的,也正是查理对地方历史的纯粹的、毫无掩饰的好奇心。在学校,尽管斯坦在上学前就被告知圣雷金纳德的学生都很聪明,但对知识不屑一顾正在成为酷的真实指标。只要是努力勤奋,或者喜欢阅读、思考或学习的都是差劲的人,自然——斯坦是其中最差劲的一个,他总是埋头于书本,尽管他没了眼镜,已经不是个四眼仔。但查理是酷的,不是书呆子或极客——查理甚至不上学——可他又那么爱求知，总能发现一些东西并思考它的意义、它为什么有趣。

比如说，一天下午，他让斯坦陪他骑行横跨整个镇，骑过车站，到了吉尔斯街上空荡荡的门面店。

"以前是一家酒吧，这里。"查理说道，对它皱起眉头。店面被漆成白色，但现在看上去像天空一样的灰色。在斯坦看来，它毫不起眼。"在七十年代被IRA炸了。"

"IRA，爱尔兰共和军，是吗?"

"对。"查理说道。

"我听我妈有时会提起。他们干坏事，对吗?"

查理没有立刻回答，只是脸上带着一种好笑又困惑的神情盯着斯坦。"你们学校真的什么都不教啊，是吗?"他终于开口道。

斯坦耸耸肩。

"别信他们的，朋友。"查理说道，"永远不要听信别人告诉你的。你需要自己去调查。去图书馆。看书。"查理一手拍拍斯坦的肩膀，"我要去炸鱼薯条店，"他说道，"你来吗?"

"我该回家了。"斯坦说道，"妈妈不喜欢外卖。外卖会把你的银行存款吃空，堵塞你的动脉，她这么说。"

"但这是你的钱，对吗? 送报纸赚的?"

斯坦点头。

"而且是你的动脉，我想。除非你已经签过病态的协议，比如说，一旦成年就贡献出你的身体、把你的血管捐赠给一个五百岁的老大爷，之类的?"

"什么啊?"

"就是啊，"查理说道，"一起来吧。"

他们跳上自行车，离开吉尔斯街，疾驰在利普代尔路上，去往音乐厅附近的炸鱼薯条店。天黑得很快,最近天黑得越来越早,而且去的路上一直在下雨,招牌亮起灯,放射出期待的光线和热腾腾的油炸的气味,他们从一排店铺中看到店面。

拿到食物后,他们带着报纸包好的外卖,在路灯下沿着人行道走,墨水和油脂浸染了他们的手。斯坦注意到查理的吃相和他做事一样,从各方面来说都很饥饿。没有餐桌礼仪,只有速度和滋味。斯坦发现自己被提醒,想起了春天在公共绿地上会看到的雏鸟,它们在鸟巢里张大嘴,往上去够它们妈妈的嘴,对于想要妈妈带回来给它们、给它们自己的东西毫不客气或矜持,没有辩解、道歉或尴尬。

"想看看这个吗?"查理满口吃的,说道。他正用一根油腻腻的手指戳着薯条外面包的一层报纸。斯坦不得不凑近了眯眼才看清,因为他还是没有眼镜。

山地公墓大门门柱四分五裂——垃圾车大撞击

"本地新闻。"查理说道,"我喜欢看。你的上面是什么?"

"呃,等等。落水洞调查必须继续,不得延误。教区牧师呼吁。"

查理笑得特别大声,被自己的薯条噎住了,斯坦不得不伸手在他背上猛拍。

"你为什么常常搬家?"斯坦在嬉笑完、平静下来后问道,"比如曼彻斯特。你在那么多不同的地方住过。"

查理耸耸肩,嚼着薯条。"去曼彻斯特主要是为了见我爸。我们待在一起的时间很少,你知道吗?即便是住在一起的时候,他似乎总是忙得很,总是想到什么计划或冒险就出门去做,大多数时候我只有我妈妈、外婆和叔叔。然后,他离开后,我想——我不知道。我不知道自己是怎么想的。现在,我甚至不确定自己会不会回去,回曼彻斯特。"

"我觉得你挺喜欢那里的。"

"是啊,我也觉得。"查理耸耸肩,接着为了仰头大吞一口食物而安静片刻,看着天空中的雨。"我一直在说我爸。"他说道,"我自己也知道。但他不是……他也有另一面。而且跟他在一起也并不总是开心的。他也有自己的问题,你知道吗?"

斯坦似懂非懂地点点头,但他真的不确定自己听懂了。

查理叹气,又吃起了他的薯条。"说实话,朋友,跟他在一起六个月都嫌长。别误会,他也努力过,但实际上,他不需要我。他在那里有自己的生活。再者,我在这里也有自己的事。我们分开,这样很合理。"

"我爸也不在身边了。"斯坦意识到自己正对查理说道。

"真的?怎么会?你还是会见他的吧?"

斯坦摇头,接着深呼吸。"他死了。快一年了。"他说道。他发现自己甚至无法抬头看查理。他只顾盯着灰色的湿滑人行道上潮湿的运动鞋。

"天啊。斯坦。朋友。我不知道。你应该告诉我的。"

斯坦耸耸肩。"没关系,"他说道,"或者,好吧。你知道的。我很想他。"

"是啊。你肯定想。我是说,你当然会。他是你爸爸。"

斯坦感到体内有什么东西解开了,他先前都没意识到的肚子里的某个结松开了一些,因为他终于能这样说出他爸爸的事,不带困惑和愧疚地说出来,正是出于这种担心,他从没有这么和海伦说过,而且也不用面对学校里的恶人。他近乎自发地在查理面前回避这个话题,因为他在别人面前都是这么做的。不过,令他惊讶的是,把这件事说出来、告诉查理,这让他感到如释重负。

共有之地 | 037

他们走到街角的立交桥前，停了下来，站在雨中大口吃东西，汽车在他们身边和头顶疾驰而过，雨水浸湿的路面上车轮声更响，灯也更亮了。

"你最喜欢哪里，"斯坦最后说道，"在住了那么多地方后？"

"也许是法纳姆吧。我们在那里待得最久。我还在那里交了个女朋友呢，谈了会恋爱。佐伊·乔其。一个很好的女孩，但一点儿都不无聊。她人很好。现在应该还是这样，就我所知。你真该见见她，斯坦。她骑车的样子会令你难以置信。"

斯坦感到自己僵住了。他努力做出不怎么关心的表情，但尴尬似乎把他的下巴冻结了，不知怎的，让他咀嚼的嘴停下了。他试着往下咽，但噎住了。

查理正要把最后一口吃的狼吞虎咽下去，他暂停大笑，拍了拍斯坦的背。

"老天，"他说道，"看看你那样子。我们得介绍几个女孩给你认识。"

"我十三岁了。"斯坦说道，眼睛盯着他的鞋子、人行道、马路、经过的汽车——什么都看，就是不看查理。

"就是啊，"查理说道，"我是说，你是——你的确喜欢女孩，对不，斯坦？"

"喜欢。"斯坦急忙说道，"或者说——你知道的。你刚说什么？"

"别担心。"查理笑笑，又往嘴里塞了一把薯条，"别慌。我又没问你是不是喜欢我。"

然后，查理对着斯坦震惊的表情咯咯笑——斯坦根本想不出怎么好好回应，所以他只是朝查理扔了根薯条，查理用油腻的手接住后立刻吃了。

"你现在就得学这个，斯坦。"他说道，"别像刚才那样惊慌，这正是你的敌人想要的。"

"一根薯条而已。"

"一根指向性的薯条。"查理把报纸捏成一团，扔向马路。斯坦看着纸团被车轧过，被络绎不绝的汽车和货车的车轮碾轧，一边把自己的油腻报纸叠好，规规矩矩地塞进自己的牛仔裤口袋，等之后找到地方了再扔。

*

"饿不饿？"海伦从客厅问道，斯坦回家了，推着自行车从前门进，把车靠在廊道一侧的墙上，还是这个停靠的老位置，还是那块把手和墙面接触留下的污点。他靠在客厅门框上，往里看她，她把脚搭在咖啡桌上，头发包在毛巾里，双手捧着马克杯——估计早就喝完了，从她捧着杯子的方式看，似乎怎么都不会洒。电视没有开。她在那里多久了？单单盯着空气看？

"不饿，"他说道，"回家路上吃了薯条。"他绕过门，向楼梯走去，准备上楼回自己的房间。

"和同学？"海伦喊道，他讨厌他从她语气里能听出来的奇怪的希冀。

"就我一个人。"他喊了回去，已经走到楼梯中段。

再一次，因为查理，他骗了她。换做几个月前，他根本无法想象这样对他妈妈撒谎，而现在他自动骗了起来，几乎不带一点思考。为什么呢？难道是她知道他终于有朋友后表现出的如释重负，会让他感到羞愧？这是部分原因，当然。他无法面对。然后还有查理的存在感。他占据的空间超过了分配给他的空间。他的香烟，关于女孩的那些话，他的无所顾忌和邋里邋遢。拳击。他

共有之地 | 039

是斯坦利的反面，在许多方面。是海伦表扬或重视的一切的反面。

"哦，亲爱的，"她说道，像是接到了信号一样，"干吗要吃呢？浪费，对你身体也不好。你懂的。"

"不懂。"他耸耸肩，继续上楼。

"斯坦利。"她在他身后喊道，他想过要停下，下楼解释一下，或者甚至告诉她查理的事，因为他内心的一部分的确想告诉她。但是，她听上去似乎没有那么强硬，那样在他身后喊道。和往常一样，她听上去疲倦得不想接受任何新事物，任何混乱的、活跃的、自发的事——甚至仅仅是聊天都不愿意。跟她解释没用。她只想让他安静下来，不论他告诉她什么，她都只会挑错。他没出声，继续上楼走去他的房间，和他的猜测一样，她疲倦得没有再叫他。

6

"快来,滚石在这里表演过。米克·贾格尔,斯坦。想想。传奇的一片碎片,就在这里,在纽福德。"查理一拳打在他背上,大概是想给他注入点活力和精神,但只让斯坦缩了一下。

"说不定,"查理说道,"你会有小小的改变。进去十分钟,你会认识几个女孩,别觉得歉疚,找个地方,买几件新衣服……"

"我衣服怎么了?"斯坦问道。

查理翻了个白眼,把他推进酒吧门里。

斯坦早就知道这是个坏主意。一开始,他就有这种直觉。但过了一会,他才意识到这个主意有多坏,因为整个世界还是模糊的,他还没有新眼镜。因为现在斯坦听到的、在满室啤酒味里回荡的声音不就是赫胥黎·爱德华兹的吗?他眯起眼,仔细看每张桌子边的人——是的,当然。果不其然。赫胥黎·爱德华兹突如其来,没穿校服,穿着工作服,和楼梯边的一桌人坐在一起,一只手肘边是一品脱啤酒,另一边是他哥哥。

他说过的,不是吗?他说他们不该这样子去镇中心,没必要去,说他们还是在公共绿地和拳击馆附近活动来得好,赫胥黎这样的小孩永远不会去这些地方,虽然他们骑车十五分钟就能到——甚至都用不上十五分钟。而现在,势必要发生一些事,而且是坏事,然后查理最终也会意识到,他是多么失败,在这个镇上多么不受他人待见。他们得离开。他们应该在赫胥黎看到他们前出去。

"他看你的样子有点意思。"查理说道，从斯坦的背后靠近，"你认识他？"

太迟了，很明显。太他妈迟了。现在要怎样？现在后退一步，再退一步。撤离，就那样，向门口撤离。但查理突然抓住他的手臂。

"你干什么？"查理低吼道，"你看上去真蠢，像一辆大货车战战兢兢地往后走，但你应该要做的是让车子的油门轰响，知道吗？"——查理发出的声音竟然挺有说服力，咔哒一声，的确像一辆往后倒车的货车——"你怎么回事，斯坦？他就是偷你眼镜的贱人？"

酒吧里有人，当然有人，现在是星期四下午五点，而且这家离镇中心不远，有一些摇滚乐的历史。但现在，酒吧里人并不多。而查理从没低下声来。赫胥黎现在望了过来。接着他倾身对他的哥哥说了什么。他哥哥比他们高三个年级，一个大块头，头发向后梳，下颚线像卡通人物一样犀利，仿佛能直接用来裁纸，和赫胥黎一样一身品牌运动服，斯坦不知道该怎么解读其中更微妙的社交信号——背后的信号，他的衣服明显很贵。人们在传赫胥黎哥哥和法语助教杜兰德小姐的事，很明显这件事很离谱、是编出来的，但是，谁知道别人怎么想呢？人很奇怪，有时还很疯狂，似乎是这样。几乎任何事都有可能发生。

"快，"他对查理说，"我们走。"

"你说什么呢？"查理说道，"我们才到。"

赫胥黎的哥哥正在看着他们，他把椅子往后推，朝他们走来。

"你说我弟弟是贱人？"他对查理说。

"并没有。"查理说道,"我是说,我话是说出口了。但我从没见过你弟弟。"他朝赫胥黎挥挥手,后者还坐在那张桌边呢。太傲慢了,斯坦觉得,已经太过分了。"这个词纯粹是我的口头禅,你可能会用这个词指路过的熟人或者完全是陌生人。你知道怎么用的,我们都这样用。你看到那里那个穿搞笑的浅色运动外套的贱人了吗?就在那个梳背头、皮肤很差的贱人边上。不是,是那个小贱人,跟梳背头的长得很像,但处于青少年发育的不同阶段……真的,就像人生的七个阶段。你懂了吗?你知道的。就是那样。"

"你话真多。"赫胥黎的哥哥说道。约翰尼,他的名字。约翰尼或者瑞奇或者类似的名字,斯坦不确定。他从没怎么在意过。不管他叫什么,他向查理走近一步,看上去年纪要大得多,也高得多。"但你知道的,不是吗?"

"没有,没有啊,朋友。"查理说道,"因为我们来这里不就是聊天的吗?真的,你看,我和斯坦利在这里。就是聊天。星期天傍晚闲聊会儿。不想惹事的。"

"我知道了。"赫胥黎的哥哥——约翰尼,斯坦确定他叫约翰尼——说道,"你最好小心点,我话就说到这儿。我和我那边的朋友——我们不容忍任何人的蠢话。更别说你们这种人。"

说完,他双手插进运动外套的口袋,晃到酒吧另一头的他那桌边。赫胥黎看到自己的哥哥回去了,似乎不高兴。大概他希望他能带着被装在罐子里的斯坦的内脏或者插在长矛上的人头回去。他在他耳边大声说话,斯坦听不太清。约翰尼只是耸耸肩,坐回原位,抓了一把薯片。斯坦长舒一口气,喉咙里的紧张感退去了,放松了点。

"该死的,"他对查理说道,"你想我们两个都没命?"

"没命？就凭那伙人？不会啦，"查理说道，"你看看他们，都不怎么会叫，更别说咬了。来吧，来一杯？"

查理往吧台走去。斯坦又朝约翰尼和赫胥黎看了一眼，努力假装自己只是随便看了酒吧内，对上帝祈祷他们没有听到查理刚刚说的话——但他们正吵得凶，看上去是这样。头都低着，压低声音争吵，手臂和手肘撑在桌上，环住了各自的啤酒，没意识到自己是对方的镜像。斯坦跟着查理去吧台。

"不好意思。"酒保说道，他看上去是个好说话的嬉皮士，可能二十八九，也可能三十出头，斯坦很难确定。"不好意思，朋友，但这是我的工作，你明白的。我们都要为自己负责。我很可能被政府搞，各种事，我的意思是，兄弟，我不喜欢体制这一套，别误会我跟你一样不喜欢，但我只想安生过日子，你懂吗？不惹事。"

不惹事。又是这个词组。为什么这个酒保这么对查理说话？

"但我向你保证，朋友，"查理说道，"我实际上十九岁了。我看上去一直比实际年龄小，就是这样。每个人都这么说。哦，那个查理，长了一张娃娃脸，但他老了以后划算，那时他的朋友都老了、老态龙钟了，他看着还像二十五岁。很搞笑，我向你保证。我去哪里都这样。"

"那你 A-Level 选了什么课？"酒保说道。

"A-Level？我不上学，朋友。上班了，不是吗？因为，像我说的，我不小了。"

"是吗？那你做什么的？"

"在拳击馆工作。当教练的助教。"

"拳击？真酷。"嬉皮士酒保说道，"这又是谁？你弟弟？"

"你是在搞笑吗？"查理说道，"他当然不是我弟弟。他跟我弟弟一点也不像。"

"他也十九了,是吗?"

"十八。他十八岁。对不对,斯坦?"

"好了好了,就说到这里吧。你们俩只有软饮喝,我确定你们是懂的,所以你们要喝什么?"

他们拿着他们的姜汁啤酒到了吸烟区边上的一桌——并不符合斯坦想要跟赫胥黎和约翰尼保持的理想距离。他疑心查理特意要坐得离他们近些,盯着他们,可能,又或者特意表现出不服。为什么他就不能照他说的去做,试着度过这个下午,不惹事呢?但是,当斯坦啜了口姜汁啤酒,尝到一股糖分和香料味,感觉二氧化碳在灼烧他的喉咙(酒保没有给他们上酒,他其实相当开心,他甚至都不喜欢啤酒),他感到自己的胸腔某处亮起一道火星,和气泡一起浮向他的大脑。赫胥黎·爱德华兹的哥哥,被查理摆平了。

"那是什么意思?"

"什么什么意思?"

"就刚刚。你说我跟你弟弟一点也不像。"

"哦,是啊,你不像。"

"你没有弟弟。"

"我有一个弟弟。"

"什么?"

"有啊。"

"你从来没提起过他。"

"你从来没问起过他。"

"这不是重点。我不知道他存在。"

查理耸耸肩。"这又有什么大不了的?"

"没什么大不了的，但就是怪。"

"不，不怪啊。"

"怪，就是怪。"斯坦喝了一大口姜汁啤酒，来掩盖自己的稀里糊涂。不过这一口太大了，他觉得自己一口咽不下——所以他只能含着满口的姜汁啤酒坐着，像个仓鼠模样的傻瓜，睁大眼睛瞪着查理。

"怎么了？"查理说道，接着他爆出一声笑，嘲笑斯坦，"见鬼，看看你。那副表情是什么意思，朋友？"

斯坦觉得他自己也开始笑了。上帝啊不要。不能在满嘴姜汁啤酒的时候笑。不能在赫胥黎·爱德华兹只隔了几桌的时候笑，他很可能一直在看，很可能想找个由头过来。斯坦控制住自己，痛苦地咽了下去，感觉气泡一边向下走，一边把他的食道腐蚀出凹陷。

"你还有其他兄弟姐妹吗？"他问道。

"没了。"查理说道，"只有我弟弟。"

"他几岁了？"斯坦说道。

"十三。"查理说道。

"跟我同龄？"斯坦说道。

查理啜了一口自己的饮料，拿外套袖子抹完嘴之后才回答。"应该吧，"他说道，"但他跟你一点也不像。你们看上去不是一个年纪。"

"他是什么样的一个人？"

查理耸耸肩。"这不重要。好了，隔壁桌的那个小丑是谁？他还在盯着我们，我不懂。他就是那个抢走你眼镜的人，是吗？"

"是的，但别把事情闹大。拜托。"斯坦说道。

"你不能随便让别人得逞。别让他们告诉你，你属于哪里，又不属于哪里。比如那个酒保。他本来会给我们上酒的,他会,他马上就要上了,我能看出来——然后你来了,看上去那么温顺又心虚,他看得出来你肯定没到十八,然后啪,姜汁啤酒,我们俩。"

"至少更便宜。"

"别往好处想,不管用。"查理喝了一大口他手中的饮料,抖了抖。"就那家伙。"他说道,"在曼彻斯特,没有人在乎。但这里,他们都这么得体,这么小心,这么……反正就这样,斯坦。我告诉你,我讨厌这地方的什么。每个人都那么容易接受权威。比如说你和那个抢你眼镜的小子。为什么听他的?为什么全凭他的想法?为什么,在你看来,你没他来得重要?"

"不是那样的。"

"那是怎样的?"

斯坦发现自己无法解释。甚至不知道从哪里说起。

"我就知道。"查理说道。接着仰头喝完了剩下的饮料,把椅子往桌子后面一推,站起来,直接走向赫胥黎和约翰尼那桌。

"查理。"斯坦说道,特别大声。他一下子站了起来,跟上他,根本没怎么想自己在做什么。赫胥黎和约翰尼跟桌边的朋友——从他们的外貌来看是约翰尼的朋友,聊得正高兴。斯坦觉得有几个人是学校里的,他认出来了。

"哎呀,"查理说道,一手拍在他们那堆开袋薯片的正中央,"我就是想知道,为什么你们这种人觉得这地方属于你们。为什么你们觉得你们可以过来惹我,只因为我走进了你们正在喝酒的这家酒吧,还告诉我我的话太多,虽然你们以前从没见过我。为什么你们觉得你们可以抢走我的这位朋友斯坦的眼镜。"

"拜托,查理,这不是什么大事——"

"这就是大事,斯坦。对我来说是大事,因为我想知道为什么这些享尽权利的南方混蛋会觉得这整个世界都是他们的,可以为所欲为,仅仅是因为他们的老子在银行或不管哪里上班,他们的运动服比我的房子还贵。"

约翰尼站了起来,以你来不及眨眼的速度抓住了查理胸口的T恤。

"喂,现在。"斯坦能听到嬉皮士酒保开口说话,从他们身后淡淡传来。

"去你妈的,"约翰尼对查理说道,"你以为你什么都懂,是不是?你以为你什么都懂,而且太阳从你的屁股里升起。你一进来我就看出来了。就像你额头上印了个变态标签一样显眼。"

"我常常想,"查理说道——还是相对平静,尽管T恤后领被拽住,离约翰尼的机动人似的下颚越来越近——"满嘴脏话的人,就像你刚刚那样,我的朋友,归根结底是因为缺少基本的辩论能力——也就是说,你太笨了,笨到不能把自己的意思表述清楚。"

查理的头似乎猛地往后一倒,他的鼻子开始自动流血——约翰尼就是那么快。

"喂。"酒保又喊了声,从斯坦边上喊的——但当时斯坦几乎没听到,因为他突然就到那里了,在约翰尼的背上,他来不及反应过来自己在干什么——甚至来不及想一想、考虑一下这么做好不好,就从约翰尼背后抓住他的雀斑脸,把他从查理身上拉下来——或者说,他至少这么尝试了。他不得已上手,用尽了所有力气,他现在明白了,自己的力量微弱,弱得无地自容。他跟约翰尼甚至没打过照面,虽然斯坦在使劲,但约翰尼仍旧夹着查理的头——查理一边在块头更大的男孩手下扭动、翻转,一边往约翰尼的腹部打。

"上啊，约翰尼。"斯坦听到赫胥黎的声音从他身后传来，从桌子后面，赫胥黎袖手旁观——赫胥黎只会动嘴，也许？"干他。"赫胥黎说道。

"去死，"查理头被夹着，弓身骂道，"下三滥的小王八。"

约翰尼肩膀往后一抖，把斯坦弹飞了，往后砸在了一张椅子上，然后从椅子到地板，再到四条椅腿间，一身淤青又稀里糊涂——而在那同一时刻，斯坦看到查理趁约翰尼调整角度和力度的时候，一拳击在对方的右太阳穴上，他才得以脱身，吐了口唾沫，满脸通红，像跑完马拉松一样呼吸——接着，查理像拳击手一样架起双拳，踮脚移动，前后跳跃，这副架势就像斯坦在电视上看的拳击赛一样，而约翰尼咳嗽着说道："你以为自己真他妈聪明，但你那样子看上去像个傻子，你知道吧。"

再接着，一个穿深色 Polo 衫、没脖子的光头大汉两手架住了他们，斯坦在地板上扭动，看到酒保站在一旁——带着一副抱歉的表情，而且，斯坦现在注意到了，酒保穿的 Polo 衫跟那个手提查理和约翰尼走向大门的光头壮汉一样。也就是说，他也在这里工作，那个光头。

斯坦手忙脚乱地站了起来。"查理。"他叫道。然后，该死的，他意识到，在跌跌撞撞地追上去，在经过满是喝到一半的啤酒杯的桌子，还有穿得干净得体的星期天的酒吧客人的时候，他当下觉得他们似乎自得其乐，这个镇上的每个人似乎都是这样——为自己今天不是斯坦、查理或约翰尼而得意。但是去他妈的，他想，这是他的错，所以查理才会碰上这种事。如果他没有让自己在学校跟赫胥黎的关系恶化，这一切都不会发生。查理会这么认为吗？查理会生他的气吗？或者甚至觉得丢脸？因为粗心

共有之地 | 049

大意地跟一个累赘交朋友？他甚至都不能跟这个朋友出门太太平平地喝个酒？胖酒保把两个男孩当门把手使，把双开门推开。斯坦跟在后面，跟得太近，差点一脸撞上回弹的门。他来到傍晚的阳光中，看到约翰尼即刻被松开了。

"你，"酒保说道，"约翰尼·爱德华兹，是吧？你好好走走，不冷静下来就别回来——"

有那么一秒钟，约翰尼看上去要争两句，但酒保抓住他的肩膀，把他转过去，往路上推了他一把——所有下班的人，买好东西要回家的人，刚吹好头发、推着婴儿车的年轻妈妈，都震惊地看着他们。

"但我朋友都在里面。"约翰尼说道。

"去走走吧。"酒保说道，"按我对他们的了解，直到你回来的时候他们也还没走。很可能根本没注意到你不见了。别吵。去前面绕一圈，否则别回来。"

约翰尼看上去不高兴，但乖乖的——在外面的阳光下，身边有一个真正的成年人，这让他看上去更显年幼，对比在酒吧人工营造的昏暗光线下的样子。

"滚。"酒保说道，约翰尼乖乖听话，双手插袋，大步地沿着下坡路往停车场走去，肩膀拱起的样子与其说是顺从，不如说在生闷气。

"至于你，"酒保仍旧抓着查理的手臂，"我跟你说实话，我不喜欢你们这种人，不想看到你们来这里。虽然我不能做什么——似乎没什么可做的——我不会让你再进我的酒吧，跟我的客人挑事，扰乱环境。如果让我再见到你，我会让相关部门介入。行吧？知道我在说什么吗？你懂了吧？"

"老天，懂了懂了。"查理晃动着甩开了他，或许重拾了一点他的尊严,虽然他看起来突然被刺痛到了,斯坦注意到了。"别那么粗鲁。我也是个人啊。"

然后,他一句话都没说,甚至没看斯坦一眼,就转身往约翰尼的反方向走上坡。斯坦不确定要不要跟上去,查理停下,朝他喊道——

"斯坦,"他说,"你来吗?"

"去哪里?"斯坦说道。

"合作社。"查理说道,"买冷冻的豆子。你可能也需要一包。"

然后他又匀速继续走,斯坦当然跟着他,几乎小跑着想跟上,都没有回头看酒保一眼。

天黑了,他们在斯贝尔曼街上坐在自行车尾板上,把滴着水、冰冷的豆子包装袋贴着皮肤,一边颤抖一边冰镇他们的伤口。直到这时,斯坦才觉得可以好好问了。

"他是什么意思,那时候说的?你们这种人?"

"该死的浑蛋。"查理只这么回道,"像他那种人。他们自以为是。自以为你会听话,按他们说的做,认为他们是正确的。他们自以为会赢。就是这个意思。他们总是自以为会赢。"

7

"派基①。"第二天一早,斯坦在挤过走廊长条形灯下的人群、去往生物课教室时听到。他僵住,然后转身,走在他后面的女生——玛丽安·林赛,高他一级。为什么恰好就是高一级的玛丽安·林赛?——被他的脚绊倒,她嘟囔着:"妈的,你走路不看路吗?"都懒得正眼瞧他。

他根本没注意到赫胥黎在课间的人群中,他一直在想查理,想着昨天过后查理还愿不愿意和他做朋友——还有,查理有什么事是他不知道的,因为可能很多事他都不知道,鉴于他完全没有提及自己有个亲弟弟。查理的弟弟是什么样的人?他和斯坦同龄,他说过,好像他当时正巧想起来有这么回事儿,他们在酒吧聊天的时候。真的是这样吗?还是说,他出于某种原因刻意隐瞒?或许他瞧不上斯坦,觉得和他做朋友丢脸,因为他年纪小很多,又不酷,很可悲……天啊,他挂在赫胥黎哥哥背后那模样,像个女孩一样去挠他的眼睛,大喊大叫且一点儿都没用。

---

① Pikey,对爱尔兰旅行者(Irish Travelers)和罗姆人(the Romani people)的蔑称。罗姆人又称吉卜赛人(该称谓带有贬义),原住印度北部,现遍布世界各地,尤以欧洲为主。他们随季节按照固定路线迁徙,曾被认为是过着流浪生活的一群人,经常受到迫害和骚扰。2010年,英国通过《平等法案》,将英国国内的这一群体划为少数民族。——译注,下同。

"喂，派基。"又传来赫胥黎的声音——肯定是赫胥黎，斯坦在任何地方都能认出来——"万圣节快乐，派基。"他说道，"哎哟喂，你长得真吓人。见到你才想起来你有多吓人。"然后，赫胥黎突然对他动手，拽着他的头发往后拖。

斯坦扭动身体，脊柱往后弯，尽量不让自己跌倒，而且感觉自己像个在派对上玩过杆游戏的傻瓜——最后，他装满书的书包让他失去平衡，他摇摇晃晃，笨拙地转圈，在书包甩出去的同时拼了命地想保持平衡——接着，他感到书包撞到了某人，书本和肉体接触，他听到了一声痛喊和咒骂……但接着赫胥黎松开了他的头发，他们正四目相对，尼尔和艾迪这次似乎没有围住他——但这让斯坦更紧张了，因为他们根本不可能走远。

"你还好吧，派基？没了你的派基朋友，你有点站不稳啊？"

"派基？"斯坦说道，一边揉着他的后脑勺，希望自己可以转身对被自己书包砸中的那个人道歉，但他不敢，不敢背对赫胥黎，然后他意识到查理就敢这么做——这就是查理现在会做的，完全无视赫胥黎，拍拍被砸中的人的肩膀——"你还好吧，朋友？"他会这么说。"对不起我撞到你了，只怪这个混蛋突然袭击我……"是的，这就是查理会做的事。正因为如此，他想和查理交朋友，现在查理哪怕肯瞧他一眼，他也觉得幸运。

"是啊，"赫胥黎说道，"派基。你有这种气质，你知道的，如果你选择和这样的人做朋友。真的，斯坦利，天晓得我对你没什么看法，是我过去高看了你。不过，我发现你竟有朋友，这真是个有趣的惊喜，虽然他们都是混蛋吉卜赛派基。你不光是跟你妈坐在黑暗里，醒来还面对你跟你妈坐在黑暗中的一切。"

"那是什么意思？"斯坦说道。

"什么，你跟你妈？用用脑子，高尔。今天早上没带脑子，是

共有之地 | 053

不是?"

"不是,那个——吉卜赛派基,那句话。"

赫胥黎咧嘴一笑。"你不知道?"他说道,接着,对着似乎他走到哪就跟到哪的看不见的观众表演——"他不知道哎!好吧,斯坦利,你可能会大吃一惊——也可能不觉得惊讶——因为你那朋友,那个你在酒吧里介绍给我们的朋友,是个该死的吉卜赛派基。正宗的房车垃圾,标准的。你们关系一般吧。如果你都不怎么了解他。"

"什么?"斯坦说道,"你刚说什么?"

"说你朋友是个垃圾派基?说你应该多了解他,在你带着让人尴尬的忠诚跳起来护着他之前。在你竟敢为了他想掏我哥哥的眼睛之前,你得搞清楚他的基本情况。你走运了,我哥哥忙,没空操心你和你的无赖朋友。不过,他很聪明,我的哥哥。他记性很好。"

上课铃响,在瞬间空旷的走廊上再次响起——只有几个动作慢的冲过他们身边,斯坦班上的艾登·史密斯,总是迟到,小跑着去生物课教室,鞋带还松着。斯坦不着边际地希望他能在他们身边停下,插上几句话,或许问斯坦去不去上课——疯了才会抱有这种希望,真的,因为他们从他进圣雷金纳德上学后就没说上过两句。艾登当然径直走过,不回头看一眼。然后,只剩斯坦和赫胥黎了,在回荡的铃声中互相瞪着彼此。

"去问问你朋友他是什么人。"赫胥黎说道,"这是我的建议。还有,想想你是否愿意向我哥哥道歉——承认你昨天做错了。说你被人带坏了,现在想清楚了,再也不会为了一个垃圾派基攻击我哥哥。他很大度,我哥哥,如果你说话客气点。"

现在赫胥黎在威胁他,很清楚——斯坦至少弄清了这一点。

他知道，他应该感到担忧。事态在升级。他从没像昨天那样在校外见到过赫胥黎——也不是，有一次，他坐在图书馆门前的台阶上，赫胥黎走过，向他比了两个 V——但都不像昨天那样，他们之前从未说上话，从未把斯坦学校里的恶毒世界带到外边去过。从未卷入过他人，从未有像快成年的约翰尼那样的人。一切都变了，因为约翰尼被卷入了。还有查理。查理。

尽管斯坦完全明白他现在应该谨慎行事，他应该做点恰当的事或说点恰当的话，让事态在此时此地打住……但赫胥黎的嘴脸丑陋，在那里对他狞笑，那么洋洋自得，那么确定斯坦会屈服，而垃圾派基那两个词还在空中随着铃声飘荡，于是斯坦直视赫胥黎的双眼，或许这是第一次，说道："继续啊，赫胥黎。要么滚蛋，要么我们都要迟到了。"

然后，他直接沿着走廊离开，不等赫胥黎把他甩开或命令他走。

*

两节生物课上到一半时，斯坦才不再因为刚刚把后背留给赫胥黎而感到欢欣，他开始担心。他刚才真是个蠢货，那样反驳他，因为这么反抗有什么用呢？当然，更明智的做法是闭嘴，赫胥黎说什么都说是，好好道歉，给他他想要的并缓和形势。的确做太过了。不过，这是个问题。仅仅是有个选择就做太过了吗？斯坦有很多东西不懂。派基啊，吉卜赛派基这种。还有查理在被约翰尼打后，他的脑袋突然向后顶、鼻子流血的样子。斯坦从未见过有人的脸被这么揍过。在现实生活中没有。只在电影里看过。

共有之地

*

这一次，斯坦放学后骑车回家。海伦接下来一段时间终于不用上夜班了，也就是说他可以骑车回家，而不是按她的意思老是等她来接，而且房子也空出来了，至少七点前是他的！他沿着伍德赛德巷疾驰，今晚大富翁式的房子看上去很欢乐，装饰了彩色小灯串和南瓜灯笼，然后绕着环岛，上坡经过医院，海伦正在里面工作——美好的自由！他一边骑车经过一边想到。

前一天的事发生后，他并不觉得查理会去公共绿地，他告诉自己，呼吸点新鲜空气会很好——凉凉的新鲜空气，因为现在是深秋——在室外，一个人待在空旷的绿地上，只有兔子和鸟儿作陪，很有可能还会有地鼠。或许做出点改变，他一个人在这儿度过傍晚也不错——或许他可以带上新的 CD 播放器，坐在草坪上，听查理在慈善商店给他找的那张碟，碟片封面上有个游泳的婴儿。他会边听边看日落——时间还早，很早，而太阳已经快西沉了，现在才……四点半？四点半就日落了？他几乎觉得自己被蒙骗了。不过，他还是把装着 CD 的播放器塞进连帽衫的前袋，然后朝海伦模糊地喊了声再见，喊了才意识到她不在，听不到，然后跳上他的自行车。

其实不需要 CD 播放器，因为他到公共绿地的时候，查理正在等他，十分平静，仿佛昨天的事没有发生过。只不过，他脸上的淤青开始显现，扩散至整个左脸，从鼻子到眼窝——斯坦看得一清二楚，即便隔着这么点距离，在光线不佳且他没戴眼镜的情况下。

"天已经黑了。"查理在斯坦靠近时说道，"我们在外面待着没意思啊。越来越冷了。"

"你的脸看上去很糟糕。"斯坦说道。试着让自己听上去对此漠不关心大概是最好的。查理不会喜欢被人同情。

"谢谢。"查理说道,"看来那些冻豆并不管用,是吧？我该联系商家投诉。"

斯坦想说几句话或者笑话来回应,假装一切都很好,但他无法——无法想出一句话。所以他就像粒柠檬一样站在那里,望着查理,他脸上的表情肯定十足地傻气,因为查理开始大笑。

"好啦,"他说道,"我又不是第一次挨揍,你知道的。没什么。你看上去像有人死了一样。"

"对不起。"斯坦说道。

"永远不要为自己道歉。"查理说道,"而且,斯坦。万圣节。如果一年里有哪天适合让自己看上去有点吓人,就是今天。让我省了很多麻烦,酒吧里的那家伙。我现在都不用去想穿什么万圣节服装了。"

"我今天在学校碰到他弟弟了。"斯坦说道。他根本不想说什么,但他无法一个人将之消化,他本该默默忍下来,但他忍不住在他们连正式的招呼都没打过时就说了出来。"他叫你派基。也叫我派基。他说——查理。他说你是吉卜赛人。"

查理在黑暗中眯起眼睛。"别用那个词。"他说道,"很难听。"

"查理,他说——他说你是吉卜赛人。"

"是啊。"查理透过黑暗望向他。"那有什么问题吗？"查理说道。

"你是吉卜赛人？"斯坦说道。

"我问你,那有什么问题吗？"查理说道。

"当——当然没有。"斯坦说道,"只是……我不知道。你从没说过。你从没告诉过我。"

查理耸耸肩。"没想到要说。"

"这不公平。"斯坦说道,"总会有的。总会有想到的时候。你故意不告诉我的。"

"哦,老天,斯坦,不是,我不是针对某人——故意不告诉你,之类的。根本没有这种事。我是说,我是吉卜赛人,旅行者,是啊。我是罗姆人。但是这……不是我最重要的一面。我主要就是个人,你懂的。好了朋友,你怎么古里古怪的。"

斯坦把冰凉的双手插进连帽衫的前袋,坐到草坪上。很冷,微潮。他望向树顶上方最后的一线日光,一边在想自己在意的究竟是什么。他并不在意查理是吉卜赛人,如果他真是的话。吉卜赛人一来到镇上,他妈妈就会说起长疥疮和患有紊乱的孩子,他自己对吉卜赛人的概念很模糊,主要是从童书里读来的——马戏团、驯兽师和戴大金耳环的舞女的故事。他在意的是,这世上那么多人,可他却不得不从赫胥黎那里得知他最好的朋友的身份——他唯一的朋友,他现在意识到。

查理还是站着,斯坦能感觉到他一直在看他。然后,有个孩子从远处尖叫出声,斯坦跳了起来。尖叫声后是喊叫和笑声。起因很明显,今天是万圣节,查理说过。斯坦怎么就忘了呢?今晚有糖果、不给糖就捣蛋、华丽的服装派对……但他今年没有接到任何邀请,可能以后也不会,只要他还在圣雷金纳德。他不再看广阔的绿地,回头看着查理。

"怎么了?"斯坦说道。

"什么意思,怎么了?"查理说道。

"你在笑我。"斯坦说道。

"没有,我没。"查理说道。

"有,你在笑。我望着你的脸,你在笑——或者说你在憋笑。"

有什么好笑的?"

"我不知道,朋友。你真是——真他妈敏感。"

斯坦耸耸肩。"你到底想说什么?"

查理叹口气。"没什么。如果你真的很介意……我不知道。今晚过来吧。过万圣节。见见我的家人。我弟弟最喜欢一年里的这一晚,他大概很喜欢有新客人来。"

"你弟弟?"

"是啊。"

"跟我同龄的那个?"

"是啊,当然了,傻子,我就一个弟弟。"

"好吧,我不知道,不是吗?你什么都不跟我说。"

"老天,斯坦,你听起来像我妈。你来不来?我在邀请你。希望是一次好的体验。或者不好,因为今天是万圣节,你知道的。你要不要来?"

"真的吗?"

"对,真的。"

"你家人也是吉卜赛人?"

"是的,但不是那样——你不该听学校里的人的那些话,斯坦,吉卜赛人不奇怪。我就是我。是个正常人。"

"我妈妈说起过吉卜赛人。她不喜欢。说他们惹出各种各样的麻烦。说他们想一出是一出,不交税,但一旦有人病了或者身体不对劲,他们就会跑来医院,指望全民医保(NHS)来解决问题。"

"哎哟,斯坦,冷静点。"

"我妈是这么说的。我不知道自己信不信她。但她说的是你啊,对不对?吉卜赛人。"

"你知道那意味着什么吗,斯坦,做一个吉卜赛人,做一个罗姆人?"

斯坦想了一会,然后摇头。

"啊,"查理说道,"当然。他们也不会在学校教你这个。"

"我需要换身节日套装吗?"斯坦问道,"因为是万圣节。"

"不用啦。"查理说道,"你这样就很好。不是什么正式场合。而且外婆总能拿出点东西来,你可以借她的。她有一盒道具戏服,有各种乱七八糟的小玩意儿。你会喜欢外婆的。"他突然笑了,"她很厉害。说真的,斯坦,我不知道为什么之前没带你去见她。"

"我是不是该先回家,把车放好?"

"我们可以骑车。"查理说道,"虽然就五分钟的路,但也可以骑。"

斯坦兴奋极了,就那样跟着查理,二人沿着一条长长的居民街骑车,一条他从未想过要来转转的街,它就在市中心的反方向,在他家的远处。他太兴奋了,可能还有一丝自豪,因为他虽然在圣雷金纳德交友不甚顺利,但最后还是能和朋友过上万圣节,他还尤其自豪这个朋友是查理——查理选择真正地接纳他。只是他身体的一小部分有些担心。那部分在用海伦的声音说话,说吉卜赛人太野,无法无天,说他们是危险分子。他们在安静的街道骑行,经过一群不给糖就捣蛋的人——斯坦不认识这些孩子,他们年纪比他小,比查理小更多,打扮成小幽灵、吸血鬼、女巫,甚至还有一个宝可梦——他发现忽视海伦在他头脑中的声音变得越来越容易了。毕竟,他更想要朋友,而不是整日多疑忧心。

8

查理在绿篱的缺口处转道，斯坦差点没看到这个缺口——天很暗了，路那边基本都看不清，被一块块质感略有不同的黑暗笼罩，因为视力差只能看到形状和大致的边界。不过就是这里。一个绿篱间的缺口，一条车道直通某个……算是院子的地方，斯坦心想。或者是介于院子和停车场之间的地方。一片空地上的水泥地，停满了活动房车。和他想象的不一样——不是老旧的木质车，四周挂满了照片和绘画、鲜艳的色彩和流苏、神秘的壁挂和护身符的那种——而是白色和米色的现代房车，相当普通，很大众化，车窗里能看到一些盆栽或照片。

查理刹车，跳下自己的自行车，正在拍一只灰狗的头，这只毛发乱蓬蓬的狗在他们骑到停车道时就跑跑跳跳地来迎了。查理笑了起来。

"这是本吉，"他说道，"这里跑最快的狗，也是最亲人的，我觉得。要打个招呼吗？"

斯坦一手不自在地扶着自行车，伸出另一只手去摸本吉的脑袋。动物和小孩子——二者他都不知道该怎么应对。就连他自己还小时，也不知道该怎么应对。不过查理说得没错，本吉看上去很友好。或者说，它没有抱怨或者挪开，任由斯坦笨拙地抚摸他打结的长毛。哦，但是现在有几个小孩子过来了——四个，其中一个还抱着一只狗，一只小奶狗，抱在他的怀中，斯坦不得不承认这看上去很温馨，哦但是小孩和狗——他做好准备了吗？他该怎么样？他该怎么做？他在后面没动，想要消失在背景中，他弯下腰，假装全心全意地在摸第一只狗。

"查理。"其中一个小孩喊道，是一个小女孩，她深色的头发用缎带扎了起来，个子比斯坦小，她跑过来在他推车时抓住他的手臂。

"哇哦，"查理说道，"莎拉。天啊。你有没有想我？"

"没有。"莎拉说道，"但你会来不及。你会错过穿衣服打扮，然后你会难过，对不对？你只能怪你自己。"

孩子们围着查理，仿佛一股浪把查理往里推，笑嘻嘻、吵吵闹闹地，男孩把奶狗举高，正对查理的脸。

"查理，你能不能看看露娜？她的脚有点问题，我觉得……"

"现在不行，他快来不及了——他会错过万圣节的——"

"我不是说现在，很明显，我是说——"

"查理，如果你给小兔子喂扎人的荨麻，它会爆炸，这是不是真的？杰米是这么说的——"

"快走啊！你太慢了！"

"好了你们，"查理接着说道，"等等斯坦。"

直到那一刻，他们似乎都没注意到他在那里，他还在后方，摸狗。但现在他们转头看他，八双眼睛。

"小心点，"小女孩说道——她叫莎拉，应该是，"你会吓到本吉的。"

"抱歉。"斯坦说道，往边上踏了一步，离开小狗，但小狗还在喘气、摇尾巴，根本不像被吓到的样子。

"查理，"男孩说道，他现在看上去很严肃，"查理，你知道马丁说过,我们不能把外人①朋友带回家。"

"管他怎么说呢。"查理说道,"马丁说过很多话。过来。过来,斯坦。"

他们跟着查理穿过房车,斯坦和查理仍旧推着他们的自行车,斯坦在经过时朝窗口瞄了一眼——看到的都是厨房,和普通厨房没什么两样——还受到了一个女人好奇的瞩目,她坐在前门的台阶上抽烟,他猜她跟海伦差不多年纪。查理和孩子们在一辆白色房车前停下,这辆车和其他车子也没什么两样。他把自行车靠到一边,斯坦也照做,同时注意到那里有一辆轮椅。

"还好吗,斯坦?"查理说道,一边被小莎拉拉到门前,一边带着笑容回头看了他一眼,"来见见外婆——来吧,你会喜欢她的。"

进门后第一件事,斯坦不禁纳闷于里面的平平无奇。他没办法明确说出他以为会看到什么,但既然查理在黑暗的绿地上望着他,承认自己是吉卜赛人,然后月亮在他们来的路上升起,而且还是万圣节——那么这当然不符合他的想象。他们在一个小客厅,点缀有橘色的万圣节小旗,各处都摆着纹样精美的骨瓷盘和杯碟。还有,那里还有和海伦家里一模一样的波点桌布,桌子摆得和学校的庆祝会一样,上面有整碗的薯片和三明治。

客厅的一边是厨房,那里有几个人,人的声音和动静在玄关听得一清二楚。但斯坦的注意力全被客厅里仅有的一个人吸引了,那人坐在角落里的一把绿色扶手椅上。他和斯坦差不多年纪,浅色头发,鼻梁上有雀斑,看上去他虽然人在英国,但大多数时间都在户外晒太阳。一只小小的虎斑猫在他大腿上打瞌睡,他正拿

---

① Gorja,罗姆语中对非罗姆人的称呼。该词在下文中还将多次出现。

共有之地 | 063

着一个笔记本——似乎在描摹什么东西。他们进门后,这个男孩不自觉地抬头看了一眼客厅,没什么特别的意思,似乎他只是觉得有人过来了。不过,他第一眼看到查理时,他的脸便亮了起来。

"好了小朋友,"查理说道,直接走到男孩那里,在他的椅子边跪下,"怎么样?你还好吗?"

男孩腿上的大橘猫醒了,睡眼惺忪地抬头看查理。查理往后退了一点,疑心地瞄了一眼。

"好啊,"男孩说道,"在画画。这是戈德尔明镇中心的胡椒瓶大楼。你觉得怎么样?还记得吗?"

他的口音和查理不一样。没有奇怪的混杂了曼彻斯特的口音。斯坦觉得他听上去像一个农民的儿子——好像他从小就一直住在这里或附近。

"当然记得了。"查理说道,一边弯腰去看素描,"画得不错,朋友。真不错。真的。"

斯坦也偷偷看了一眼。查理说得没错。笔记本上是一幅完美的素描画,画的是戈德尔明镇上象征性的老市场楼,光线和阴影清晰地显示出春天早晨的景象。

男孩脸红了,看向别处,想掩饰微笑。"谢谢。"他说道,"不过我不确定,或许还得再画几个人,加点别的东西。你觉得呢?但是人太难画了,很难画好。我一直不知道该画什么动作的人,你知道吗?你不可能无缘无故画几个站着的人,但是……"他耸耸肩,不再说下去,转向斯坦,"这是谁?"

"我的朋友斯坦。"查理说道,"带他来看你了,不是吗?我觉得他会跟外婆玩得很开心。斯坦,我弟弟詹姆斯。"

他也看出来了,虽然他跟查理发色不同,穿着查理死也不会穿的运动服。他们都有着绿眼睛。斯坦觉得那样子介绍有种古怪的正式感,虽然他通常从来不在日常的社交场合这么做,但他走到男孩——查理的弟弟——跟前。"很高兴认识你。"他说道,向詹姆斯伸出一只手。

那一刻太可怕了——大概只有几秒钟,但感觉像一百年——他觉得詹姆斯可能会一直让他的手悬在那儿。但接着,他慢慢地伸出手,握了握。

"好的,"詹姆斯说道,"我也很高兴认识你。"

虽然他跟斯坦对视点了下头,握手友好、有力度,但他没有起身。斯坦其实也不在意"礼貌"之类的。反而是海伦对这些过分执迷,不过现在感觉的确有点奇怪。

"你哪里学的画画?"斯坦问道。

"主要是自学。"詹姆斯说道,"我喜欢画画给你带来的不同视角。"他往他的哥哥和斯坦中间瞥了一眼,然后,咬了咬嘴唇,"你们怎么认识的?你去镇上的拳击馆吗?查理去的那家?"

斯坦摇头,而查理则说道:"斯坦不是打拳击的那类人,是不是,斯坦?"

詹姆斯听了,笑了,笑中带着斯坦并不理解的意味。"那我们是一样的,就目前而言。"詹姆斯说道。

"是啊。"查理说道,"我想是的。"

然后,通往厨房的门边传来了动静。

"喂,斯坦,"查理接着说道,"你在看什么呢?别发呆了,过来见见外婆。"然后,斯坦被拖到一位刚从厨房出来的女性身边——她有一头浓密的灰黑相间的头发,她的脸和手像一幅由皱纹组成的地图。他还注意到,她穿了很多件羊毛开襟衫,而且她的眼睛和查理、詹姆斯的一样。

共有之地 | 065

"好的,小姑娘①?你要带我见谁?"她问查理,"这是你朋友吗?"她转向斯坦。"你好!你叫什么名字?②"

"这是斯坦,外婆。"查理说道,"他是我朋友,镇上的。他很好,你会喜欢他的。喜欢看小说,书本之类的。和你一样。和妈妈一样。"

斯坦忍不住又看了一眼——查理,会两门语言。查理,喜欢自行车、汽车、拳击、女孩,而且不上学。

她站了片刻,犀利的眼睛上下打量斯坦。斯坦知道他该微笑或握手或简单地说声你好——但在她的注视下,他发现自己动不了,说不出话。万一查理完全弄错了,他来这里这件事,整个儿都是个巨大的错误,该怎么办?但接着,她明显评估完毕,查理的外婆脸上绽出微笑。

"小说和书本,你说?"她说道,"天啊③。好吧,祝你好运。我一直跟这家伙说要重视读书。或许我们俩可以说动他。"

她叫苏珊娜,说话很快,而且和詹姆斯一样,是纯正的英格兰南部农村口音——完全没有查理的曼彻斯特口音。然后,她带着斯坦和查理走进厨房,他们一进去,里面的四个女孩就不说话了,她们明显比斯坦大。

"查理,"其中一个一头顺直深色头发的高个女孩低声道,"你知道马丁今晚也在,是吧?"

苏珊娜听了摇摇头,查理笑出声来,像往常一样聊天扯皮,最后每个人似乎都放松下来,转向斯坦,问他各种问题。

"所以你是怎么跟这个差劲的人成为朋友的?"

---

① 原文为罗姆语"chavi"。
② 原文为罗姆语"Sastipe! So tutti's lav?"。
③ 原文为罗姆语"dordi"。

"你真的喜欢万圣节吗?还是他说动你,让你觉得应该好好庆祝?"

"这是你第一次见旅行者,对不对?你的表情很明显。"

"跟你预想的一样吗?我们跟你预想中的一样吗?"

"你不应该来这里,真的,你知道。查理不应该带你来,但他向来不听话,这家伙……"

"你要吃饼干吗?这里有很多,来吃。"

"别①,所有人,"是苏珊娜的声音,"他才刚到。我们别吓着他。"

"啊,斯坦不会那么容易吓到——会不会,斯坦?"

"但他不应该来这里,外婆。你知道的。他是外人。而且马丁说过——"

"你不可能一辈子都听马丁的——"苏珊娜斩钉截铁道,"否则你什么都干不了。查理就是带他朋友来玩玩,这就是我想说的。"

"你几岁了?"个头最小的女孩问道。她长长的棕色麻花辫拖在背后,她淡然又开心的神情让斯坦一下就喜欢上了她。

"十三。"他说道。

"我也十三,"她说道,"我叫辛迪。"

"我叫斯坦。"他说道。

"我知道啊,"她说道,"我表哥刚告诉我们了。"

"啊,他是说过。"斯坦说道。然后在他还没搞清楚状况前,查理就把他推出厨房,回到客厅里,来到一桌子的三明治和薯片面前。

---

① 原文为罗姆语"kekker"。

"我快饿死了。"他说道,一边抓了一把薯片,"快吃,斯坦,你肯定也饿了。"

斯坦伸手去拿三明治,这时苏珊娜再次出现在他身边,说道:"好的。现在你可以帮我应付小朋友了。帮他们挑选盒子里的节日套装。"

所以,他和查理像剧院的观众一样坐在沙发上,而莎拉和其他在车道上认识的人在一个大木盒里翻找旧帽子、项链、围巾、头巾、马甲和耳环。斯坦推测他们都是查理的家人——有那么一大家子人肯定很奇怪吧,他想都不敢想,这跟他自己的家庭很不一样,他家只有他和海伦两人。还有外婆,当然,他们去看望她时,有装饰性的小餐巾和他看不懂的电视剧。他想象外婆和苏珊娜见面时的样子,她们俩一起做些简单的事,比如购物或遛狗……不过外婆讨厌狗,而且他无法,就是无法想象她们俩在一起时的样子。说实话,很难想象外婆出门——他见过她走出家门吗?他们去看她时,她总是坐在扶手椅上,很少起身,除了有时候去厨房或卫生间,而且如果她要去厨房,海伦会瞪他一眼,眼神责备他没有一边赶紧起来,一边说着"别起来,外婆,我来泡茶"之类的话。苏珊娜很不一样,厨房里的她在女孩群里灵活穿梭,客厅里的她也在她们中灵活穿梭,带着调儿地大声取笑几个小男孩中的一个——戴维——他戴着一顶低顶圆帽走来走去,帽子大到遮住了他的眼睛。

"看看他,"查理说道,"很快就能长大成人了。"

斯坦对这一切似乎都不太适应,但一切似乎又都很好。斯坦来之前的担忧甚至恐惧,还有所有那些初识的尴尬时刻——怀疑的表情,谈及"马丁"的话,不论他是谁,最终都消失了。可是,当查理懒洋洋地躺回沙发上,啜着茶,对小朋友们的服装灾难和滑稽景象品头论足时——"不,萨拉,你看上去像只青蛙。现在有谁想扮做青蛙?没人。没人想扮成青蛙。"——斯坦的眼睛忍不住飘忽起来,越来越频繁,往角落里的扶手椅看去,查理的弟弟独自坐在那儿,有点游离于所有的热闹和欢笑,仍在画素描和撸猫,他该过去说点什么吗?试着让他有点参与感?但当然了,那是查理该做的,或者苏珊娜该做的?任何其他人的分内事,但归他管吗?他跟詹姆斯根本不熟,什么都不了解。但是,他知道那种感觉有多糟——做他人之乐的旁观者。接着,詹姆斯抬头瞥了眼,看到斯坦正盯着他——斯坦以光速瞥开去,来不及让自己耸耸肩或者笑一笑。

莎拉现在抱起小狗,正给它系围巾,戴维非常不喜欢。斯坦能理解,戴维没错,那样的狗看上去真的很蠢,或者如戴维所言,"像一只该死的宠物狗"。小狗的脚很大。它大概会长得很快。

墙上有钟,但斯坦没去看,而且随着房间里的人越来越多,刻意忽视时钟这件事变得愈发容易了——总是有更重要的东西让他分神,人们走进走出,喝喝茶,查理把他们都介绍给斯坦,每个人都会多看他一眼,眼神犀利地上下打量,再困惑地瞥一眼查理,然后通常还会跟斯坦握手、笑一笑。然后查理的妈妈出现了,她的脸——跟查理一模一样,显得有点搞笑——在查理介绍完后马上绽出微笑。

"真高兴见到你。"她说道,"查理常说起你。你很聪明,他说。借书给他看之类的。我真高兴。对了,我叫露丝。"

查理……他们认识并没多久,现在斯坦才开始想到这点,所以他为自己感到惊讶而惊讶,这实在说不通——他觉得在这里很自在,融入那种语言,他们常说的语言,听苏珊娜发号施令、聊聊八卦，对每个进门的人喊道"你好！"或"下午好①！"或"好了，朋友②，你怎么样？"——还一边喝茶，天啊。斯坦从没想过查理这样的人会这么乖乖地喝茶。

这时，查理那长麻花辫、面带微笑的表妹辛迪又来了，查理不知道去哪儿了，现在辛迪突然出现在他身边，带着某种恬淡的氛围，仿佛只有他们二人身处一片平静之中，而不是在这喧嚣的客厅里。

"你上哪所学校？"她问他，"我在伊斯特普因特。"

"你上学？"斯坦说道。

"当然了，"她说道，"但你的学校和我不一样，对吗？在镇的另一头。"

"查理不上学。"斯坦说道。

"查理年纪大。"辛迪说道，"而且别误会——苏珊娜和露丝的确想让他上学去，她们真的、真的想，尽管马丁和其他人都是另一种说辞——但查理……很难搞。"她正看着他，他在客厅另一头，靠在壁炉台上，和一个年纪更大的男人聊得很投入——彼此语速很快，都皱着眉。有多少是交谈，有多少是争论？

"难搞？"斯坦说道，"什么意思？"

"好吧，"辛迪说道，褐色的眼睛再次对上斯坦，"他一向不喜欢投入、参与到任何事情里。不去学校之类的地方。甚至有时候，在这里，也不理我们。他现在还好，像今晚这样。像……像是他随时都愿意聊天、玩一会儿，但自从他从曼彻斯特回来后，他似乎不喜欢我们了，不再喜欢了，一直是这样。或者说他的某

---

① 原文为罗姆语"lachho dives"。
② 原文为罗姆语"mush"。

一部分不喜欢我们。他说话很奇怪。他以前从不这样说话。"

"我注意到了。"斯坦说道。

"注意到他说话的方式变了?"

"不,不仅这样。所以他以前不是北方口音?"斯坦说道,"我注意到他有点北方口音,但你们都没有。比如你就没有。"

"是啊,我没有。"她说道,叹了口气,"他很想他爸吧,大概。他也在怪自己——我妈妈是这么觉得的——怪自己害了詹姆斯。"

她摇摇头,抬头看向玄关处,有人来了。一个高大的男人,穿着厚重的靴子,脸看上去挺年轻,不过他深色的头发里已经冒出了白丝。他不仅高大——从他的体格和站立的样子看,他还很强壮,仿佛他的肩膀可以轻松扛起整个世界。他的双眼扫过室内,脸上带着一种这地方是属于他的、评判式的表情,斯坦注意到大多数人立刻就认出了他,朝他点头致意,拍拍他的手臂或肩膀。斯坦回头看查理,他刚刚一直站在壁炉前,但现在消失了。斯坦又环视四周,看到他正在往厨房去。

"那是马丁·埃文斯。"辛迪对斯坦说道,同时向刚刚进来的马丁点头。尽管室内有很多人在说话,他们两个的声音根本不可能被其他人听到,但辛迪还是放低声音:"每个人都说他太严厉了,但我觉得他其实还可以。他只是想照顾大家,他给自己立了很多规矩。但他和查理……好吧。我说过,查理很难搞。"

就在那时,苏珊娜从厨房出来,开始有目的性地在客厅快速穿梭。很快,斯坦就意识到她正径直朝他而来,他备感压力。但待她来到他身边时,她似乎很放松,很亲切。

"好了,小朋友,"她说道,眉毛向他抬高了一点,"今晚还不错吧?"

共有之地 | 071

"是的，谢谢。"斯坦说道，"很好。一切都很好。"斯坦环顾四周，想寻找辛迪，但她已经不见了，趁他不注意的时候不知道去了哪里。

苏珊娜微笑。"我很高兴你能这么想。"她说道。然后，她的眼神微微向上，看着斯坦身后，他转身，看到马丁·埃文斯就在他背后。

"这是谁？"马丁对苏珊娜说道，他低头看向斯坦，距离很近，近得斯坦能看清他花岗岩似的灰色眼睛。

"你侄子的朋友。"苏珊娜说道，"大家都很欢迎他，我想说。"

"我猜猜是哪个侄子的朋友？"马丁说道。

"别说了。"苏珊娜说道，"今天是万圣节。让孩子们好好玩吧，马丁。他们需要朋友。"

"他们一直是孩子。"马丁说道，"这就是问题所在。"

他给斯坦摆了个脸色，然后穿过人群，走到詹姆斯那儿去了。斯坦看着詹姆斯伸手朝马丁打招呼，马丁则抓住詹姆斯的肩膀，看到他膝盖上的素描后眉头皱得更深了。

斯坦一直想问辛迪她说的话是什么意思，说查理怪自己害了詹姆斯，直到他又喝了一杯苏珊娜给的茶，直到他和查理在查理的表堂亲面前一起重演了那天和赫胥黎、约翰尼的酒吧之战——略有改编和夸张——直到他去找詹姆斯聊天，但聊得不怎么样之后，才有机会问辛迪。

"查理从没提起过你。"詹姆斯说道。

"是啊，也从没提起过你。"斯坦回道，回得很快，想都没想。

他走出房车，想透透气、静一会，看看夜空——有云，但云移动的速度很快,月亮被掩住的时间不长——这时他注意到院子一角一个小小的黑色身影,她正拿着一碗水。他看着她把水放到地上并吹了一声口哨。

他上前去。"辛迪。"他在靠近时说道,以免吓着她——不过,她还是跳了起来,几乎带着愧疚抬头看他。

"斯坦?"她说道。

"你做什么呢?"他说道。

"就是放点水。"她说道。

毛发乱糟糟的灰狗和另外两只狗从黑暗中现身,听到她的口哨声后快步走向她。在它们跑来互相挤着喝水时,辛迪揉了揉它们的脸,然后再抚摸它们的全身。然后,她向斯坦投去了一个长长的、计算的眼神。最后,她似乎觉得他可以信赖,把手伸进外套口袋,拿出了一大块三明治,很明显是从餐桌上拿的。他看着她把三明治撕成小块,用手喂给狗吃。

"我知道我不该这么做,"她说道,"但人庆祝节日好吃好喝,它们却什么都没有,这似乎不公平。"

斯坦听了忍不住微笑。"我完全同意。"他告诉她。

"真的?"

"当然。"

他就这么看着她喂完了整块三明治,小狗们再次对着水碗嗅闻。

"你之前说的话是什么意思?"他问道,"有关查理的话?他怪自己害了詹姆斯?"

她点头,慢慢地把一缕发丝拢到耳后。"是意外,"她说道,"不是查理的错。田野里只有他们俩,但许多人都从远处——在马路上或农场上——看到了事情的经过。詹姆斯骑着四轮摩托车

共有之地 | 073

撞到了树上——查理在现场。就是这样。而现在，查理很难直视他，很难直视我们中的任何一个。我想他离开一阵、去北边，对他是好事。但结果更糟了。"

"那时他几岁？"

"查理吗？"

"不是。"

"詹姆斯？"

"对。"

"十岁。我记得的，因为那年我也十岁。"

"所以他现在走不了路？"

她点头。"他的脊柱粉碎了，医生说。"

"他会好起来吗？"斯坦问道。

辛迪咬唇。"如果你抱有希望，那么一切都会好的。我妈是这么说的。"

然后，她没有说任何话，牵起他的手，仿佛这是世界上最自然、随意的事，带他穿过黑暗，回到苏珊娜的房车。

当然，查理在外面，抽烟。他看到他们俩这样，皱起眉，斯坦下意识地把手抽走。

"好啊，斯坦，你真自在，我看出来了。"

"闭嘴，不是那样的。"斯坦急忙道。

"没关系，我只是在开玩笑。"查理说道，再次拍拍他的肩膀。他抽完烟，扔掉烟蒂，后脚跟把烟碾灭。

"查理。"辛迪说道，她的微笑消失了，声音变了，没那么有底气了。

"怎么了？"查理说，然后又道，"老天，别担心，朋友。我又不会说出去。就是——你自己当心点，就是了。谨慎点。"

他们回到房车后，里面比之前安静了，戴维和萨拉睡着了，在沙发上撑着彼此，小狗在他们脚边打瞌睡，壁炉台边男人间的对话弱了下来，大多是嘟哝低语，议论，点头认同或微词反对，女性们还在厨房入口闲聊，但她们现在的聊天声更轻柔，不那么聒噪了。

斯坦环顾四周，看着这个家庭的聚会。所有这些人共处一室，室内没有在放电视剧，目之所及也没有任何尴尬。是的，很明显，气氛一点儿都不尴尬，但是，詹姆斯还在扶手椅上，尽管扶手椅现在被调整角度，面向房间，他也已经收起了素描本和铅笔。他正看着查理，尽管查理似乎并没有注意到——或者说故意不去看。

斯坦任由查理把他带到餐桌边的一处空地方，他们坐了下来，查理向斯坦抬起眉毛，斯坦四下张望，看到了辛迪，发现他们把她落在门边了——然后，他再次看到了墙上的钟，看到了现在的时间，竟然已经过了九点半了，他难以置信又惴惴不安。

斯坦轻声骂了出来。"我得走了，"他对查理低声道，"该死的，都快十点了。"

"所以十点会发生什么事？"查理说道，对事态的严重性表现得风轻云淡，"你会变成南瓜，是吗？美丽的舞裙会变成破布？"

"查理，这不好笑，我妈会气疯的。我都没告诉她我今晚会出门。"

"哎呀，万圣节嘛。她知道你会出门玩的。"

斯坦摇头。"我妈不那么想。"

"好吧，但她不会气疯的。你不是说过，她总是累得没精力关注任何事？"

"喂，那不是——我从没说过——我不知道。但她很怪，查理。这样会出事的，真的。"

共有之地 | 075

查理转头正视他。"哎呀，朋友，"他说道，"看看你。你不能一辈子都这样。你是独立的人。如果你出门玩，那你就出门好好玩。你不用跟谁报备。"

"不是那样的。"

"那是什么样的？"

"她是我妈妈，查理。"

查理耸耸肩，开始从口袋里掏出卷烟纸和烟草，把它们摆到餐桌上。"好吧。"他说道。

"查理。"斯坦说道。

"别，"查理说道，"我就是不明白。好像你回家、照她说的做，是因为她掌控了你，或者不管你怎么说，而不是因为你真的想这么做。而且，好吧，你懂的。你不该受到任何人的掌控。我听我妈的话，只在她说得有理的时候，而不是因为她生下了我之类的原因。这里一半的人说话我都不听，不会因为他们是家人，就听他们的。因为我认为不行——不应该这样，家人……"说到这里，他瞥开去，重新回到卷烟上，似乎想让他说的话慢慢淡去。尽管斯坦真的得走了，尽管再怎么抓紧时间也晚了，因为他几个小时前就该动身，但他发现自己很想知道查理会怎么把他的话说完整。

"家人？"斯坦说道。

"什么？"查理说道。

"你刚说家人——正要说。关于你认为家人该怎样。"

突然之间，查理似乎弱了下来。他继续捣鼓着桌上的东西，又在卷第二根烟，但第一根烟明明卷得很好，就放在卷烟纸包装盒、滤嘴和烟草袋的边上。

"不是什么重要的话。"他说道，"我不知道。"他眼神四处瞟,"这种想法在这里不被人待见,但我就是想,或许,血缘关系不是所有。或者,不是的,那——那不是我要表达的意思。我要说的是——我认为你得赢得他们,坚持去赢得。人们得跟他人好好相处。坚持让他们笑口常开,帮助他们,所有的事。我是这么认为的。仅靠血缘关系做家人,是不够的。"

斯坦点点头。"或许吧,"他说道,"我会想想的。但现在我真得走了。"

"哎呀,"查理说道,"你就不能在这里想吗?"

"不行啊,朋友,我已经惹麻烦了。"

"那再待一会又怎样?如果你好好想想,不管你什么时候回,你妈都不会让你好过,那你还不如等你想回的时候再回。"

斯坦皱眉。"你知道的,朋友,我不确定这么做可行。"

"哎呀,斯坦,"查理接着说道,"现在留下。你走了就不好玩了。"

斯坦笑出声。"骗谁呢,"他说道,一边从他们刚才一直坐着的地板上站起来,"还是会很好玩的。我们明天见,行吗?"

查理想把他留下的举动让他暗自高兴,直到他挤过人群来到门口,出门踏入黑夜前回头看了室内最后一眼。他看到了查理,房间里唯一一个没有在和别人聊天的人,低头望着餐桌,又开始卷一根烟。他的肩膀弓起,头发落在脸上,不知为何让斯坦想起了他自己坐在校车上、想要淹没于众人之中的模样。目睹这个情况感觉真奇怪——甚至有一点令人困惑,在他当晚看到那么多之后,温暖、聊天、搞笑,说着英语和另一门不知是什么但他们都会说的语言,还有查理在他们中间十分自在的那种感觉。

斯坦的视线从他身上飘走,看到室内其他人——厨房门边正在闲聊的堂表亲,年纪大一点的女性坐在沙发上喝茶,蜡烛,睡着的孩子，壁炉台边端着威士忌酒的男人——就在这时，他看到不光只有查理一人不跟别人说话——还有詹姆斯，当然，他还在扶手椅上。他听着身边的人聊天，偶尔对他们说的点点头，他其实在望着查理——观察他的哥哥，而哥哥似乎没有注意到，想要抬头看却又抗拒。

但他又看到了钟，快九点五十分了。时间在这里怎么过得那么快？斯坦想象等他回家后海伦会说什么，但他想不出——他从没做过这种事，出去一整晚但不告诉她。然后，他能说自己去哪儿了呢？他得在回家路上编点故事。

他把他的视线拖出室内，不再去看正在聊天的大家、不停卷烟的查理，还有仍在观察哥哥的詹姆斯，他去找他的自行车，他把车停在户外、贴着房车，就在詹姆斯的轮椅旁。他正要握住车把手，一边怪自己靠边停车时没有好好换挡时，他注意到有东西朝他过来，从黑暗中。起初他以为是只狐狸，接着他看清是他们刚到时来欢迎他们的那只灰狗，辛迪刚才撕碎三明治去喂的三只狗里，它就在其中。查理说它叫什么来着？本吉。是的。斯坦伸出没有握住自行车的那只手，本吉用鼻子拱了拱。

"你好啊。"他说道，模仿刚到时查理揉他耳朵的动作，"你好啊，本吉。"

他顺着近郊的路骑车，完全忘记要想借口搪塞海伦。他不住地想到查理在他离开前说的话——关于家人，赢得家人的话。他还想到海伦，他的外婆，甚至他的爸爸，然后又想到查理和詹姆斯。他好奇查理真的信他说的那一套吗？如果信，那对他又意味着什么？

9

斯坦骑到东街、快到家时，肯定已经过了十点——他立刻发现情况不对。首先，所有的灯都亮着。尽管海伦不上夜班，这时候她也一定睡了，通常是这样。他不记得她上次十点半之后才睡是什么时候。每到九点，她就在沙发上打哈欠，九点半穿着睡衣刷牙，不一会熄灯，躺床上看杂志。而现在连楼上小房间的窗户都亮着灯。这间房原本是客卧，但从去年开始，这里自然而然地变成了储藏室，用于堆积他们不想要或不想修理的东西——坏掉的吸尘器、老旧的柜子、破洞的足球、衣帽架、烤蛋糕的模具、电池用尽的收音机。他们俩从来不进这间房，除了需要处置眼不见为净的东西的时候，然后关上门。

斯坦停下踩踏的动作，靠近屋子时慢慢减速。一连串的路灯都坏了，他来到屋外后才看清前门和窗户上挂着长长的、黏糊糊的东西，屋前的水泥地上有蛋壳。

他推着自行车来到前门，尽可能不出声地把钥匙插进锁眼。只待把他的车停到玄关的老位置，脱下他的鞋，从厨房倒杯水，上楼进房间，关上门——他想做的就是这些。至于其他，不管屋子里潜伏着什么唠叨或者声响，仿佛注定他在走进恶龙的巢穴，都等到明天再说。

他转动钥匙，推开门，立刻听到了海伦的声音，他仿佛在她话说到一半时打断了她。

"斯坦利,"她说道,"斯坦利?是你吗?"

他把自行车往玄关墙边一靠,往客厅走了几步。他的脚步声听上去出奇地大,各处电灯的亮度几乎让人觉得过分殷勤,在体验过苏珊娜房车里柔和的烛光和回家时静谧、幽暗、铺满落叶的道路之后。

"斯坦利?"她再次喊道,"说话,斯坦利,拜托了。是你吗?"

"嗯,是我,妈妈。"他喊道,"怎么了?出什么事了?你怎么把灯都打开了?"

她不在她沙发的老位置上。她穿着睡袍,全身蜷起,坐在半空中的台阶上。他知道这么想不好,但她看上去真颓废——满脸倦容,没有化妆,过亮的灯光加深了眼袋。而且她为什么那样坐在楼梯上?她不能穿好衣服,像个正常人一样坐椅子上吗?似乎是故意的,斯坦忍不住想,为了某种戏剧效果。让他的所作所为显得残酷,是他在折磨她,但实际上这跟今晚镇上其他十几岁少年做的事相比,并没有更坏。这种事,比如说查理一家,不会在意。其他人根本不觉得这是问题。这么做显得好像是他逼她不睡觉,那副模样坐在那里,等他。显得好像他出门、认识新世界是刻意为之,为了伤害她。

还有那种感觉——在台阶上无意义地等待,只为了在他进门后立刻与他对峙——使得他不想问屋前砸烂的鸡蛋是怎么回事,不想问发生了什么并主动打扫,转而说道:"怎么了?什么事?"

"我以为出事了,"她说道,"斯坦利,亲爱的。过来让我看看你。你去哪儿了?我很担心。"

"为什么灯都亮着?"斯坦利没有动,仍在玄关处,说道,

"有人来了吗?"

"没,"她说道,"没有别人。只有我们俩。"她披着旧睡袍,把它在肩膀处裹紧。"有几个男孩来过,"她说道,"在外面。他们认识你,斯坦利。他们知道你住这儿。他们吓到我了。当时你不在,斯坦利。只有我一个人。"

"他们认识我?"斯坦利吞咽了一下,感觉从查理家带回来的最后一丝温暖消失殆尽,"你怎么看出来的?"

"他们在叫你,"她说道,"大喊大叫。他们吓到我了。"

"他们长什么样?"他问道。

她只摇摇头。

"妈妈?你在听吗?你看到他们长什么样了吗?"

"他们戴面罩。我看不到。"

"那他们几个人?"他问道。

"只有两个。"她说道,"就我能看到的,从窗户这边。也可能不止两个。我看不清,斯坦利,亲爱的,我只是在窗边偷瞄。"

"什么?"斯坦利说道,无法控制住自己预期中的尖锐。

"很可能不止两个。"她说道,"从我这边我看不清,从——"

"从窗边?"

"是的。"她说道,"怎么了?怎么回事,斯坦利?"

"他们朝房子扔鸡蛋,妈妈。砸整打整打的鸡蛋,现场看上去是这样。朝房子砸,大喊大叫,还戴头套,而你就坐着,什么都不做?你坐在这里躲着?"

"我害怕,亲爱的。他们吓到我了。"

斯坦知道这么说不公平。他知道他回来不是为了这个,或者说事情不该朝这个方向发展。他也知道,他没有照顾好他的妈妈,因为他在葬礼上脱口而出,向所有人保证过会照顾她,虽然他不知道那意味着什么，他还是说了。所有的愤怒都应该指向赫胥黎和约翰尼——因为肯定是他们两个朝房子砸的鸡蛋——他应该对自己生气，气自己无法直面他们，无法鼓起勇气，像查理一样去行动，或者像爸爸一样，维护自己，他忍不住说了一连串话。

"妈妈，他们是男孩——是小孩。你就不能开窗朝他们吼两句吗？叫他们离远点？叫他们走开？或者说一句我不在家？"

"斯坦利……"她往后挪了一级台阶，脚踩在睡袍上，睡袍解开了，露出她的泰迪熊旧睡衣。

"你为什么不做点什么？"他朝她大喊，完全是会把邻居吵醒的那种大喊，"为什么不叫他们走？"

但她只是摇摇头，轻声道："我知道，对不起，亲爱的。"然后她重新裹紧睡袍，手脚并用地上楼，回到她的房间，牢牢地关上门，把他隔绝在外。

之后，斯坦不知道该做什么。他试着坐在沙发上，但躁动不安。试着到厨房里去，但没有耐心站着等水烧开，他现在也不想泡茶了——他和查理的家人喝了太多茶，今天已经喝够了，再说了，在一切发生后给自己泡杯茶、独自一人在客厅里喝，这感觉很可悲。他关了电热水壶，然后在屋子里转一圈，把灯都关了。首先，海伦为什么把灯都打开了？就像在受到威胁后某种幼稚的反抗？她应该不怕黑吧？

斯坦按下二楼走道墙上的开关，让所有一切重回郊区夜晚令人舒缓的黑暗里，然后他发现自己凝视着楼梯上的窗外，看着树冠在风中跃动的阴影，一边想象查理和他的家人现在在做什么。他们是否还没睡，还在过节。查理和詹姆斯是否在一起聊天，讲起以前的旧笑话，把所有尴尬都一笑了之。辛迪是否在想他去哪儿了。他没有找到时机和她道别。

然后,他发现自己还在想象这样的画面:海伦坐在楼梯上,把自己藏起来,蜷缩在窗沿下,是什么样的感觉?他是从她那里学到的吗?这种缄默,这种无能,无法站出来、对夺取和毁坏他人之物的人说不?不知为何,他总是在想,如果她看到赫胥黎和其他人在学校是怎么对他的,她会不会因他而觉得羞愧、丢脸。她甚至会批评他,批评他不大声说出来、让别人听到,同样批评的还有他在餐桌上或在电视的声音下聊天时太安静。现在想来,他曾经以为她对他消失的眼镜、淤青的皮肤、扯坏并涂鸦的衣服不作评论,是因为她对他没有反抗而表示失望。但是他从未想到过,他的妈妈,海伦,一个成年人,在面对同种境遇时,和他一样不知所措。

他仍旧看着外面摇晃的树冠阴影,但坐到了她之前坐的地方,坐在楼梯上,在黑暗中,觉得自己听到了自己对她的大喊大叫,叫声在他的周边回放,而且更糟的是,驱使他说出悬浮在他头顶上的那些话的厌恶感还没有散去,如阴云笼罩着他。他们俩都不应该有这种厌恶感。是赫胥黎把这种厌恶传给了他,他知道,他没有抵抗,反而让它占据上风,控制住了他,甚至把他变成一个霸凌者,而这是他最不想成为的人。查理从来不会这样去伤害别人。查理更强大。

"Nae pasaran。"斯坦轻声地自言自语,第一次感觉到说出这些话让他感到陌生、不自在,甚至有点羞愧,因为他意识到他离他想成为的那种人还差得很远。

10

第二天是星期六,下雨。斯坦出门去送报纸前,海伦还没起来。她的房门紧闭,门后静悄悄。他不知道她是不是要上班。或许他该去敲她的门,隔着门喊一声——"妈妈,我去上班了,等会儿回来"——类似这种不痛不痒的话,当作昨晚的事没有发生。但他望着她关上的房门一分钟,决定不敲。那扇门传达的意思很明确。无论他要说什么,她都不想听。

屋外,他看到雨已经把屋前最脏的蛋液洗刷掉,把鸡蛋壳砸成更小的碎片。看上去近乎一切都没有发生,赫胥黎和约翰尼从未来过这里。也不需要有人打扫他们留下的烂摊子。一想到他们竟成功搅起这份愤怒、这份悲伤,而他们实际上微不足道,轻易就被抹去了。

*

几个小时后,辛苦送完一整轮报纸后,斯坦真实地感到生活中的一切再次变得有趣、温暖和美好,他和查理坐在炸鱼薯条店外的路沿上,边吃《纽福德回声报》头条包裹的薯条边笑——愤怒的酒吧老板放话:"如果垃圾收集不及时,市政议员不会有啤酒喝。"天还在下雨,今天就没有要停的意思。太阳甚至似乎没有升起。不过,那样反而让薯条更好吃,生活一下子感觉更惬意、更无畏,斯坦把雨衣的帽绳收紧,吃得很快,一边哆嗦一边把烫口的食物往嘴里塞,感觉自己从内而外暖和起来了。

"一帮混蛋,"查理正说道,"我们要找他们算账,斯坦。我们必须做。不能让他们就这么跑了。如果你不追究,说实话,那全世界都乱套了——"

"等等。"斯坦的话从满嘴的食物中传了出来,"你在说什么,全世界?就是我个人的事。如果我不找他们算账,我就输了。或者至少可以说,我很可悲。但这跟全世界有什么关系?"

"这是原则,斯坦。所有这些小事我们都不能放过,因为如果我们放过了,那就意味着他们不会有事——意味着他们那样的暴徒随时可以过来,跟我们说我们在这里不受待见。"

"我们?不好意思,朋友,他们要找的是我。我一直是他们的目标。"

"但不是啊。"

"什么?"

"你说那小子在学校叫你什么?年纪小的那个。"

"派基?"

查理抖了抖,帽子下的脸拉长了,"是的,派基。"

"那——那是什么意思,查理?"

"什么意思?"查理看了他一眼,脸上满是惊讶,"你从没听过这个词?"

"没……没有吧。我听过别人说过几次,但我并不知道——我不知道这是个很坏的词……"

"很坏?"查理的声音里有点不爽,"这是种族歧视,这个词。没什么可争辩的。派基,吉卜赛。充满仇恨的、种族歧视的词语,朋友。而这个国家的人总是想都不想就说出这些话,我想他们甚至有时候都不知道,他们在传播仇恨。不过你学校里的那个人不属于这种。他知道他在说什么。我很肯定。他以前去过你家吗?在学校外面欺负过你吗?"

"并没有。只有在酒吧的那天。"

"对。是啊。明白了吗?和我一起在酒吧。他们想搞的是我们两个人,斯坦。只不过二人之中,他们只知道你的地址。"

斯坦一边咀嚼一边思考,看着来往车辆的刹车灯在水洼中的倒影。"对不起,查理。"他说道,"我连累你了。"

查理笑了起来,但听上去并不怎么开心。"不是你的错。这种事对我来说不陌生,你知道的。我又不是第一次碰到种族主义者了。而且更可怕的是,这些人无论如何都不算最坏的那种。"

"在曼彻斯特会好些吗?在大城市?"

"不知道。"查理说道,"不一样。"接着,念了句炸鱼薯条包装纸上的话——"女子降灵成功,梅罗教区牧师抗议。当然在曼彻斯特,我从没见过这样的新闻标题。"

斯坦忍不住大笑。"牧师是谁?"

"不知道。"查理说道,"剩下的都沾了醋,都怪我。"他叹口气,往后一坐,手指在牛仔裤上一抹,看向马路上。"我不知道,"他说道,"我开始有点喜欢纽福德了。我总是能找到这地方很酷的点。"

"你别开玩笑了。"斯坦说道。

"没有。"查理摇头,雨滴从他的帽子一侧滑下,"我读到过,比如说,有一天读到这里的人以前会在盖伊·福克斯日做什么。从整个维多利亚时代直到二十年代,似乎是这样。盖伊骚乱,人们是这么说的。每年的十一月五日——也就是下星期三,我记得今年是在星期三,对吧?——纽福德人会戴上面具,然后就……

该死的……入室抢劫。或者不算入室抢劫，我说的不是那个意思。他们会到别人家里或者公司的办公楼里，针对当年惹过他们的人，捣乱。砸东西，破坏东西，之类的。因为有面具，因为这算是每年都会搞的糟糕的传统。几十年来，他们都安然无恙，斯坦，没有一个被逮捕。一年中的这一晚，可以报复他人且不被追究后果。纽福德的盖伊，他们自称。受压迫的和被压榨的。每年的这一晚，他们得以翻身。"

"好吧，或者不过是戴面具的暴徒，就像昨晚我家碰到的事。"

"是啊，朋友，但那不是一回事，对吗？那有什么浪漫可言？你没有对他们做过坏事，是他们对你使坏，而且还想继续对你做坏事。"

斯坦拉紧连帽衫上的抽绳，尽量不去想他的妈妈，现在，她也被卷入了赫胥黎的事。尽量不去想这件事像噩梦般波及的范围越来越广，把更多的人卷入其中。

"你为什么那么喜欢这种事？"他问查理，想转换话题。

"什么？找坏人报仇？"查理说道。

"不是，当地的奇闻逸事。我以前总以为这是因为你刚搬过来，你找到这些故事，好让自己熟悉新地方，之类的。按那种思路，我能理解。但昨天看到那些后，查理，你家比我家更像萨里本地人。比起我来，你背后有一个更大的家庭、更有家味的地方。"

查理吃完了，把报纸嘎吱揉捏，望着它，被他一手握拳、团成一团。

"也许吧，"他说道，"或者每个人都那么觉得，有类似的感觉。觉得其他人都有个更有家味的地方。"

"我想应该是。"斯坦说道。

"虽然我不知道。不是因为……"查理把炸鱼薯条的包装纸随手扔进了往来的车轮下,"我觉得是因为妈妈总是教我保持好奇——在旅行时睁大眼睛,保持阅读,尽管我不上学了。不过别对我的家庭过度关注,无论怎样。你是我的朋友,记得吗?"

斯坦大笑。"哎呀,朋友,别说傻话了。"他说道,"你听上去像托儿所小朋友。"

"我没有开玩笑。"查理说道,不过他也笑了起来,"真的,朋友。小心行事。"

*

那晚斯坦到家时已经晚了,或者说非常晚了,相较于他通常在星期六回家的时间。海伦没有睡,穿着睡袍和拖鞋蜷缩在沙发上。看到她这样,斯坦被愧疚感刺痛,昨晚的争吵在他回家后似乎又活了过来。斯坦好奇她一整天有没有换过衣服。

"斯坦利,亲爱的,我们能聊聊吗?"她说道。她的声音那么轻柔,那么试探,他在玄关停放自行车时几乎听不到。他张嘴想回应,但又闭上,什么都没说。他内心深处知道自己之前太刻薄了,他不确定自己可以就这一件事和她聊聊。不过,他还是走到客厅,在沙发边徘徊,没有坐下。

"什么事?"他问她。

"就是……你还好吗,斯坦利,亲爱的?我知道,我最近没有——"她停下,看向别处,捏了捏她的鼻梁然后继续道,"我知道这不能作为借口,但是太辛苦了,这一年,斯坦利。"她看上去似乎还想继续说,但是没有说下去。

斯坦点头。"是啊,妈妈。我知道。我知道的。而且,"他深呼吸,"对不起。昨晚的事。我不是故意的。我不是故意要那么说的。"

海伦咬住嘴唇。"他们是谁,斯坦利?"她问道,"我是说,你没有……你没有惹麻烦吧?"

"没有。没有,妈妈。当然没有。没事的。我很好。"

她在沙发上挪动,靠他更近了。"我只是觉得你变了很多,亲爱的。我不知道你怎么了。你每天放学后去哪里?你跟谁在一起?你没有和那些男孩,就昨晚的那些人在一起吧?"

"没有,当然没有。"斯坦听到话里的意思后,感到毛躁。

"但你知道他们是谁?"

他点头。"是的。"

"告诉我,斯坦利,拜托了?"

"天啊,妈妈,我不需要把每件事都告诉你,不是吗?他们就是学校里的人。说实话,不要太担心了。这没什么的。"他转身,穿过房间,往楼梯走去。

"斯坦利,你现在都不跟我说话了。我在努力了,斯坦利,真的。"

"我知道,妈妈。"他说道,几乎没看她一眼,晃悠到了楼梯扶手处,然后上楼,"对不起。"

"你不想吃点东西吗?你不饿吗?"

"不饿,妈妈。"他回道。即便他今天还没吃饭,他也不会再下楼。突然之间,在她身边变得可怕起来。屋里的空气太沉重了,因为愧疚、悲伤和后悔,所有的一切都沉甸甸的,近乎瘫痪。

11

那个星期天,他大多数时间独自一人,出门来到公共绿地,或仅仅在镇上闲逛,去水石书店和镇上两家唱片店看看,想着是现在把送报纸挣的钱花了,还是等到有真正需要的东西的时候再花。镇上的人已经比以往多,街上满是为圣诞节购物的人。斯坦从来不用心烦这种事,因为他只需要给海伦买礼物——有时也给外婆买,那几年他们会在节礼日①去看望她。虽然最近似乎不怎么去了,但他找不到一个好时机问问海伦为什么。

也许他会给查理买点东西。不过那或许很牵强,而且他不想吓到查理。然后他突然想到一个古怪、新奇又不同的主意。他可以给辛迪买礼物。不用太大件儿的,或太破费的。小小的、日常的就行。他可以放进口袋的东西,下次见面、下次去查理家,可以走过去送给她,说——"哦,嗨,我给你准备了小礼物。看到它时我想到了你,就是这样。"但能送什么呢?他能给她什么东西呢?花是不二之选,但谁知道下次查理请他去他家是什么时候,花放不久——它们枯萎,凋谢。也许这整件事就是愚蠢的。

他决定等等,再想想,于是离开镇上,骑车经过炸鱼薯条店,棕色的包装挂在自行车把手上,直到来到公共绿地,虽然才刚过

---

① Boxing Day,圣诞节次日。

四点，天光已经暗了下来，目之所及看不到一只兔子。兔子冬眠吗？谁知道呢？查理可能知道。他说那话的时候，是认真的吗，说不要太关心他的家庭？当然不是。查理从来没有真的认真过。他不过是在开玩笑。他大概想的是辛迪。

乌鸦乌云般从头顶飞过，斯坦把车子放倒在草坪上，背靠一棵树坐下——橡树，他根据叶子分辨出来。树叶还在树上，还挂着呢，虽然已经卷曲，变成棕色，仿佛有人一边穿过树叶，一边用打火机把每一片叶子烧焦了。

"海鸥给小镇抹黑，当地商户说道。"《纽福德回声报》告诉他，在他吃薯条的时候——奇迹般地还热乎着。或者不算奇迹，他骑得很快，但还是感觉像奇迹，热乎的食物相对于他脸颊上的冷空气。在户外吃的东西总是更好吃——为什么呢？查理家会在户外吃吗，有时候？按他们的生活方式，大概每个夏夜都如此。或许冬天某些时候也会，正如此时的他，不过他们会生火——一片巨大的篝火，他们围坐着聊天，火光照亮人们的脸，火星像火焰精灵一样跳动，引诱孩子追逐、抓取。他几乎都能想象自己正坐在那里，在火边，和他们在一起。戴维和莎拉，还有其他小家伙，他们的兄弟姐妹，都绕着火焰跑，火星在他们身边跃动，苏珊娜正煮着一壶水，而他，斯坦，坐在那里看着这一切——也许有本吉在他腿上打瞌睡，辛迪在他身边。辛迪。也许他应该送她点什么。查理之前只是在逗他玩。而且他一直说斯坦应该认识些女孩，不是吗？

月亮出来了，太阳落到树冠之下，留下最后一线红光，但光消失得太快了，乌鸦群不断在头上盘旋。第一次，斯坦开始认真思考查理对他说的话，他们第一次在公共绿地见面时说的——"这个叫法意味着它们是公有土地，你知道吗？它们依然是公有的，至少从某种程度上。这地方属于我们，属于所有人。"

为什么他总是回到这里？为什么他在这里总是感觉平静，比起他在家时，他现在感觉更自在？因为，虽然他之前从未好好想过，在这里，这个镇及其周遭的一切——大概更加广阔，英格兰的一切、全英国的一切，甚至更远的地方——那些都是别人的。都属于某人，他们踏足、骑行、建造房屋的土地，一切东西。土地一直是某人的，而那里的其他人都是被默许、被忍受、被容忍、被邀请到那某人的领土上。从来不是简单地在那里，而是需要回应其他人，为自己的在场正名。不——他现在想到，一边抬头看天，看鸦群——不像鸟一样。它们是自由的，他意识到，以某种他此前从未真正明白的方式。当然，他一直在想象飞翔是什么感觉、急剧攀升是什么感觉，那是自由的感觉，但他从未想到过离开地表、摆脱地球引力意味着轻盈和飞翔以外的更广阔的自由。

或许这不算什么幡然醒悟，或者对现实来说并不重要，但斯坦在绿地上待了很久，久过严谨的建议时长，因为太冷了——凛冽，就当下而言，夜晚那么清明——他想好好思考。但或许，他也想避免回家，有一点想。昨晚他拒绝留下和海伦说话，今早他在她醒来前便起床离家，只会把氛围弄得更糟，屋子里的空气变得更加憋闷和敌对——他意识到，这种感觉加剧了，因为他在某种程度上违反了二人之间默认的某种契约，结果是他没有理由也不配在她的屋檐下出现。

他之前从没想要个亲兄弟或亲姐妹，别人问他时，他一直认为这个想法很愚蠢。毕竟事关重大，对他而言，希望有亲兄弟姐妹相当于希望他不再是自己，而是成长为一个不同的人。但此刻，他真心希望屋子里有其他人，家里有个哥哥或姐姐，可以跟对方畅谈所有的事。某个会努力去理解他的人，他能跟对方聊聊爸爸的事，而不会像他每次和海伦说起时那样，陷入周而复始的困惑或自责。某个能有时间倾听、和他在一起、站在这团笼罩着他和海伦的愁云外的人。

不过，明天起，日子就容易多了。她会恢复夜班，然后他们就不用真的天天见了，只要他不让她放学来接，在她出门上夜班前自己在外面待着。明天起，情况会好的。几乎就像独居。

12

"辛迪?那是谁?你的派基女朋友?"

赫胥黎·爱德华兹皮包骨的双手出现在课桌上,两手占据了斯坦正在写东西的信纸两边。

该死的。他当然不该在学校写,但在家里令人极度不适的糟糕氛围下写,他又觉得不自在——而且他以为午饭后像这样回到数学教室写会安全,因为赫胥黎和其他人通常会在外面的操场上做坏事,抢走每一个不会拒绝、不敢惹怒他们的人的食物。他在这里做什么?为什么斯坦就不能自己一个人待五分钟呢?赫胥黎正变身为夏日吃带果酱的东西时会招来的马蜂,或是你无法摆脱的重感冒。

"别那样叫她。"斯坦说道,他没有抬头,继续写,不过他一边写一边开始感到手在抖——但为什么他的手在抖?他不害怕,不是吗?天啊,为什么他要害怕?有什么是赫胥黎能对他做而他不能对赫胥黎做的吗?想想海伦——一个成年女性,躲在窗沿下,打开了所有的灯——他逼迫自己继续写,继续低头看纸页。

"我从没见过你这样的人,"他写道,"我们在一起时,感觉就像,"斯坦暂停书写,想到,"就像电影院里熄灯的时候。在电影开始前,万籁俱寂的时候。"

"喂,斯坦利,"赫胥黎的声音离得过近,就在他低下的头上方,"我对你说话呢,看我。"

"我知道我们没怎么聊，"斯坦写道，"所以如果你觉得这很奇怪的话，我并不怪你。"——接着他暂停，把那一部分划掉。不要道歉，查理总是这么说。"我知道我们没怎么聊……但我想再见你一面"，句子现在这么写道——但赫胥黎在这里，啪啪地拍打纸张，就在斯坦继续提笔的地方。别抬头。别一副可怜样，让他把你变成受害者。斯坦提笔，继续写，从赫胥黎手的另一边写起——这样页面会不好看，但他不管怎样还是要另外誊写一份的，因为刚划掉了一部分。现在事关原则，查理会这么说。继续写，别让赫胥黎赢。

"或许去哪里散散步，"他写道，"不过我想应该挑个周末，因为最近天黑得太早了。你去过戈肖克公共绿地吗？我喜欢那里，查理也喜欢——"

赫胥黎抓住纸张的一头，而斯坦双手按住另一头，在赫胥黎抽走前抓住了。纸从中间撕开——就在"最近天黑得太早了"一处。

"辛迪，"赫胥黎说道，"我就知道。她是你的派基女朋友，他们那帮人名字都这样，那帮派基。你最好小心别染上什么毛病。我听说她们早熟，你知道我在说什么。"

斯坦利终于抬头看他，感到一丝满意，因为赫胥黎看上去真生气了，而不是像以往欺负斯坦时一样享受，仿佛欺负他是某种娱乐。

"你说什么？"斯坦说道，尽量让自己的声音保持平静，"再说一次。"

"你听到了，"赫胥黎说道，"就是一条友善的忠告。不过斯坦利，我承认一想到这件事就觉得有点恶心。想到你这样的屌丝和女生在一起，更别提那群派基里的女生。"

"你刚叫我什么?"

"你说什么?你刚叫我什么?你今天问题可真多,是不是,斯坦利·高尔?"

这些话没什么杀伤力。斯坦知道那不过是废话。说了那么多废话才让他生气。他慢慢地深吸一口气,然后低下头,不去看赫胥黎,重新回到他面前被拦腰撕开的纸页上。

"我不确定会怎样,查理不会去,他继续写,除非你想让他一起去。我们可以去散步——"

"斯坦利,"赫胥黎说道,"我跟你说话呢,认真听,斯坦利。"

"不过我没说非得那样,真的——"

接着,他不知道发生了什么——只听到一阵声响,一惊之后突然一阵剧痛,赫胥黎用力拍他的后脑勺,他一脸撞上桌面。他就那样趴着停顿了一秒,双眼紧闭,等到鼻梁上的剧痛慢慢地变为可以略微忍受的疼痛。他撑起自己,回到坐姿,仍旧不看赫胥黎,拿起他的笔,继续写信。撕裂的信纸上满是血。他意识到自己的脸湿了,伸手一摸鼻子发现在流血。他的鼻梁甚至都感觉不到自己的手指,脸上一整块都抽痛、麻木,他一手拿笔,一边明显感到自己在抖——大概是因为惊愕,因为他不害怕、愧疚或懊悔,不管赫胥黎想让他成为什么样子。他硬撑着握紧笔,努力让自己抖得不那么厉害。

"我哥哥还在等,"赫胥黎说道,"等一句道歉。从你和你的派基朋友那儿。相信我,下次可不止是几个鸡蛋那么简单了,斯坦利。我会让你的生活变成地狱。"

"我在想为什么你那样牵我的手,在房车外的月光下。如果——"

疼痛再次到来,还有耳鸣,他又一次脸撞上桌面,鼻血直流,赫胥黎再一次把他拍在桌子上。斯坦的手指没了力气，感到笔从手里脱落。

"这事儿还没完。"赫胥黎说道，离开了，谢天谢地——他半个身体到了门外，斯坦这时才爬起来、坐回去，正好看到赫胥黎在门口，拿走了斯坦的笔——该死的，那是支好笔，他仅有的几支不晕墨的笔，因为他是左撇子——塞进他上衣的口袋。"你和你肮脏的吉卜赛朋友，没完。"

斯坦强撑着坐直，在赫胥黎关上门后坚持了十秒钟。然后他着急忙慌地找遍了自己的口袋，想找纸巾堵住鼻子的血流，不想弄脏自己唯一的一件夹克和最后一件完好的衬衫。很疼，当然很疼，脸上剧痛——但他不禁感到些许自豪，因为他没屈服。"你不能随便让别人得逞。"查理告诉他，"别让他们告诉你，你属于哪里，又不属于哪里。"好的，他不是好欺负的。不再是。他妈妈说得对——他变了。该死的也是时候改变了。

残存的半页信纸依旧在他面前的桌上，撕开的边缘浸透鲜血，上面的所有话语，说实话，看不清了。他得重新写一份。他甚至记不得刚刚他写的，或者他打算写什么。

除了——他可以直接过去见她，或许？因为该死的，为什么不呢？为什么他要等查理请他过去？辛迪不属于查理。毕竟斯坦知道她住哪里，他有自主权。他会买些花，他会这么做。或者不，他会采些花，从随便某家的花园里采，因为现在是深秋，纽福德郊区房子的前院里肯定有不少好东西正在开放。他甚至可以报复他送报时碰到的最刁钻的住户或者最坏的狗。然后他会去见她，当面和她说话。事实上，他决定下周三晚会去见她，他知道那时查理会在拳击馆，不会当场嘲笑他或抱怨。

13

周三迟迟不到,周二漫长得仿佛一整天上了双份的数学课,和查理在绿地周围骑行、看着星星亮起时,斯坦甚至都难以享受。他太躁动了,以至于到了周三下午,他在回家路上连车都不看,人们朝他按喇叭,他骑车飞驰经过时,一个老人从人行道上对他大喊"注意"和"小心",而他脑袋里尽在想他等会儿要做什么。他不清楚他在害怕还是兴奋——他胃里和胸口的感觉一直都在,但他的大脑如何解读这种感觉随着每阵风、每次夕阳透过近乎光裸的树枝闪烁和他每换一次自行车挡位而变化。

他终于回到家,冲进前门,不顾在厨房里叮叮当当、准备上班去的海伦,径直上到自己房间,换下校服,穿上牛仔裤和套头衫。然后他再次飞速下楼,抓起他的自行车,只喊了声"出门了!"来回应海伦半心半意的问题:"斯坦利,你去哪里?斯坦利?"

他希望查理不会生气。或许他对此不会有任何想法,因为路过去打个招呼似乎是再自然不过的事,是轻而易举地、自发的,不必激动和期待。"我路过。"他会这么说,仿佛这是一件寻常的事。

最终,他还是不敢采别人前院里的花,他觉得过于光天化日,而且现在十一月了,也没剩多少花,把最后的幸存者采了感觉太缺德了。他短暂地停了下车，抓了一把草地边缘开蓝花的植物，他希望这不是大麻，然后继续在愈黑的天色中骑行，往房车营地的方向。

和上次一样，小莎拉是第一个看到他的，她仿佛在门口站岗了一整天，像个欢迎委员会或者门卫。

"妈妈。"她往身后喊，一边朝他跑来。"露丝，"她喊道，"那个外人男孩子在这里①。查理的朋友。你知道的——小个子，眯眼睛的那个。"

"不好意思，你说什么？"斯坦说道。

"查理呢？"莎拉说道。

斯坦摇摇头。"不好意思，"他说道，"就我一个人。"

"哦。"莎拉说道，然后视线放低，突然看上去很紧张。

"这是谁？"斯坦问道，他指向刚在她脚边打瞌睡而现在正朝他小跑来的小狗。他伸出手去摸它的脑袋。

"小心。"莎拉说道，"它是露娜。你之前来的时候它病了，但它现在好多了。"

"哦，"斯坦说道，低下头，没有摸露娜，"真好。"

接着，查理的妈妈匆忙过来，抚平她的裙子，放下原本卷起来的袖子。斯坦注意到她脸上的神情有些紧张、担忧，他忍不住想自己是不是做错了，这样莽撞地过来。

"斯坦，"她说道，"是你吗？查理跟你在一起吗？"

斯坦摇头。

"好吧。"她说道。

"对不起，"他快速说道，"你好啊，露丝。"

---

① 原文为罗姆语"akai"。

共有之地 | 099

但查理的妈妈没有请他进去或怎样——她就那么站着看他，神色匆忙又困惑。斯坦吞咽了一下，做出了巨大的努力鼓起勇气，拿起他手中的花。现在想来，他觉得这些花肯定是大麻。竟然在十一月的户外采花。他真该放弃，这么做太蠢了。他下了巨大的决心重拾勇气，继续昂首挺胸地说：

"我来——来找辛迪。"

露丝凝视了他许久。"你看上去是个乖孩子，"她终于说道，"但你只会给辛迪带来麻烦，如果你来这里找她。"

"麻烦？"斯坦说道，"不，不。我不想给别人添麻烦。一点儿都不。"

露丝往自己的肩后一瞥，接着又看向斯坦。

"我知道，"她说道，"我看得出来你没有恶意。只是这里还有其他人，他们——"

"我不懂，"斯坦说道，他现在有点慌乱，而且特别尴尬，他在想他是不是该转身离开，"就是花而已。"

但接着他身后的小路上传来自行车轮的声音，然后——

"喂，斯坦！"是查理奇怪的一半《加冕街》、一半其他地方的混杂口音，"你干什么呢，朋友？"

"查理。你不是该在——"

"他来找你表妹。"露丝说道。

查理靠边停下，刹车，盯着斯坦手里握着的那把鲜花，看上去有点尴尬。与其说神采奕奕，不如说让他感到愧疚。

"真的吗？"他说道。

"是啊。"斯坦说道，"不过，不过我不是有意的，真的，查理，就是一时冲动。对不起。"

查理皱眉。"我跟你说过，斯坦。不要总是道歉。不要为不是你的过错道歉。"

"哦,他说得对。"露丝说道,"你别说他。很明显他没有恶意,查理。是个人都能看出来。而且她是个漂亮的小姑娘,你表妹。你不能因为这个怪他。"

"我没有,"查理说道,"我不会。"

"我以为你在拳击馆。"查理对斯坦说,他们一边跟着查理的妈妈走,她现在似乎平静多了,更像斯坦第一次见到她那晚的样子,因为查理回来了,现在她一把拿走鲜花,顺畅自然地塞进了她大衣的翻领和飘逸的围巾褶皱中。

"拳击?不是今晚啊,朋友。今晚我要放烟花。我本来想问的,你知道的,朋友。我原本就想问你要不要来。刚在公共绿地上找你呢。"

"不好意思。"

"别道歉。"查理说道,"我还想问你要不要参加传统盖伊骚乱。你知道的,参与萨里出色的老传统。"他拍拍斯坦的肩,"为你断了的鼻子还有其他复仇。"

"没断。"斯坦说道。

他们停下,因为查理的妈妈在他们前面停下,一位女性出来和她碰面,她看上去有些担心、不确定,查理妈妈跟她说没事。

"不过说真的,斯坦,"查理说道,然后声音放低,怪严肃的,"为什么不告诉我你要来?"

"我担心你会笑我。"斯坦一下子说了出来。

"笑你?"查理看上去很困惑,甚至有点难过。"因为这个?"他说,"永远不会。"

14

那晚人们打来打去。但不是斯坦在学校看到的那种打——似乎是闹着玩儿。他坐到篝火边,在查理和詹姆斯边上看着几个男孩,有的看上去比他还小,彼此对抗,举起双拳,直视对方。他看着他们脚尖点地跳动,重重出拳,没穿上衣,也没戴手套或其他东西来缓冲。

"不能抱人。"查理喊道,"不能踢人。"他说道,话语混入了周围男孩和男人们的齐声中,因为对打的两人中,年纪小的那个抓住了对手的肩膀不放,把对手拽到自己身前,双臂在两侧夹紧,朝他的胫部踢去。

"不要犯规,"大家喊道,"分开。"——但小的那个不肯放手。他仿佛再也受不了被痛打,下定决心要用其他手段让他的对手屈服,驾驭对方。

"够了,威尔。你听到了吗?够了,我说。"一个男人的声音从篝火边看客的品头论足中杀了出来。是马丁·埃文斯。查理的叔叔。万圣节时,每个人在他身边都小心翼翼的。他突如其来地出现,不知道从哪儿冒出来的。斯坦往后退缩了一点,离开火焰,进入阴影中。不过,马丁今晚似乎对他不感兴趣,甚至都没看到他,他的注意力完全集中在比赛上。马丁走上前,介入二人,把小男孩从大男孩身上拖走。

"不要犯规，你听到我说的了吗？"他正说道，"我说不能犯规，那就得老老实实的。不能咬，不能抓，不能抱，不玩阴的。我们要的是公平竞争。不要犯规。好了你们继续。"

大男孩立刻夺回主动权，一个直拳打向小男孩的下巴，再一拳击中太阳穴。

"他不会受伤吧？"斯坦对查理道。

"不会，如果他好好防御。"查理说道，眼睛眯了起来，紧盯战况。"加油，威尔。"他喊出声，"举起拳头，直击中路。"

查理的喊声似乎提振了男孩一点。他直起身，举起拳头，尽管看上去他已经没力气了，汗水在火光中从他的身上滴落，几乎抬不起手臂，他还是照着查理说的，向前，在打出漂亮的两拳后弯腰，手臂交叠护着起伏的腹部，往篝火边的木炭上吐口水，此时大男孩重新掌控全局，向他进攻，甩拳击中他低下的头和弓起的肩膀。

"好了。"马丁·埃文斯说道，再次走上前，一副大家默认的仪式主持人、指定裁判的架势。大男孩一听到他的声音便停止出拳，退后，喘得上气不接下气，眼睛大睁，望向马丁，突然变得很年幼。不过马丁转向了小男孩——威尔。"威廉·韦尔奇，"他说道，听上去严肃得要命，斯坦听了都有些害怕，"这算什么？你想让你爸感到骄傲，对吧？你就这么轻易放弃了？"

斯坦预料接下来会发生的各种情况，但就是没预料到小威廉会直起身，虽然还在颤抖，再次架起双拳。"我没有。"他说道，"我还没放弃。"

接着马丁的脸上——刚刚明显怒气腾腾的——绽出了微笑。他拍拍威廉的背。"很好，"他说道，"男子汉。但你打得差不多了，很明显。列维获胜。"

查理和其他男孩发出轻声的欢呼,但詹姆斯没出声,他的五官露出奇怪的表情,他看着大男孩列维被赞扬围绕,甩掉头发上的汗水时温暖的手拍着他的肩膀,一副自豪的模样,虽然还不到十二岁,但已是一名拳击手。

很快就有人喊再来一轮,让两位成功在望的年轻人上来一展身手。查理的一个亲戚,斯坦上次来这里时认识的,站了起来,脱掉上衣,放松手指,转动手腕,然后——

"上啊,查理。"有人说道,"让我们瞧瞧——看你们俩打一场。"

但查理没有起身,双腿交叉坐在地上,左右两边分别是斯坦和詹姆斯,他正在卷烟,一如既往,然后他摇摇头,礼貌地拒绝了——仿佛婉拒别人要给他的一碟饼干。

"不了,"他说道,"你知道我不再那么打了。你知道,我不打不戴绑带的这种……"

"上啊,"马丁说道,他的声音和姿态仍旧是自在放松的,就像在开玩笑一样,但他对着查理的眼神变得犀利,"让我们看看镇上那拳击馆教你什么了。"

"他担心会弄乱头发。"詹姆斯说道,"或者担心在他新交的外人朋友面前丢脸。看看他。我说对了,是吗?我知道我说对了。"

"天啊,詹姆斯,"查理说道,"这么说太不公平了。我只是很小心,你知道的。"他笑了笑,"我最近更谨慎使用自己的力量,不是吗?因为我知道我可以打败马丁,只要我想。"

那句话引来了一些大笑、呼喊,还有来自马丁的一句"好啊,你这放肆的家伙"。"所以你在镇上就学的这个。学习怎么傲慢、懒惰。站起来,查理。让我们看看你的身手。"他朝查理的一个表哥点点头,对方一把抓住查理的手臂,想把他拽起来。

查理保持坐姿,但放下了他的烟。"喂小心,"他说道,一边在地上抓烟,一边被拽来拽去,"我就是随口说说,我不再那样打了,你知道的。你想要的是詹姆斯,不是我。"——他坐着转了圈,抬头看轮椅里的詹姆斯。斯坦当时看不到查理的表情,它被阴影遮住了。但他能看到詹姆斯的,明显露出了受伤和被背叛的表情。

"老天,"查理说道,"对不起。我是说——我不知道刚刚在说什么胡话。上帝。你不会有事的,朋友。你会好起来的。"他伸手拍拍詹姆斯的轮椅两侧,动作太尴尬了,斯坦不知道詹姆斯是怎么忍受这一切的。不过,他还是忍了下来,然后查理又转过去,转向斯坦,脸上强堆笑意。

"那你呢,斯坦?你想试试吗?"

这句话引起哄堂大笑和欢呼,夜晚的氛围又重新回来了。跟斯坦没说过一句话的人都在拍他的肩膀,或许是想赶紧摆脱刚刚马丁和两兄弟之间发生的那点不快。斯坦注意到马丁在观察他,马丁是唯一一个没有说话或微笑的人,就这么隔着火焰持久地注视着他。

"啊,该死,我就是开个玩笑。"查理正说道,笑了起来,现在更像是真笑,"斯坦这辈子还没打过架——"

在一片堂表亲和叔舅的混乱中,他们各抒己见,指导斯坦该不该上场,如果上场怎么才能打好。斯坦看到詹姆斯向查理伸出手、抓住他的肩膀,查理僵住了,手指碰了碰弟弟的手,下一刻又把他甩开了,开始卷另一根烟。

之后,斯坦才终于见到辛迪,查理和上次在厨房的两个女孩子正在演奏——查理用勺子演奏,出奇地好——夫妇们在跳舞,

共有之地 | 105

孩子在跑来跑去，营地上在放烟花。

"露丝说你想送我花。"她说道，在最后的火光中坐到斯坦身边。

"是啊，"他说道，"但似乎不怎么顺利。不过花还是漂亮的。至少我觉得是。"

"我知道，"辛迪说道，伸出手，有那么一秒扫过斯坦的脸颊，"她给我了，你知道。虽然她跟我说别告诉你。或者任何人。"

"辛迪，"斯坦说道，"她为什么那么说？"

辛迪耸耸肩。"我不知道。很难说。很多人看不惯，因为你不是我们的人。"

"我们的人，你是什么意思？"斯坦说道。

辛迪睁圆眼看着他。"你应该能看出来吧？"

15

"告诉我你要去哪里，"海伦从厨房门口喊道，"你一直去的那个地方在哪、谁跟你去的，你不告诉我就别想出门。"

"跟朋友，妈妈。"斯坦说道，拎起他的自行车，想把车挪出前门，"你怎么了？就是一群人。去很多地方。"

"斯坦利，"海伦说道，"我从来没这么教过你。我从来没教过你这样没礼貌。我从来没教过你这样伤人。"

"你从来没教过我任何东西，"斯坦说道，"你总是在上班。"

"斯坦利·高尔，你知道不是这样的……"海伦开始说道。

但最终，斯坦把车抬过门槛，踏入雨夜，同时把门往后一踢，门在身后砰地关上。接着，他蹬上车座，在她追上他前飞快骑了出去。

一整个下午都是这样，自从她开车接他放学回家后。昨晚他跟查理一家在篝火边，回家又晚了，但海伦没有批评他，又一次站在她一直坐着等的台阶处，摇摇头，再把自己关起来，待在她的房间里。仿佛她一直在等今天，把该批评的都批评了，问他各种问题。他跟谁在一起？他的朋友是谁？几乎，斯坦心想，她在嫉妒。

他骑到公共绿地，想碰碰运气，看查理在不在。当然他不在。今晚真糟糕，和海伦斗嘴害他晚来了，天都几乎黑了——树变成

共有之地 | 107

了轮廓，背景仅比树稍微亮那么一点儿，风在空地上呼啸，把草吹得簌簌响，甚至没有一丝月光。

斯坦的连帽衫太薄了，帆布鞋进了水，他在发抖。这么晚了，查理不会在拳击馆。他肯定已经在家了吧？家里能遮风挡雨，暖呼呼的，而且总有茶喝。不过，斯坦不能回家。还不能，因为海伦在。回家就意味着认输，太丢脸了。他重新蹬上自行车，回头往马路骑了一点——然后停下，他在犹豫。或许这么做很傻。或许他该等人叫他去，别做不速之客。毕竟，有马丁·埃文斯在。在营地，他们说起他时的态度，还有他总是对斯坦摆出一副脸色，仿佛斯坦是错置的某样东西，需要有人去处理。而且，查理本人似乎也不怎么喜欢斯坦过去。但是呢，虽然查理对他不请自来表现得不自在，但那是因为他去找的是辛迪，不是吗？如果他去找的是查理，那肯定不一样。而且，查理全家都已经认识他，他们在一起待了两个晚上。他不算是陌生人，对吧？

斯坦坐上自行车垫，离开绿地，重新回到马路上，往房车的营地去。

今晚的马路上水洼和车灯模糊一片，强风对着他的脸直吹，绿篱细碎的枝叶或小碎石竟然也被吹起来，它们出现在他的车灯前，给他反应躲避的时间不足一秒。待他快到房车营地时，他的肩膀已经因为寒冷和压力变得僵直，他的手很疼，冻在他的车把手上，他的脸上雨水在滴落。他有点希望辛迪不在家。他看上去肯定很邋遢。

他不带犹豫地转进车道，终于到了，他高兴得都没去想这么做到底好不好。有条狗在某处突然大叫起来，斯坦看不清狗到底在哪里。它肯定在其中的某辆房车后，或者在房车里，因为想想——大家都在哪里呢？安静得可怕。或许天气不好，他们都在里面？甚至都不见小莎拉出来看看谁来了。

他早该察觉到那种萦绕不去的变化，或许有什么不对劲，但他注意到了营地另一边聚了一小群人，他们围在苏珊娜的门口。马丁坐在台阶上淋雨。还有查理的一个表哥站在边上，他不记得他的名字了，还有一个年纪更大的男人，留络腮胡，有小肚子，说话声音很大很大，斯坦没胆量和他说话。然后，斯坦猛地注意到，查理也在。他一开始没认出查理，但他现在正循着狗叫声转向斯坦的自行车，接着他离开人群，朝他走来。

他为什么没一下子认出来那是查理？或许是天太黑了。毕竟这样的情况下很难看清任何人或任何事。但是，也有其他原因，或许是因为查理看上去不大一样了。穿得不一样。更像大人了。更像马丁，还有他家里的其他男性。他没有穿黑色修身牛仔裤和宽大的皮衣，常年戴的太阳镜也没了。现在，他穿着得体的衬衫和长裤，戴了一顶鸭舌帽，脚上是一双硬质皮靴。他这副模样看上去更成熟，也更加陌生。更像营地的一分子和他家庭的一分子。他越走越近，月光在云后闪现了那么一秒，有东西闪了一下，黄金，查理手上反射出光线。查理，戴了戒指？那似乎不对劲啊。斯坦下意识地放慢脚步。在营地中央停下了。

"今晚最好别来这里，斯坦。"这个模样不同、全新的朋友说道，"氛围有毒，朋友。"

查理看向他身后聚集在苏珊娜门口台阶上的那群男人。

"走吧，"他说道，快速地指了指马路，"你最好离开。"

查理穿过营地，推上他的自行车，然后示意斯坦跟上，他沿着小路骑，从出口骑了出去。斯坦跟上他，没有一句解释，奋力跟上他的速度，直到他们骑到了斯坦从没去过的更远的城外，转进一条土路，来到田野上——黑漆漆的，今年收成后仅剩庄稼

共有之地 | 109

茬了。

他们继续沿着土路骑行，不紧不慢地，直到下一片田的门口。查理突然刹车，仍旧直直盯着前方，不看斯坦，双手紧紧握住车把手。有那么一秒，斯坦觉得有点害怕。

"你不问问我吗？"查理说道，"问我一句发生什么了、怎么了、出什么事了吗？"

"对不起。"斯坦说道。

"我跟你说过什么，"斯坦说道，"别总是该死的说对不起。"

突然，斯坦觉得自己快哭了。他咬紧嘴唇，告诉自己别哭，稳住，别这么小孩子气。

"你就会说那一句？"查理说道，"还会说什么？"

"我不知道，"斯坦说道，"查理，我不——我不懂。发生什么了？"

"啊，"查理说道，"现在我们可以聊别的了。"

斯坦摇摇头。强迫自己重新思考。他记起来，他在哪里看到的他们——查理和其他男人，聚在门口。

"是苏珊娜吗？"他说道，"她还好吗？"

"不，她不好。"查理说道，"其他人也不好。这整个烂国家都不好。一切都不好，斯坦。"

真是头一回，这种感觉，这种情况，查理突然变凶。斯坦现在已经习惯海伦、赫胥黎和赫胥黎那些傻帽朋友甚至有时还有学校的老师的恶意，但不知不觉地，他开始依赖跟他们不一样的查理，然后他意识到，自己完全放下了防备。斯坦转身，他还是没忍住，现在脸上都是眼泪，他不想让查理看见，希望眼泪能和雨水融为一体。他转身望向田野和黑漆漆的天空，这时查理闭上眼睛，深呼吸。

"该死的,对不起。我不是——我不是有意——我从来就不是——别管我斯坦,我是个浑蛋。"

斯坦感到自己点了点头,不过他不是真的表示肯定。"好了查理,我们走吧。"他说道,"再怎么说,我们或许不该来这里。"

"什么?"查理说道,"你刚说什么?"

"我们回去吧,"斯坦说道,"我们为什么要来这里啊?正下雨呢。正——我想回去,查理。"

"不行。"查理说道,"你刚说的理由。说我们要回去的理由。是什么?"

"我说——我不知道。"斯坦说道,"查理你不对劲。这跟我刚说的到底有什么关系?我不过是……随口说说。"

"说得好,"查理说道,"但就是那样,不是吗?人们的话,不过是随口说说。随口说说的话煽动人们做出荒谬的假设,推动一切发生。"

"查理你到底在说什么?你从没——你以前不这样,查理。求求你了。"

"再怎么说,我们或许不该来这里。你刚说的,斯坦。不论你是否有意,那句话,那句假设,它包含了所有不正确的东西,所有这个可悲的世界烂透了的东西,因为有问题的不是我们。不该来这里的不是我们。是——"他停了下来,斯坦重新望向收割后的玉米地,给他的朋友一点时间冷静。

"我就是讨厌,"查理片刻后说道,"讨厌所有的这些规矩,告诉你哪里该去、哪里不该去的这些人。这整个世界已经为他人所有,你怎么能说人生而自由呢?他的生而自由或许是某种抽象、概念化的东西,但那意味着什么,斯坦,当他无处可去,没有一片不受管治的地方可以让他自然存在,不会排斥他、逼迫他,或告诉他什么该想、什么不该想——每时每刻向他开出条件。强加于他的存在的条件。这个世界，哪里可以不附加条件地任你来去，斯坦？有哪个地方，你生来就有的自由是真正有意义的——不仅仅是一种氛围或该死的术语？在哪里，斯坦？告诉我。"

查理似乎真的在等他回答。

"我不知道。"斯坦只会说这个，"查理，别这样。我不明白你在说什么。我不懂。"

"你知道昨天出什么事了吗，斯坦？为什么我外婆今早从她房车门口的台阶摔下来，现在不睁眼，不跟人说话，躺在床上发高烧吗？她是没有想说话的人，还是仅仅因为她身体不允许，没人知道。不过，如果她故意不说话，说真的，我也不会怪她。"

斯坦摇头。"别，"他说道，"对不起，查理。很抱歉你的外婆——苏珊娜……"

"你听过一个叫费尔的地方吗，斯坦？"查理说道。

"什么？"斯坦说道。

"费尔。"查理重复了一遍，仿佛这个词是他无意中碰到的脏东西。

"没，"斯坦说道，"从没听过。"

"我之前也没。"查理说道，"不过它离这儿不远，应该——往东南方向一小时的路，在那一头，外婆的姐妹一家，她、她的丈夫、她的孩子和孩子的孩子——所有这些小孩子，亲戚——在那里住了好几年，安安分分地过日子，然后昨晚，那个愚蠢的小镇做了什么？那个该死的乡下地方？"

斯坦摇摇头。

"他们烧了一辆房车。"查理说道。

"什么？"

"不是真的房车。"或许是因为看到了斯坦的表情,查理解释道,"但已经够坏了。这个村里的人,是吧,他们仿造了一辆我们房车的复制品,把一家人画在房车一侧,画成往窗外看的样子——一位母亲、一位父亲、两个小孩,斯坦,他们真的画了上去——然后,他们把它点了。把它放在巨大的篝火上烧,欢呼喝彩,让它烧成灰烬。我妈妈的亲戚在那里,和她的儿子。她带他们出门看烟花,根本不知道点着的会是什么。说她从没有这么害怕过。所有的那些人在呼喊,举着啤酒杯碰杯,唱着'烧死派基'这种下流的——我不知道。而她就在那里,和她的孩子一起在人群中,和别人一样来看烟花,她想的是:'这里没人知道我是谁——我是什么——但如果他们知道的话……?'"查理摇摇头,"他们把孩子画在车上,斯坦。"

"老天,查理。你从哪里听来的?"

可查理似乎已经说累了。他们看着月亮从云层后出现,随后又消失。出现,消失。

"苏珊娜的事,我很抱歉。"斯坦最终说道,"她——她会好起来吧?"

查理耸耸肩。又看了会儿月亮。出现,消失。出现,消失。

"我受够了。"他终于说道,"我受够了。我想做点事。对抗那些人。对抗这整个腐败的鬼世界。"

"我们该回去了。"斯坦说道,"你该陪陪苏珊娜。"

查理摇头。"我一整天都在那里,"他说道,"詹姆斯陪着她呢,而我……"月亮出现,消失,出现,消失。风劲,云疾,斯坦现在太冷了,被雨淋湿,不知道到底该做或说什么,只感觉完完全全全力所不能及。

"他们不过是在霸凌,查理。你不能让他们打败你。你该回

共有之地 | 113

去,照顾苏珊娜。"

但接着,查理脸上露出一种陌生、凝固的表情。"我想到了,"他说道,"我知道我们能做什么了。"

然后,他重新站了起来,去骑车,沿着土路上坡飞驰,下坡,肩膀耸起,意志坚定地踩动踏板,他一下子有了新的决心,迅速得让斯坦愣了一秒才反应过来,他往四周的黑暗和空旷的田野张望,接着看到查理的自行车正在远去的后车灯,接着意识到自己有多么不想被独自留在这里,在一片寒冷和漆黑中——不管查理说了什么,斯坦都知道他们不该来这里。

*

查理继续前行,顶着恶劣的天气骑行,经过公共绿地,经过斯坦家,骑到镇中心,在那里,斯坦尽全力赶上他、和他并肩骑了几段——问他要去哪里,查理在想什么,他想做什么——但查理只顾向前,越骑越快,转换挡位,甚至,直到他们骑过了车站。而且今晚天气那么糟,任何一个有理智的人都不会在这种天气里出门骑车,所有人想的都是泡杯茶,在暖和明亮的地方坐下,或许看一本好书、吃个三明治或听一张好 CD。斯坦的双手和手腕甚至他的牙齿都冻得生疼。

可是,他们那晚又能去哪里呢?"氛围有毒",查理这么说当晚的房车营地,你也可以用同样的话来描述斯坦家——或者说海伦家——今晚的样子,再简单不过。

"查理,"斯坦最终喊道,用尽了所有肺部仅存的气息,"老天。你不必告诉我我们要去哪里,但为什么骑这么快,你至少得告诉我吧?我真的快废了。"

查理终于慢了下来,刹车,靠路边停下。

"别人有时候这么叫我们的人,"他说道,"脏东西①。因为爱尔兰人这么叫。还因为马。"

"什么?什么叫'你们的人'?我们不都是人吗,普遍而言?你总是这么说,不是吗?说这种事不重要?说我们都在同一个世界,说本该如此?"

"我不知道。"查理说道,"或许那些是废话,有谁说得准呢。但是斯坦,我现在需要你帮忙,就一会儿。"

"要我帮忙?查理,我能帮到什么?"

"告诉我他们住哪。那个在酒吧找我麻烦的混蛋和那个打中你鼻子、抢你眼镜的浑蛋。"

"什么?"

"他们住哪?快说,反正这个镇不大,斯坦。你肯定知道他们住哪。"

事实是——斯坦的确知道。来圣雷金纳德第一周的时候就知道了,而当时他还未被分配到现在的社会地位,仅仅是个人——诚然,他是新来的,没有和他们一样上过圣雷金纳德的预科学校,他穿的是二手校服,很明显大了许多,以后长高了还能将就穿⋯⋯不过,他还是被邀请了,不是吗?这一年他还被叫去参加初中入学派对,在赫胥黎在阿什利山下街的豪宅里,他在房子角落的餐饮桌边站了一小时,不跟任何人说话,然后他浏览了一遍书架,找到一本叫《星耀夏天》的书,上楼找了个安静的角落读——一切都还好,直到8P班的赛瑞斯·威廉姆斯和迪恩·怀特过来把他赶了出去,他们滚在一起,嘲笑他缩在楼上,一个人

---

① 斯坦所言"快废了",原文为 knackered,这让查理想到了 knacker 一词,该词起源于 16 世纪,指处理马匹尸体的人,在爱尔兰英语中是贬称,指邋里邋遢、毫无修养的人。

共有之地 | 115

看书。

"哪里?"

"我——"斯坦有那么一瞬间想对他撒谎,对他说他根本不知道他们的地址。接着——"阿什伯理山下街。"他说道,"来吧,跟我走。"

16

看上去更像一栋大厦,而不是房子。一栋巨大的建筑,前面带车库和车道,展示着路虎和奥迪 TT。

"哟,"查理吹响口哨,"不错啊。这里几个人住,你记得吗?"

"四个。"斯坦说道,"赫胥黎、他哥哥、他们爸妈。也许五个,如果他们有住家女仆的话。"

"住家女仆?"查理说道,"你是说用人吗?"

"我想是的。"斯坦说道,"或许我们该走了。我觉得这可能不是个好主意。"

"不许说我的主意不好。"查理说道,他跨下自行车,把车靠在屋前的绿篱上,"这个主意好极了。我们在发扬古老的传统,不是吗?盖伊骚乱。我猜这帮家伙从没听说过。他们在这里长大,对这个镇上的往事一无所知。甚至都想不到要打听一下。"

"我们不用戴面具吗?"斯坦说道,"那不是传统的一部分吗?而且如果不是盖伊·福克斯之夜,就不算盖伊骚乱。"

"晚了一天而已。"查理说道,"你太斤斤计较了。"

然后,他皮笑肉不笑,或者说这个笑并没给斯坦任何信心,他绕着绿篱朝房子走去,然后在他的视线中消失。安全灯立刻就亮了——明晃晃的,在雨中变得模糊,而且斯坦还是没有眼镜。

"糟了,"斯坦在呼吸声下轻声道,"糟了糟了糟了糟了糟了。"

共有之地 | 117

他往漆黑马路的另一边瞥一眼。没人来，只有几栋巨大、黑暗的房子，窗帘拉上了，前花园的打灯很艺术。这些房子甚至比赫胥黎家更奢华，有温室，树上还挂着秋千，一棵树上甚至还有类似瞭望塔之类的东西。铁艺大门、茂盛的绿篱、干净的人行道、树盖蔓延的大树。而这条路完全无人问津——没有人，没人会知道他来过这里。他可以就这么骑走，丢下查理，不管他在计划着什么愚蠢疯狂的东西，让他自己面对后果。

"查理？"斯坦喊道。

没有回应。绿篱另一边传来叮当声和查理的笑声。然后砰一声——垃圾桶重重倒在边上的声音，听上去就像桶盖掉了，桶在水泥车道上滚动。然后查理又发出了啊哦声和怪笑声。安全灯一亮一灭。该死的。

"上帝啊，斯坦，有什么好怕的？快来。"

斯坦抬头向静谧昏暗的街道投去最后一瞥，然后跨下车，靠路沿把车丢在路上，就在查理的车旁边，绕过绿篱，正好撞见查理踢翻了另一个垃圾桶——他兴高采烈，在垃圾堆里跳舞。一整颗生菜，商店的塑封袋包装都没拆；一整条面包，似乎都没拆开；一整束香蕉在安全灯的照射下，露出黑点但没坏，还能吃，绝不至于被扔掉。"在外面，有的孩子并没有你那么幸运，斯坦，他们快饿死了。"海伦总是那么说，每当他去扔东西的时候——即便是发霉的芝士、已经硬邦邦的面包。查理踢翻了第三个垃圾桶，发出一声巨响，就像把一套架子鼓扔出飞机外一样，更多的垃圾散落在四处——整整三个大垃圾桶，四个人用？阿什伯理山下街收垃圾的日子是哪天？爱德华兹家不是每周准时把垃圾放门外的吗？

"查理，"他发现自己低声道，"走吧，够了。我们走吧。"

"够了？"查理咧嘴一笑。"朋友，"他说道，"我才开始呢。"

接着，如猫般快速轻盈，尽管他今天穿着大人样式的鞋，查理上了路虎的引擎罩，大灯和尾灯在他双脚接触的那一刻开始闪，他把全身的重量都踩踏到了金属盖上，报警器响了，声音响得仿佛往斯坦的肚子来了一拳，斯坦正看着查理爬下来，手里拿着钥匙，在漆面上划出一道深深的痕迹，发出难听的声响，就像开罐器坏掉、你得用一把面包刀撬开豆子罐头时的声响一样。但是该死该死该死该死他们已经走到、做到这步了。赫胥黎的爸爸会来，约翰尼和赫胥黎甚至警察，当然还有该死的警察。然后想到酒吧门卫那副嘴脸，他仅仅是把约翰尼放下来去附近走走，却告诉查理别再过来，好吧，斯坦不信跟查理一起被警察抓住会是好事。但现在，查理站了起来，似乎放松了下来，双手插兜。他还在引擎盖上，仿佛那里就是舞台，他在大笑，正和斯坦说话。斯坦愣了一秒才听懂他到底在说什么，因为尖锐的警报响个不停。

"斯坦——斯坦。他们出门了，斯坦。这房子是我们的了。"

尽管他还有一点儿想着邻居、警车、海伦会唠叨什么——但也就一点儿，他跟上查理，查理已经跳下车、继续走，往房子走去。然后，查理掉头，向他走来，一手拍拍他的肩膀，他一下子也大笑起来，查理则又往前跑去，他一开始笑得像是受到惊骇后的不由自主，接着完全就是自暴自弃了——因为查理正往花盆里撒尿。而且不是随便哪个花盆，是赫胥黎·爱德兹的花盆，是约翰尼·爱德华兹的花盆，是他们愚蠢、自大、富有、浪费的父母的花盆——而且是车道上一列排开的花盆里最大、最气派的一个。他笑着举起一面胜利的旗帜，一道热气腾腾、骚臭的黄色尿柱在寒冷、雨水和黑暗中呈弧形浇入一个足有两岁孩子高、宽度更是加倍的陶盆里，盆里蕨类茂盛，开着大片白花，斯坦甚至叫

共有之地 | 119

不上名来。

"浇浇花，斯坦，"查理正说道，"打理打理花园。我真的在帮他们忙，他们接下去几个星期都不用浇水了。"

然后斯坦想到一件事。辛迪。现在他们身边的这些花比他送她的好多了。在刺耳的警报声、查理的啊哦声，还有"嘿，斯坦，朋友，小心别被我尿到了"——这一声中，他在较小的几个花盆前双膝跪地，连帽卫衣的袖子卷至手肘处，想在汽车和门边安全灯闪烁的奇怪光线里看清楚，随着他们走动，灯仍旧在一闪一闪，他想仔细看看花，分辨它们的颜色，她可能喜欢哪种，哪些仅仅是点缀用的，哪些更漂亮。查理又在咯咯笑。

"你他妈干吗呢，朋友？疯了吗？采花？说实话，也只有你，斯坦，来这一趟只知道采花。"

然后，他冰冷的双手环住湿润的花茎，把它们连根拔起，泥土散落了一地、嵌进了他的指甲缝里——突然，他感觉好极了，身体更健壮了，呼吸比之前的几周、几个月，甚至比他刚到圣雷金纳德时都要轻松得多。这种感觉是大病后身体恢复强健带来的快乐——和大病初愈后一样，感到如释重负，感到拥有人类的身体、作为人类有多好，在户外，在此处充满活力，在这个十一月的夜晚，在当下。

查理来到他身后，重重地压住他的肩膀。

"你做什么呢？"他说道，"别搞了。我们没时间了。"

接着，查理跑到前门的苹果树下，往上跳，抓住了最低处的一根树枝，他的靴头恰好晃悠着扫过地面，他侧身把自己甩到空中，双脚踩住树干往上走，仿佛这是一条垂直的天路，然后……糟糕。在报警器的呜咽中，传来木材裂开的声音，树叶漫天乱飞，查理落回水泥地上——双脚落地，不知道他是怎么做到的，重新落到车道上,他的四周到处都是苹果、树枝的碎屑、蕨草和落叶。

"糟了,你在流血。老天。你还好吗?"

但查理还在笑,拿手掌根部抹去左眼上方割伤所流的血。

"不行,朋友。"他说道,"我太重了。得让你来做。"

"做什么?"斯坦说道,他一边还在问着,一边就已经把花扔到水泥地上,冲到查理身边,到树下——心甘情愿,随时乐意为他做任何事。

"那根。"查理说道,一边指向一根树枝,比他刚够到的树枝高一点的地方,没有高很多。那根树枝看上去并没有多结实,甚至可能还更脆。

"快上,我把你托上去。"查理已经从一堆乱枝中脱身,来到斯坦身边,伸出双手,十指交叉成支架状。

"快上。"他说道,没有再咧嘴笑或大笑了,"一些爱管闲事的邻居会壮起胆子来查看。必须得快——快速行动。你不会有事的,我保证。我在底下帮你看着。"

"但要做什么?"

"窗户——窗户,斯坦。把那些碍事的窗户砸了。"

他明白了查理的意思,明白了自己要做什么。赫胥黎家一楼、二楼和三楼的窗户都相对寻常——正方形,大小适中,普普通通——顶楼,就在苹果树上方,竖着两扇大得让人讨厌、花里胡哨的圆形窗户——两扇都是彩色玻璃窗,有五颜六色、精致的花纹。两扇窗被瓦片隔开,仿佛它们是这栋房子的眼睛。就是那两扇窗户,当然。查理想砸了那两扇窗户。实实在在的艺术品,斯坦看得出来,比起打翻垃圾桶、划花车漆,是更扎眼的打砸行为。

"好吧。"他说道。

几乎想都没想,他走回花盆处,捡起了一块较大的铺路石。

共有之地 | 121

然后，他回到查理身边，还没意识到发生了什么，他的右脚已经在查理手上了，他被托着往树上去。他的左脚自然地甩了开去，想在空中找到支撑点，但很明显什么都没有，他伸出没有拿石头的那只手，往那根树枝够。

"该死的，你真轻。你得多去去健身房，这次结束后。"查理说道。

但斯坦对这次结束后的事毫无兴趣。他够到了树枝，抓住它，四肢并用把自己拉了上去——他甚至都没在意手上被树皮刮蹭了，或者把头发搞得一团糟的树叶和小树枝。尽管树枝被他的体重压弯了，但它还健在，石头还在他的手里，窗户仍在他头上闪烁。现在，他正一点点往树干挪，单手操作，继续去够上方的树枝。

"好的，斯坦。真棒！"查理从下方的车道上说道。

他快到了，快够到第一块彩色玻璃了。只要再往上爬一根树枝就可以。他再次伸展，在树叶中挤出一条通道。又多了些刮蹭和乱缠，还有几个熟了的苹果——很小，根本不值得捡来吃——被抖落下去，竟然发出了沉沉的声音。他现在肯定已经到了很高的地方，从苹果落地的声音可以听出来。在片刻的摇摇欲坠后——"妈的，小心点，小心点，朋友"——他成功了！到了，现在离得很近了，第一扇窗户，大面积的蓝、绿、红交织的马赛克。他能听到查理再次咯咯笑起来。

"继续。快砸，朋友。快砸。"

但树与玻璃的距离比在地面上看到的要远，斯坦举起石头后发现，他不可能做到——不可能把它扔上去、扔出那么远，因为他的手臂瘦弱，他年纪轻，个子又小……哦，但是去他妈的，都走到这一步了还放弃，仅仅因为自己年轻瘦弱而放弃。斯坦还没反应过来自己在做什么，率先爬到树枝外侧细窄的一头，踏出一步,上了房子的檐槽。

树枝和檐槽都被他压弯了,但似乎重量达到了平衡,或者正如查理所说,他真的轻得不正常。因为像奇迹一样,两边都稳住了。然后,他在哪里——一手拿着石头,赫胥黎·爱德华兹愚蠢奢华的窗户在他正上方——或者说赫胥黎·爱德华兹爸爸的窗户,因为严格来说应该是这样,但那又如何,说实话?

他现在肯定已经足够接近,如果他想,可以轻松做到。当然,他想做——查理想让他做,而且他也想做,斯坦想做,因为去他的赫胥黎,去他的担惊受怕,而且,"上啊,"查理正从下方的地面上说道,"斯坦,我们不能在这里待太久。"

等等,那是什么?透过窗户,尽管他视力不好,还有彩色玻璃万花筒般的视觉效果,他还是看到了?斯坦的身体一半在檐槽上,一半在树冠里,他尽可能地在原地探头向前——看到玻璃后是谁。

"斯坦,老天,你该死的以为自己在干吗?"查理从下方叫道。

但是,第二眼扰乱了他的平衡和呼吸,房间里的根本不是赫胥黎的爸爸,他一开始以为是。斯坦一只手抓住头上细弱的树枝借力,手指抓紧树叶,小枝桠刺痛手心柔软的皮肤,他尽量往上方的窗户前凑,踮起脚尖,勉强保持平衡。

"妈的斯坦,你在磨蹭什么?我们得走了。我们现在必须走。"查理说道。

"他有一幅肖像画,"斯坦喊着回答,"赫胥黎的爸爸。"

"什么?"他能听到查理在大喊,"他有什么?"

"肖像画,"查理也喊道,他扭过身,手里还拿着石头,把脸转向地上的查理,"正经的油画,画了他自己的脸。"

共有之地 | 123

"你说真的吗？"尽管有安全灯，在夜里天气糟糕，他近视而且没戴眼镜，斯坦还是能看到查理咧嘴笑，站在车道上，在汽车大灯的光线里。

"我说真的，"斯坦说道，"一幅有模有样的肖像画。"

接着，他再次转身面向窗户，对面是庞大的、比赫胥黎爸爸真人大很多的画像，他的定格姿势似乎是为了捕捉商人的休闲一刻，倚靠在巨大的红木办公桌边。斯坦不由得想起今晚为什么要来。燃烧的货车一侧画的是罗姆人孩子。尽管这种联系牵强，就像他头发里乱缠的苹果树枝一样厘不清，一切似乎以某种方式变得很合理，一种错乱的合理。

最后一次想起赫胥黎叫他屎货、屌丝、派基时得意洋洋的嘴脸，斯坦右手仍攥着那块石头，撑起自己，从树里往窗户、肖像猛地一跳，往上砸了过去。暂停，在空中可怕地悬停一刻后——他成功了，他落到了倾斜的屋顶檐边上。然后，他手脚并用爬到屋顶的瓦片上，在第二轮警报声响起、声音越来越尖锐刺耳时，他稳住了身体。斯坦不顾警报，继续伸手向上，指尖勾住弧线形的窗沿，在瓦片上手脚并用。

"加油，朋友。该死的上。"查理正从下方的地面上说道——他的声音里透出一种以前没有的兴奋和欢乐，斯坦确信自己听出来了，"砸窗户，拿上画。"

所以他来这里是为了做这个。当然。当然是了。

斯坦再次举起石头，像投标枪一样往后拉，像他在电视上看到的奥运会运动员那样，准备实施他这一生中的最大一击……

"加油。该死的上啊，朋友。该死的上啊。"查理从下方某处喊道。

他正要上，正要去，正要顺着他的双眼与赫胥黎爸爸双眼相遇的那一刻所产生的那种感觉，把那块大石头扔出去。但斯坦动摇了。那种突然性，在石头扔到一半时停下的突然性——让他没有稳住身体。他没有晃得很厉害，基本上还行，还能够站住，尤其是他的平衡感向来不错，很好，他甚至对此一点儿都不担心，而是更关心介意查理会对他怎么看，他在正要砸窗户时就这么收手——直到他踩到一块松动的瓦片。

它从他脚下滑落，感觉在他的重量下，世界的底部掉了出来。他听到瓦片在下面的地面上碎裂，惊得松开了原本扒住窗沿的手指，接着他往前倒下，下巴狠狠地摔在屋顶不平坦的斜坡上，手指拼命地想抓住瓦片，可这些瓦片突然变得既光滑又粗糙得可怕，当他从瓦片上滑下来时，是那么的刺耳、刮人、疼痛。他知道，他必须在某个点找到一个合适的抓手。他必须找到一个立足点或支撑点，瓦片之外的东西。他身后还有那棵树，不是吗？还有所有的树枝，也许他能够到，也许他能向后伸手抓住那些树枝……发生什么了？突然间，他内在的精神状态正在发生变化，他宝贵的重心像钟摆一样摆动，从前到后。他在做什么？查理永远不会这么做，这永远不会发生在查理身上——而妈妈绝对会杀了他。他在向后倒下，几乎是在向后倒下——盲目地一脚踏入稀薄的空气……

……然后是冲击——在车道上。没有时间缓冲，没有时间做任何准备。猛烈的冲击波穿过他的骨头，他脑后的地面上传来沙砾的尖锐声响，以及完全被击倒的冲击。眼睛一眨一眨地睁开。只有明亮的白光。不要惊慌。眼睛闭上。眼睛再次睁开。

车上的灯光闪烁，依然。安全灯关闭，打开。然后，斯坦的手指感觉到地面上有湿的东西，在他旁边蔓延开来。眼皮不断眨动，又颤动着闭上。然后是手，紧迫的手抓着他的肩膀。眼睛又费劲地睁开。查理。灯光,依然亮着。还有更多的警报,甚至——警笛声。警笛声不断靠近。警笛声响多久了?

"老天。"查理在说,不,查理在对着他的脸大喊。他肩膀上的手太用力了,摇晃着他,几乎在问——为什么?当他浑身都粉碎之后?妈妈会怎么说?谁会向海伦解释?

"该死的天啊。"

为什么这么大声?为什么这么暴力?他们为什么会在这里?但他的花,在那里。给辛迪的花。就是这样——对了。给辛迪的花。他向它们伸出手。查理抱着他。查理正躺在他的胸口上,几乎。全部的重量。阻止了他的移动和呼吸。但是那些花。对不起,辛迪。

"发生什么事了?"他问查理,"我会有事吗?"

而那个问题让他感到害怕。听到他的声音里的困惑,他的身体有多糟——"所有国王的马和所有国王的人。"他头脑中愚蠢的、无益的一部分唱了出来——直到他真正明白了,明白现在事情有多糟,如此突然。查理把他抓得太紧,大声地咒骂……为什么这么暴力?为什么每件事都要如此暴力,即使是朋友?

"你会好起来的。"查理说,他现在抬起头,挺起胸脯,眼泪从他的脸上流到斯坦身上——查理在哭?但这肯定不对。一定是搞错了。

"你会好起来的,"他说,"我向你保证,你会看到的。你会看到的,斯坦。我保证——"

"我的花。"斯坦想说,想让他把花送给辛迪,而不是让它们死在车道上,让这整件事变得毫无意义——他的心跳得那么快,在他的耳朵里那么响,闪烁的灯光让他头疼,还有警笛声,警笛声,警笛声。

"Nae pasaran,"查理在说,对他大喊,"Nae pasaran。不要让他们赢,斯坦。别该死的让他们赢。"

但斯坦放任他的眼睛再次闭上,然后——放弃了警笛和查理,放弃了灯光和鲜花——放弃了这一切,暂时放弃了。

17

斯坦躺在医院里昏迷不醒的那段日子，查理每天都来探望斯坦，在医院门口的台阶上等待探视时间，抽着一根接一根的卷烟，试图忽略人们不断对他投来的鄙视的目光。

他就是这么认识海伦的。只见过一次——她的护士工作意味着她大多时候太忙，无法在探视时间内见到斯坦。相反，她在休息的时候，在下班的时候，只要有机会就去看他。斯坦就那样在那里待了四天，昏迷、身上连接着仪器，之后她终于轮到了休息日，她和查理在下午三点准时到达斯坦的床边。

查理自我介绍时只说了"我是斯坦的朋友"，向她伸出手——烟渍、烟熏的手指，他祖父的金戒指。她没有伸手，他只好把手插进外套口袋，尴尬得很，只能从他叔叔马丁的鸭舌帽下偷瞄她。出于某种原因，他最近一直都戴这顶帽子，有时候即便在室内也不脱下。它让他更有安全感，虽然他知道这么说很滑稽。

他们俩默默坐在昏迷不醒的斯坦身边，斯坦身上还连接着这些不停闪着、发出哔哔声的监测仪器。查理完全不明白这些仪器是干什么的。他想海伦应该知道。她是护士，斯坦说过的，不是吗？他想问她，问她这些数值是什么意思，有什么用，对斯坦有什么好处。但她根本没有在看数值，甚至都没看斯坦。只是呆呆望着她的膝盖，握紧拳头后再松开。

很快，查理感到紧张了。他不自觉地咳嗽，在不舒服的塑料椅子上变换姿势。最后，看着他朋友这张平静得怪异的昏迷的脸，他再也受不了这种沉默和诡异，从口袋里掏出卷烟纸、滤嘴和烟草，开始卷烟。很明显，医院里不能抽烟，但他需要一些东西来分散注意力，需要动手做的事。他舔了舔纸，开始卷，这时，海伦终于对他说话了。

"你当时跟他在一起，是不是？他摔下来的时候。就是你跟他在一起的，是吧？"

查理僵住了，手里拿着卷烟，正要往自己的耳后卡，他发现这一次，他完全不知道该说什么。

"他究竟在那里做什么？"海伦正说道，"你怎么能让他这样？或者说，是不是你逼他去做的？是你叫他上去的？"

查理发现，他长这么大，从没有像现在这样渴望逃跑或消失，面对这个矮小的女性，实际上只有他一半高。

"你想做什么？跟我家斯坦利一起出去玩？像他这样的男孩子，像你这样的人究竟想从他身上得到什么？"

听听那些话。像你这样的人。

"你几岁了？"她问他。

"十六。"他好不容易说了出来。

海伦摇摇头。"他还小，"她说道，"就是个小孩子——"

"好了。"查理插嘴道，"等等。别这么说他，搞得他好像已经死了。他很坚强，斯坦。他会好起来的。"

"我怎么看不出来？"海伦似乎在自言自语，然后又对查理说道，"你觉得你是谁？可以这么跟我说话？说我的儿子？"

接着，她站了起来，往前走了一大步，挡住查理看向昏迷躺在床上的斯坦的视线。"你离他远点，行吗？听懂了吗？你离我们

共有之地 | 129

都远点。"她说得很刻意，语速放慢，似乎她是认真的。

"什么？"查理结巴道，"等下。不行。斯坦是我的朋友。等他醒过来、好起来，他会想我去哪里了。等他好起来，能走动后。"

"你是不是还没搞清楚这有多严重？你做的事情？"

"我没有——"查理现在也站了起来。他本能地向她伸出手，做出和解的姿势，想让她明白。"不是我的错。"他说道，这时她抬起双臂，挡住自己的脸，仿佛想保护自己不受他的攻击。

他往后退，放下双手，张嘴想说话，但接着意识到自己找不到任何话语来为自己辩解。整件事犹如一团乱麻，而可怜的斯坦躺在那里，在冰冷的病床上。所以他咽下了仍旧在烧的怒火——他一方面认为这件事不是他的错，把错全怪到他头上很不公平。另一方面，他还在为她说的话感到刺痛，像你这样的人。

海伦摇头。"拜托，离他远点。我已经没有丈夫。我不能再失去斯坦。"

"告诉他我来看过他。"查理说道，"可以吗？"

但她没回应。依然一动不动，就那样站在病床前，仿佛斯坦需要得到保护，远离他这个威胁。所以，虽然他还是认为这一切说得都不对，如果他接受的话那就是大错特错，但他再次忽略自己的想法——他看似同意了她的指责——走出病房，让他们独处。只有斯坦和他的妈妈，以及所有那些维持他生命的仪器。

*

查理还是坚持去医院。只不过那天之后更小心了，他会在探望时间的中段过去，确认没有人在看望斯坦后才进去。然后，在住院后的第六天，斯坦醒了。查理像往常一样四点到，上台阶，穿过滑动门，走到当值的女人面前——"斯坦·高尔的朋友"——然后走到值班护士那里。今天是达夏。年轻、温柔。大圆眼睛。

"他醒了，"她说道，"他能说话了，一切都好。来看看吧。"

一瞬间几乎要笑出声来地如释重负，然后他把手放回口袋里，没有和她对视。

"他没事了，是吗？他不会有事吧？"

"是的，是的。哈特利医生担心他的大脑会受损，但他很好，完全没事……你一定很高兴！"

"是的，是的，我是。那很好。"

只是他没有跟着她去斯坦的病房，而是离开了，回到了走廊，只是点了点头，说道："谢谢。你照顾好他，好吗？"

然后穿过大厅，走出大门，走下台阶。

*

就是那样。查理保持了距离，除了通过冷冰冰的手续之外，没有听到任何关于斯坦利·高尔的消息——警方通报、听证会，由于某种原因，斯坦没有出席，尽管他被提到了好几次，社区服务单独完成。

十二月和圣诞节来了又走了。除夕夜到来了，纽福德突然人头攒动，人们都穿着最好看的衣服，在严寒中唱歌迎接二〇〇四年。然后，二〇〇四年一月开始了，健身房招募会员的广告贴得到处都是。那个月里，查理一直埋头在公共图书馆阅读——报纸上关于在伊拉克被杀的士兵的文章、关于纽福德城堡的保护、关于一组不知何时在火星上拍摄的照片。

18

然后,二月来了,仍然寒冷、潮湿,带来了轻飘飘的粉雪和早樱。

每天下午,斯坦都会自己去散步。或者他称之为"散步"。他尽力而为,一瘸一拐地走着,每天走过少量的土地。每天都要挪动着经过那些相同的老式大富翁房屋,那些相同的银色掀背车和带网纱窗帘的窗户,调和他的拐杖、他酸痛的背以及他仍然碎裂的脚踝和股骨之间的不同需求。

海伦和理疗师都一直在说,这对他的体力很重要。如果他想准备好九月去新学校重新开始的话,这一点很重要。因为尽管如他们所说,九月可能感觉很遥远,但他伤得真的很重。因此,他必须继续前进,必须继续走下去,如果他想及时恢复的话。说实话,斯坦甚至不确定自己有多在乎。他憎恨上学,而且当然,换了新环境后会更糟,重读一年,整整一年都和比他小一岁的人同班。

而且,这些天他的肌肉似乎总是很酸很累,所以像这样调动他的肌肉很困难,在床上躺了这么久之后,他感到疼痛,先是在医院,现在回到家里,他或多或少地被困在他的房间里——而且基本上没有访客,谁会来看他呢?他曾半心半意地希望查理能来看看,但后来他似乎消失在某个地方,或者完全抛弃了斯坦。只有外婆来看他，这让他一开始很惊讶。但实际上，一旦他习惯了，有她在那里也挺好的。而且他有很多书可以让他忙起来，所以也不赖。不管怎样，海伦也突然好了很多。更好说话了——在最初关于他该谨慎交友的愤怒训话之后。不过她现在更常在他身边，也更加警觉了。或许，他从屋顶上掉下来的事把她震醒了，让她一下子回到爸爸还没出事前的状态。

所以最近他们关系变好了。终于适应了就他们二人待在家里。说实话，这感觉不错，他的妈妈又回来了。即便开始变得有点让人受不了，因为她不停地对他说这样坚持走下去有多重要。而实际上，斯坦发现自己在一个星期二的黄昏时分一瘸一拐地在附近走动时，他在想，到底有什么意义？当只有寒冷和疲惫，而且反正现在天要黑了，他怎么知道他要去的这所新学校会比旧学校好呢？似乎并没有什么值得期待的，因为所有的新鲜感、兴奋感——甚至所有的乐趣——他和查理在一起的秋天，现在感觉像是上一世的生活。最近他的身体都不一样了，他可靠的游隼自行车在后花园的篷布下滋生锈斑。他的世界变得如此之小。光是走到街道尽头就感觉是一种成就。

除了——那是什么？一道漏斗状的烟雾，从公共绿地的方向向夜色中飘散。晚上的气味突然完全不同了，微风中夹杂着木头的烟雾。甚至有点春天的味道。为什么不呢？树上的花开了，还有雪片莲和番红花，甚至还有洋水仙从郊区门前花园的土壤中探出头来。

而他已经一路走到了大道街。毕竟，公共绿地并不是太远。真的，当你想一想，他已经走了一半了。即使在上周的这个时候，天也没有那么黑。他们总是说他必须多锻炼。他去看看也不会有什么损失，不是吗？

共有之地 | 133

他花了半个小时才走完这段短距离,朝着烟雾——像是穿过郊区的烽火信号——跋涉,并一直在想,他的猜测是不是对的,他是否猜中了谁有可能在二月的天气里在戈肖克公共绿地上点起大概属于非法的篝火。

他终于到了,从铺路石上走到草地上,进入空旷的空间和广阔的天空。夜晚的空气看起来很稠密,几乎令人陶醉,最后的光线穿过篝火的烟雾和灰尘斜射进来。

新眼镜。这是过去两个月里得到的。他立刻就认出了查理,即使是在这么远的地方——坐在树边,蜷缩在火堆边,用一根棍子戳着火。他也看到了查理注意到了他,尽管他没有从地上站起来或做任何事情——只是盯着斯坦,他拄着拐杖和断裂的腿穿过二人之间广阔的草地和多石不平整的冬季地面,久到似乎是永远。天啊,这感觉很别扭,天啊,这感觉很不舒服,那无尽的、漫长的接近方式。

"查理。"斯坦一走到对方的耳听范围内,便立即说道。

"好吧。"查理说道。

只是尴尬地点了点头。这么长时间过去了,他得到的就是这些吗?在发生了这么多事之后?他想到了在爱德华兹家的车道上,他昏迷前记得的最后一件事——查理对他喊"Nae pasaran",仿佛所有事情都取决于此。那感觉是很久以前的事了。一个不同的查理。一个不同的斯坦。

"今晚外面有点冷,不是吗?"

"烧点东西,朋友。就不冷了。"

斯坦点了点头。试图想清楚到底该说些什么。"兔子会回来的，很快，"他说道，"春天总是有很多兔子。"

"当然，朋友。"查理说，然后又道，"不过我看不到它们了。"

"什么？"

"离开这个鬼地方，我得走，不是吗？我的家人要搬走了。和堂表兄妹们一起，从南方来的那批人，往刘易斯镇的方向。"

"去哪儿？"

"伦敦，朋友。或者伦敦周边。一个叫霍利特里的地方。靠近阿默舍姆。"

"阿默舍姆？可我想你说过，你一直住在这里。就算你离开，你的家人离开，你有时候会离开，但那是为了去曼彻斯特看望你爸爸。不算搬家，曼彻斯特也不远。"

"是啊，好吧。"查理戳了戳火堆，一阵风吹来，吹起了一片余烬，让它们在夜色中向斯坦的运动鞋散落。火仙子，他记得曾经想到过它们。"那里有家医院。有擅长治疗脊椎问题的医生，据说。你知道的，为了詹姆斯。"

"什么时候？"

"什么？"

"你什么时候走？"

"下周的某个时候。在春天前安顿好。"

"哦，"斯坦又说，"好吧。"然后他试着坐到地上——但这一切都太尴尬了，他的腿、脚踝和背部都太酸痛、太虚弱了，不能同时操纵拐杖、把自己放倒在草地上而不受伤。然后，查理突然站到他旁边，撑着拐杖和斯坦的手臂。

"对不起。"斯坦说道。

"不要道歉。"查理说道，不太看他，但当斯坦把他那失灵的、脆弱的四肢调整到地面上相对舒适的状态时，查理仍然承受着他手臂上的重量。"我总是告诉你,不是吗?不要为自己道歉。特别是——算了。"

"什么?"斯坦说道。

查理松开他的胳膊,坐回原处,就像什么也没发生过一样。

"他怎么样了,查理?"斯坦说道。

"你说谁?"

"詹姆斯。"

"哦,你知道的,"查理咧嘴一笑,是一种惨白的笑,他与斯坦的眼睛对视了一秒钟,这是今天下午的第一次,"没有变得更糟。你们两个现在真是一模一样,几乎是。事情挺搞笑的。"查理笑了起来,但听起来完全不对劲。斯坦没有跟着一起笑。

"医生说我可能已经死了,如果我在跌倒时撑住的话。"他说道,"幸运的是我反应慢,没反应过来自己在往下倒。"

查理将他剩下的树枝扔在火上。"缝了多少针?"他说道。

"三十二针,"斯坦说道,"后脑勺十二针。"

"天啊。"查理说道。

"是的。"斯坦说道。漆黑的树冠上传来一阵扑腾和骚动,一群鸟儿一起飞了起来——某种不可抗拒的信号或无声的捕食者让它们这样飞了起来,齐刷刷地。

"听着,"查理说道,"我想说——我想告诉你——"但随后他咳嗽了一声,似乎改变了想法。他开始拍拍他的口袋。"哦,但是还有一件事——有样东西我留着还没给你。你可能——我不知道。这不是解释,不是借口,但你可能会——"然后他把一份卷起来的报纸推给斯坦。

斯坦不假思索地接过来,展开,瞥了一眼他面前的那一页,刹那间,他又回到了炸鱼薯条店外的路边,他和查理把油腻腻的薯条纸片在牛仔裤上压平，对着那些愚蠢的本地新闻标题大笑——所有关于牧师、交通灯、社区议事厅和噪音污染。无害的故事，无害的笑声，无害的时光。但是，不——当然，眼下的与当时的不一样。查理的脸色凝重，而且这不是《纽福德回声报》。《阿古斯报》，斯坦读道。《关于篝火的种族争论》。当然，他之前已经从查理那里听到了整个事情，但仍然——看到它像这样被写下来。

"你的外婆怎么样了？"他问查理。

"哦，"查理说道，"她——她中风了。她老了。可能跟这事无关。"他指了指报纸，然后似乎更广泛地指了指树林、田野和整个乡村，"不过，她现在很好。她会好起来的。"

"我很抱歉。"斯坦说道。

"嗯，"查理说道，"你知道的。"

"你是给我留的。"斯坦说道。

"什么？"

"那份报纸。你说你给我留的。"

"是的。"

"你可以来看看我。如果你想见我的话。"

"啊，"查理说道，"我不知道你住在哪里，不是吗？你从来没有告诉过我。再说，我以为该轮到你来见我了。"

"轮到我了？"

"是的。医院的事。等一下——没有人告诉你吗？"

"告诉我什么？"

"我每天都去。去医院。直到你醒过来。"

"你为什么后来不来了？"

查理耸了耸肩。

"我确实想知道，"斯坦说道，"我妈妈让我保证，是关于你的事情。她说话的口气——就好像她知道的不仅仅是在赫胥黎家发生的事,你知道吗?她说得好像她认识你一样。"

"她让你保证什么?"查理说道。

"保证再也不和你说话了,"斯坦说道,"她说,'那样的朋友会毁了你的人生'。"

"嗯,"查理盯着火堆,"你信她说的吗?"他说道。

这个问题让斯坦大吃一惊。他期待着愤怒、自我辩解——希望查理回来时能提出不听海伦的话的好理由,为什么那个保证可以而且应该被打破。他的话让他震惊,他开始思考——实际上是在思考查理的最后一个问题,他的大脑现在完全清醒了,几个月来他都没有过的感觉,他被困在床上,扫视着那些小说页面,他感觉它们不够真实,他读不进去,因为没有真实的生活来补充和开启它们的意义。他想说"不,当然不"——他当然想,因为他想念查理,想念有一个朋友,想念有人照顾他,以及在他身边发生的冒险。然而——

"我不知道,"他只能这样说,"也许吧。"

"说得在理。"查理说道,他用手指挖了一把土,扔进火里。

然后突然,似乎没有什么可说的了。他们在火焰的噼啪声中坐了一会儿,还有树上的鸟叫声,然后斯坦伸手去拿他的拐杖,想重新站起来——而查理又出现了。他站起来,在他身边,支撑着拐杖,用手臂和肩膀承受斯坦的重量,一直避他的眼睛。

"享受伦敦吧。"斯坦在起来后说道。

"听着,斯坦。我应该说。我……"有那么一瞬间,斯坦认为查理可能会说一些几乎惊天动地的东西——能将一切重设为原样,让一切都好起来。但他没有。只是又陷入了沉默,摆弄着他现在戴着的那枚旧金戒指,在他的手指上转了又转。

"我把那些花送给了我的表妹，"查理说道，"给了辛迪。你可以再来看看她，因为我们马上要走了。如果你愿意的话。道个别吧。"

斯坦想耸耸肩，但他的背部和肩膀仍然一团糟，再加上挂着拐杖，实在太痛苦了。"我不知道。"他转而说道。

"不可能的，斯坦。我的家庭。不是针对你个人，你懂的。他们挺喜欢你。但是……一直以来，我们的人和外人往来从没带来过好事。还有，辛迪。她很快就会找个人嫁了。"

斯坦摇头，感觉自己很蠢，脸颊开始烧得通红。"别提了。"他说道，"整件事都太蠢了。"

"不蠢啊。"查理说道，"别这么说。"

"怎么不蠢了？"斯坦说道。他觉得很尴尬。因为辛迪和其他所有事而感到尴尬。突然感觉整个秋天，他都在犯傻，近乎盲目地跟随查理，什么事都没搞明白。

然后，斯坦觉得不想再待在这里了。感觉他光是看查理一眼都做不到。他转身要走，开始了漫长的跛行，穿过黑暗，越过公共绿地。他暗自好奇查理会不会帮帮他，或者他至少会大喊一句——在他身后喊些什么。

不过，什么也没有，所以当斯坦回到绿地边缘，在草地与戈肖克路的人行道相接处，他回头看了一眼。查理现在成了一个剪影，站在火光下的轮廓，撕碎了几张纸——也许是他为斯坦保留的那份报纸——把它们扔进了火焰。

斯坦在想，查理走后，他会在这里做什么。自从爸爸去世后，唯一一个能搞定所有事情的人。也是唯一一个，斯坦真心喜欢的人。和查理一起玩的短短几个月里，他觉得自己成长为一个更好的自己，一个值得自豪的自己。而现在查理要走了。搬家，为了

共有之地 | 139

帮助詹姆斯。这当然说得通，斯坦明白。但只是……伦敦。感觉很远。他一个住纽福德郊区的十三岁的浑身骨折的男孩，去伦敦，光是想想都难。

他依然在一瘸一拐地回家——他的肋骨疼痛，他的脚踝现在感觉更糟糕了，因为他和查理一起坐在寒冷潮湿的地面上——再次想到海伦说的。如果从某种层面上来说是存在的，他和查理之间算不算真朋友。他继续走——缓慢地，一直没回头，直到转出戈肖克路，走到居民区交错的街道，顺着街道就能回家了——一边在想，虽然他肯定会想念查理，但实际上，这样做是最好的。

第二部 2012 年

19

他已经胖了,这一点很清楚,像这样坐在沙发上,肚子露在外面——事实上,肚子被当作托盘,供他的饮料和手臂摆放,交叠着,悠闲自在,尽量不去听凯特在他身后的厨房里大声嚷嚷。很明显,她在抱怨,大概是在抱怨星期六的拳击赛,因为她最近只会说这一件事。拳击赛,家里的名声,不要丢脸,不要让詹姆斯失望。她担心他会逃赛。她从没当他的面说过这么多,但很明显她心里是这么想的。她认为他会让他们失望,临阵脱逃,跑开去,在需要他的时候找不到人。他知道她是这么想的,他当然知道。他知道她认为他只会放弃。

反正他在这里听不到她说的,只有她卸下洗碗机时盘子偶尔发出的碰撞声,以及她偶尔提高的音调,与他耳机里播放的音乐一同升高——森海塞尔耳机,耳罩式、降噪款,应该是降噪的,但没人能降凯特的噪。他曾经爱这样的她。他依然爱。但他有时候真的需要休息,就是这样。远离她最近对他的看法、对他说话的口气和她给他的感受,她总是想让他做一些他没有能力甚至无法理解的事。

他们十八岁就结婚了。那时她很贴心,有一头长长的红发。她让他大笑,你知道,你觉得自己年纪越来越大了,而且每个人都在说"你该安定下来了"。爸爸、妈妈和他们所有人,甚至外婆。可怜的外婆。事实上,是外婆告诉他:"现在给自己找个好女孩吧,你会想让自己慢下来,有一些小家伙可以照顾,这对你有好处,你会喜欢的,不,别露出那副表情,你当然会喜欢。会的,你会感到惊讶,然后查理,你这小子会让我们所有人都感到骄傲。"那么他还能做什么呢?听长辈的,他们不都这么说的吗?听长辈的话,一切都会好起来的?

凯特在厨房里继续乒乒乓乓,码放盘子时的愤怒足以让他在《NME2000年代最佳合辑》的播放声中听到——喷火战机乐队(Foo Fighters)在他耳边响起。啊,那是美好的日子,骑着自行车的美好时光,戴着耳机,CD播放器在转动,这首歌伴随了他的旅程,让他觉得自己是个聪明的坏蛋,他一边在那些绿色的乡村小道上飞驰,仍然年轻。那是在哪里?他当时穿着那件皮夹克,上面有很多补丁。法纳姆?也许是纽福德。那件夹克去哪儿了?反正他穿不上了,或者勉强可以,但永远穿不出那股精气神。他会看起来像个傻瓜。

当然,这真的不是他们任何一方的错,他和凯特怎么了?当然,没有人能预料到会发生这样的事,以及事情发生后他们会变成这样,顺着这条无法回头的路狂飙,身心俱疲,还不得不做彼此的枕边人,每天早上一睁眼就要面对事后的残骸。就连外婆都不可能想到会这样,而且,好吧,谁会往这么坏的方向想呢,他懂。但尽管他十分想念外婆,他还是觉得她死了才好,这样她就不会知道,在他们仍是幸福、欢笑、出双入对的时候,希望他们能热热闹闹地过着有小三轮车和午餐便当的生活的时候离开人世。而不是这样,不是这种烂透的生活。

当然也不是这栋将他们困住的房子,在查理看来,他干了该死的所有的活，而他们那无用的、不露面的房东却大捞特捞。虽然公平地说，搬进这房子在当时也许是合理的。卖掉福特全顺面包车，找到房子，签下租房协议和所有的合同。

他把特斯基牌啤酒的罐头举到嘴边，喝光了最后一罐，这时他耳边的喷火战机乐队转到了北极猴乐队，凯特在他面前晃了晃，挥舞着一个盘子，是皇家德比牌的精致的盘子。他并不在乎，但那盘子是外婆的，不是吗？天啊，他多么希望凯特能冷静一点，不要再对他大喊大叫，不要再碎碎念着周末的拳击比赛，好像他已经打输了，让所有人都失望了。

他抬起耳朵上的一个耳机罩，掀开保护《NME2000年代最佳合辑》的密封罩，让这个夜晚的些许声音透进来。在这些歌曲发行近整整十年后的这个夜晚，在萨里郡骑自行车漫游绿色公路的那些日子后。在三月的这个星期一晚上，在他和凯特在伦敦的愚蠢的出租房里，还有不到五天就要打拳击赛的时候。

"……那是你的问题，"她在说，"就是你的问题，查理·威尔斯。你认为你可以逃脱——任何事情——然后当你发现你不能，你就假装它没有发生。把头埋在沙子里。让其他人来处理它，直到它消失。不，不要让我打扰你——你戴着耳机吧，把现实世界拒之门外。不就是这样吗？这不就是你想要的吗？但这一次是行不通的，你知道。"

她的头发，比以前短，落在她的脸上。她的五官似乎因为伦敦的冬天变得苍白了。光是看着她，他就觉得愧疚得受不了。不过，当然了，并非所有都是他的错？当然是出了某些差错，任何人都控制不了。他避开她的凝视，在沙发上变换姿势，从脚边的地毯上拿起另一罐啤酒。

"没事，"他咕哝道，"我不会有事的。我能搞定。"

共有之地 | 145

"怎么搞定？怎么搞定，查理？你什么时候搞定过一件事？"

查理正要开口，但凯特举起一根严厉的、瘦骨嶙峋的手指，让他闭嘴。

"不，查理，我来告诉你。我来告诉你会发生什么，因为会由我收拾残局，清理你的烂摊子，把你重新缝合起来——"

"缝合？哦，拜托，你根本不懂缝合……"

"我在说话，"她的声音毫不费力地盖过了他的，"在打比方。"

"我不会有事的，凯特。不会有事的，到时候你就知道了。"查理终于按下他的 CD 播放器的暂停键，音乐声不再。

"你最后一次去健身房是什么时候，哈？"凯特正问道，"你上次训练是什么时候？"

"昨天。"他说道。

"骗人。"她说道。

"没有，"他说，"就是昨天。下班后。我去了，真去了。"

"哦？"手放在胯部，头扭向一边。她最近很严厉。所有的棱角都很尖锐，没有任何可以吸引人的温柔，也没有可以让他隐藏自己的地方。"练得怎么样？"

"还行吧。"他说道，又吞了一口啤酒，给自己时间去思考，"我的意思是我还得再练练，当然了。戴维最后跟我打得很激烈，但是——这很好，总的来说。应付下周没问题。"

"是这样吗？"凯特说道。

"嗯，"他说道，"是的。"

"你是个骗子，查理·威尔斯，你一直都是。昨晚你在乔治酒吧，和汤米·坎贝尔在一起，我知道你在，因为今早我在华莱士炸鸡店看到他的时候，他告诉我的——"

"你在华莱士做什么？你不是在找工作吗？"

"不要"——她又举起了手指——"转移话题。你有你该操心的事情，你该想想詹姆斯，查理。他很依赖你，那个男孩，他很无助。他依赖你，而你会让他失望的，如果你继续和汤米·坎贝尔在乔治酒吧混，继续你所有愚蠢的行为。你那些喝不完的酒，"她举起一个空啤酒罐，闻了闻，好像它是放了六天后变质的便宜狗粮或什么东西，然后把它扔到房间的另一头，它撞到了远处的墙上，哗啦啦掉到地上，洒洒在地毯上，"你没有意识到吗，查理？它让你变得迟钝。"

"老天，"他说道，"那不是我们的。那是房东的地毯。"

"我该死的恨透房东了。"她回应。

"天啊，"他说道，"好吧。"他从沙发上站起来，感到身体被一天工作的疲累拖着，被啤酒和公寓里整个沉重的氛围拖着，他一边把脚伸进运动鞋，一边感觉被往后拽。"我走了。我去健身房。看到了吗？我要去了。开心吗？这样你开心了吗？"

但她开始大哭。他没办法处理这件事，现在。最近，他都不知道该怎么和凯特相处，不论他说什么或做什么，似乎只是让情况更糟，光是看她一眼，他就会想起自己现在在变得多么没用、多么无能，没办法搞定任何事，也没办法让她好起来。他从门边的窗台上拿起他的钥匙和钱包，然后切断了她的哭声，关上了他身后的门。

共有之地 | 147

20

而这一次,他没有骗她,他真的去健身房了。她是对的,毕竟。也许去跑一圈并不是一个坏主意。跑一跑,举举哑铃——为下星期六的拳击赛做准备,到时他就会如鱼得水。肾上腺素,就是这样。好东西。可靠地创造奇迹。特别是如果你碰巧被某个远房表亲在某个鸟不拉屎的乡间小道上打败。没有人听到你的尖叫声。哈。

但他会比对方聪明,这就是他的做法。霍兰德那小子可能已经训练好了,准备好了,但他会像那几个足球老将之一,泰迪·谢林汉姆或其他什么人——虽然从未进入过首发十一人,但会在最需要他们的时候从板凳上被叫起来,慢悠悠地小跑上场,没有任何急躁的样子,眼睛却到处看,来回飞奔,大脑像闪电一样计算着所有的角度,所有的路径……然后比赛又开始了,砰!他几乎没有跑一米,甚至没有从原地移开,但由于他的聪明才智,甚至在伤停补时前就扳平了比分……然后再次砰!又进一球!他的球队现在稳赢,他仍然只是站在中间,甚至几乎没有跑动,好像在说:"我?不,与我无关。"当然,这一切都与他有关,不是吗?因为他有头脑,就是这样。有头脑,做研究。毕竟,那是让你在这一生中出人头地的东西。这比你在健身房里做的任何事情都要重要得多。不过,尽管如此。也许凯特是对的,做一点伸展运动并不坏。热身运动。只是为了让血液流动起来。

不过，他在转过芒特街时想到，也许他今天不会去马丁·埃文斯的健身房——也许远没有那个必要。平心而论，他没有告诉凯特他要去马丁·埃文斯那家。他只说了"健身房"。毕竟，她对这句话的理解取决于她，而且天知道他现在无法面对马丁和所有那些小伙子，在他已经喝了三罐啤酒之后。他们会让他训练，让他跳步、出拳，挨他们愚蠢的拳头，直到他在他们那破地板上呕吐——然后他们会笑着告诉他清理干净，这正是他们会做的。

总之，除了这个，还有一件事——就是他不想让他们看到他，如果这有意义的话。就像——真到比赛的时候他的发挥不会有误。那是肯定的。肾上腺素，面对旗鼓相当的对手的满足感，这种挑战让他的齿轮开始运作……是的，他认为，詹姆斯在一旁看着他的情景可能也会帮助他。所以，他知道，到时候他就会好起来的。他只是不想让健身房里的那些人，马丁·埃文斯和所有其他人，他不想让他们看到他训练——因为那样他们不会看到他真正的实力，赛场上的肾上腺素和一切。相反，他们会看到他现在的样子，工作后的疲惫和与凯特的又一次争吵。他们会对他摇头，互相嘀咕，然后马丁·埃文斯可能会揍他一顿，如果他还没揍过的话，然后当然会对他说几句，好像查理还是个孩子……而这一切都没有必要，也完全不公平，因为比赛当晚会好的，当然会好——或者在早上，就像这样。但不管是晚上还是早上，都会如此。

不，如果他现在去，他们只会怀疑他，给他制造麻烦，让他紧张不安，而他当然发挥得很好，怎么可能不好呢？那个人渣把他弟弟叫做浪费空间的瘸子，他见了怎么能不把他揍个稀巴烂？那个人渣甚至连詹姆斯都欺负。把坐在轮椅上的詹姆斯揍了一顿——而且是在婚礼上。杰克和埃莉的婚礼。本是一个喜庆的日

共有之地 | 149

子。脸红的新娘,漂亮的蛋糕,大吃大喝,等等。詹姆斯也很激动,精心打扮,头发往后梳,迎接这重大的日子——的确,詹姆斯对霍兰德一家态度不怎么好,或许,还有点自作聪明。但詹姆斯就是这样的人,不是吗?他开玩笑的方式。再说了,什么时候嘴上带点嘲讽就该被这么对待?等到星期六面对霍兰德家的那小子的时候,查理不使劲揍他一顿,那是不可能的。如果不动手,那他还算什么男人?

他吹着口哨走过马丁·埃文斯健身房的大门,双手插在口袋里,好像他已经去过别的地方,只是路过而已——然后跳上一辆公交车进城,他坐在底层的窗边,调整运动鞋上的鞋带,一边看着坐在他对面座位上的老太太。一个身体健全的奶奶类型的人——带着购物手推车等一系列东西。当然,他从没见过她。这可是伦敦,你每天出门碰到的人,以后可能不会再见,但她的某种特质不知为什么让他熟悉地难受……啊,想象一下,凯特会变成这样的人。哈!她活不长,大概。

然后,休闲中心的玻璃高墙映入眼帘,他欢快地对司机说了句"谢谢,朋友!",不过在伦敦几乎没人向司机道谢,司机也从不回应。然后他跳下巴士,穿过街道,穿过休闲中心闪亮的移动门,走向前台。

"嘿,亲爱的,"他对那里的女孩说。她看上去很年轻。和他与凯特近乎隔了一代人,"我来健身,如果可以的话。"

"当然,"她说道,自动微笑,眼神空洞,"现在是高峰期,九英镑。"

查理点了点头,就像他已经预料到了一样,尽管实际上他认为这就像一个公共图书馆——只是随便进来,四处浏览,使用你需要的东西。当然,实际不是这样。现在这个年代,一切都不再如此，尤其是城市里。有时连图书馆也不例外。他把一张十英镑的纸币放到前台女孩面前，他不禁注意到她是如何小心翼翼地拿起来的，好像他可能对它做了什么坏事。

"放心，亲爱的，"他告诉她，"我没有给它下毒或做其他手脚。"

"什么？"她说道。依然一副茫然的表情，但这次连笑容都没有了。

"我没有下毒，我说。"

她皱着眉头，好像他脸上粘了什么食物一样看着他。然后，她终于打开收款机，找了他一英镑。

"上楼，左转，"她说道，"储物柜是一英镑。"

"哦，我不用换衣服或什么的。"他说道。

"嗯，"她说，"那你比大多数人准备得充分。"然后她转头回到他进来时她一直在盯着的电脑屏幕上，突然眉头微皱，好像正专注于复杂的东西——或者说反正比他更有趣的事情。

他走上楼梯，双手插在口袋里，吹着当年的口哨，以表明他并不在乎，他不把她放在心上。街区派对的歌，就是它，这就是他吹的调子。他敢说，这支乐队出道时，她还只是个孩子，如果他问她，她对蜂巢或类似的东西一无所知……但这有什么关系呢，真的？因为他现在已经穿过了双开门，来到了健身楼层。

星期一的晚上，人格外多，但安静得出奇。只有一个角落里的男人每引体向上一次就喘一声粗气。其他所有人，或多或少，似乎都锁定在一台器械上。多功能训练机、跑步机、踏步机、划船机和那些奇怪的重量拉伸的器械……他向来不喜欢这类健身房，查理现在想起来了。这种地方没有窗户，只有镜子。还有空调。天啊，还骑着自行车，真受不了。

共有之地 | 151

他低头看他的运动鞋,这样他就不会不小心和他人对视上。他走到一台划船机前,正要蹲下去、伸手去抓手柄滑轮,正准备爬上去。这时,这个小伙子走了过来,满面笑容,长得和前台女孩一样干净利落。

"对不起,先生。"他对查理说道。

想把自己塞进划船机、正塞到一半的查理停了下来。他的四肢、腹部和鞋带,乱七八糟的。

"怎么了?"他对这个闪亮的年轻人说道。

"对不起,先生,"那人又说道,"您第一次来这里吗?"

"有这么明显吗?"查理说道,想挤出笑容。

"我很会记人脸。"那人说道。

"不,我刚刚——在开玩笑呢。算是吧。你知道。我的意思是……有那么明显吗?我真的那么不像健身的吗?"

查理意识到自己的话在安静的健身房里回荡,而这个干净利落的人只是眨了眨眼睛。"如果您能帮我把这个填上,先生"——他在查理的鼻子下晃了晃一张纸,查理不由得感觉这是有针对性的——"那就太好了。"

"好吧。"查理说道,接过纸和圆珠笔,也不知道那是哪来的,他把圆珠笔往身上一按。他转过身来,坐在划船器旁边的地板上,开始看。

表格中问道:"你是否有心脏病史?昏厥史?失明史?高血压史?低血压史?癫痫史?便秘史?你是否有任何不适宜运动的已知原因?"

"这是谁写的?"查理说道。

"什么?"那人说道。

"不管是谁写的,把癫痫都拼错了。"查理说道。

"对不起?"那人说道。

"应该是——应该是 epilepsy……"查理用圆珠笔指了指表格顶部出现错别字的地方,"里面有个 i,"他说,"而且只有一个 i……"

那人微笑。那人眨了眨眼。查理让圆珠笔落下。

"别担心,"他说道,"我很快填好。"

然后他打勾,在虚线处签名,写下他的血型和出生日期等无意义的细节,而在这全程中,那人一直蹲在他旁边,他的整个姿势和态度让查理不由得想起某个健康的年轻人,他可能会停下来,关切地蹲在一个在人行道上摔倒的人身边。

填完后,他把表格递了回去。那人扫了一眼,平静地点点头,对每一栏的正确填写表示满意。

"没有固定的住所吗?"他说道,当他看到联系方式一栏时。

"是啊,我一直搬来搬去。"查理耸耸肩说道。他为什么要那么写?他其实并非居无定所?很难解释,但这感觉就像一个小小的蔑视姿态,不知为何。重申这才是正常的做法。

那人皱了皱眉头,但还是让它过去了,继续看,但现在已经没那么满意了。"你得先接受一次入门引导,"他最后站起来,准备让查理一个人待着——"然后才能使用这些。"他指了指划船机。

"我现在不能用?"查理说道。

"恐怕不行。得先上入门课。"

"就不能现在让我试一下吗?"

男人耸耸肩。"不如我们先从简单的开始?那些你都能用。"他指了指远处墙边一排看起来破破烂烂的跑步机,这些跑步机在一排闪烁的电视屏幕前一字排开。没人在用跑步机,除了一个看上去还是青少年的女孩,她跑得飞快,神情痛苦。

"好吧。"查理说道,心想他是不是该说自己刚付了九英镑来的,转念放弃了。

"很抱歉,先生。"那人说道,听起来一点也不抱歉。

"那好吧,"查理说道,"你只是在做你的工作。"

在这个人的注视下,查理觉得自己很愚蠢、很笨拙,他走到一台跑步机前,走上前去,按下剥落的塑料仪表板上的几个按钮,当机器启动时,他发现自己很惊讶,皮带在他身下移动和滚动,就这么简单。

突然感觉很好,确实如此。实际上,令人惊讶的是,考虑到他体内的啤酒和之前漫长工作后的沉重感,即便他没有工作或喝酒,他最近也总是觉得不舒服,仅仅因为他缺乏睡眠。躺在凯特身边,当他们之间所有的不和都悬在床的上方,破坏氛围时,谁还能睡觉,真正酣睡呢?但他现在在走得很快。按下仪表盘上的加号小按钮,他的腿加速跟上,呼吸也变急促了。

啊,星期六就好了。他不知道凯特在介意什么。实际上,他现在感觉好得很,轻松驾驭快速行进的步伐,甚至都有点无聊了。于是他拿起挂在仪表盘上的一副蹩脚的黑色塑料耳机,用它们盖住耳朵。过了一会他才搞清楚自己在听什么。他以为是音乐,但他耳朵里是三个人的声音,一个女人、两个男人,在聊着七月。他们说:"全世界都在关注英国。"又是奥运会,当然了。他开始注意到,涉及这些事的时候,他们聊起伦敦总是有一种特别的口气。严格说来,伦敦还是他住的那个伦敦,但实际上?有时候,感觉他们口中的伦敦是全然不同的世界。

他扫视他上方的电视屏幕,像一个被困在井里的人一样伸直脖子,直到他找到和声音吻合的一个屏幕。为什么把它们放在这么高的地方,而且离跑步机又这么近?他最后找到了对应的节目——一个小组讨论节目,每个人都穿着西装——然后他又按了几个按钮,想换个频道,但仪表盘上的东西闪了一下,皮带开始加速移动,然后倾斜,他正在半上坡、半慢跑。他又按了几下,让传送带移动得更快,直到他真正变为慢跑——现在感觉不那么舒服了,自从他戒完烟不久,他喘气时肺还是不舒服——直到最后他碰到了切换耳机中频道的按钮。弹指一挥间——他换到了下一个屏幕。还是一个新闻节目。那个混蛋乔治·奥斯本正在谈论冻结津贴。再按。下一个频道。《江南风格》。上方屏幕里在播放疯癫的舞蹈,耳机轰鸣,而跑步机还是疯了一般,仍然在倾斜,加速,很明显失控了。

查理把拳头放到红色紧急停止的大按钮上,它就在其他按键的中央,跑步机颤抖着停了下来。这时,那个面容光鲜、衣着整洁的人瞥了一眼,从他待的角落里快步出现,开始向他走来。够了,现在,查理想。这一切都够了。他今天已经忍得够久了。

"先生,"那人叫道,他是一个完美的肯娃娃,在健身房的机器行列中前进,"先生,一切都好吗,先生?你需要帮助吗?"

当然,这些话没问题。甚至几乎是友好的。但查理并不是白痴。他不是昨天才出生的,他知道这种客户服务的谈话方式,问一些诸如"需要帮助吗?"的问题,而这实际上意味着"安分点,不然就滚蛋"。

"没事,"他说道,利索地走下跑步机,用袖子擦了擦额头,尽管他在那里待的时间不长,没有出汗,"别担心。反正我要走了。"

*

他重新走到人行道上,走进初春寒冷的夜,想着跑步机上的

共有之地 | 155

紧急停止按钮。想象一下，他想，如果在某个地方有一些更广泛的、更普遍的、宇宙性的紧急停止按钮，只是他还没有找到。想象一下，如果他突然看到它潜伏着，比如说在他左眼视野的角落里，他可以直接跑过去，在它再次消失之前抓住它——让时间停止一会儿。不是永远停止，只是留给他足够长的时间，在星期六的比赛前进行几次健身。

这就像电影中的训练蒙太奇镜头。太极拳、慢跑……然后是拳击馆和马丁，他在那里被打得很惨，但还是站了起来，把自己从地上拖了起来，即将诞生的英雄，然后回到街区慢跑，这次他的眼神中充满了坚毅，然后在拳击馆里又打了一场，这次老马丁大喊："是的，查理小子，你会打倒他。"然后是仰卧起坐、俯卧撑，这一套。

回家的公交车转过街角，正好驶过他走过的地方，打乱了他的白日梦。他本来打算赶上那辆公交车，回家，去找凯特。但现在他想清楚了，虽然……嗯。一想到紧急停止和训练蒙太奇，他振奋起来，感觉自己更强大了，就好像他真的做了那些训练，而不仅仅是白日梦。而且，好吧，他现在可能感觉不如从前，但他还年轻，不是吗？而且这是伦敦，老天。天才刚要黑。

公交车发出信号，停在了站台上，就在街道的前面一点。查理徘徊不前，看着人们扎堆上车，走得比正常情况下慢一些。一个正在数零钱的老太太拖住了队伍，他意识到如果他想的话，他现在可以很容易地上车，他甚至不需要跑过去。他停下脚步。那位老太太似乎终于付了车费，队伍又开始移动。然后公交车开走了，把他留在了人行道上。

查理把手伸进口袋，转身离开公交车站，朝市中心走去，在傍晚的人群中穿梭……穿工作服的人，穿运动服跑步的人，满手提着乐购购物袋的购物的人,还有一些人还在拖着疲惫的孩子走。查理认为,这至少算是没有孩子的一个好处。你仍然可以随时出去走走。

然后,还有一大群的年轻人,年轻的职业人士和学生——尽管好好想想的话,他不知道为什么会把他们视作年轻人,特别是他们中的大多数人都没他年轻。他们有一种气质,可能——跟他们的穿着或动作有关,或者仅仅是因为他们要去的地方。好多这样的人正往酒吧走去。很有趣,他这么想到,这座城市里似乎没有人会精心打扮,这里不流行让自己显得过于精致。

但是——

"穿运动鞋的不让进。"他尝试的第一家酒吧的保镖说道,保镖嘴角往下撇,露出一丝厌恶的神情,同时挥手示意一群穿得和他几乎一样的小伙子进去。

"什么?"他说道,"对不起,伙计,我知道你只是在做你的工作,但有些人不是和我一样,穿着运动鞋在那里吗?"

"不一样。"保镖说道。

"什么?"查理说道。

保镖摇摇头。

"但运动鞋就是运动鞋啊,不是吗?"查理说道。

保镖似乎考虑了一会儿,然后说道,"不,这双,"示意查理脚上的鞋子,"它们完全不是一回事。"

21

啊,但这是个好地方!一个小小的、没什么人的地下室,市中心东片。不过,他到底走了有多远?第一家酒吧后,他去了一家琴酒酒吧,然后又去了河边的老人酒吧,最后他逛到了这里,这个城市他从没涉足过的一片地方。他从来都不觉得这里是他该来的地方,真的,全是艺术生和戴贝雷帽的人——非常中产,嬉皮士外人——但是管他呢,他为什么不该来这里?究竟为什么他在这些人中间要感到不自在?他和其他人有相同的权利和价值,可以在这里,不是吗?他最近都快把这一点忘了。

他走到吧台处,脑袋跟着音乐晃动,点了一杯威士忌。可怜的凯特。她需要一个更好的男人,说实话。一个懂得人情世故、能掌控局面的人。一个冷静自制,不会让她失望的人。一个更强壮、聪明的、有远见的人。而不是像他这样的。如果他能带她回霍利特里就好了。如果他能带她回到过去,回到空旷的户外、有燕子和云雀的地方就好了。他可能还不明白她最近在担心什么,但她会喜欢那里,这点他很明确。这个时节,霍利特里到处都是燕子,不是吗?或许还没到那个时节,还得再等两个月。

霍利特里的生活并不轻松,天气并非总是暖和的,他们在那里的收入也不稳定——不怎么固定的收入——但是,他们那时候的生活还算定心。或者至少感觉如此。他们感到安心、确定,感觉这就是他们在这个世界上的安身之所，就是这样。尤其是在早上，这种感觉尤为强烈。他和凯特坐在房车的台阶上，在寒冷的天气中相拥，手中端着一杯茶，她闷闷不乐——不是她现在这样的闷闷不乐，绝对不是，一点儿都不像。那时她虽然不高兴，但他能轻易把她逗笑，不过是起床气。

酒吧女服务员把酒递给他，他给了她十英镑，她只给了他二英镑的零钱，他喝了一口酒，意识到她给他倒了双份的酒，尽管他没有要求。但他想这并不重要。很快就到发薪日了，无论如何，他需要这个，他真的需要在今晚散散心。他从没有像这样，仅仅是为了放松而出门，不是吗？很久没有这样了。

他闭上眼睛，随着音乐点头，然后转身靠在吧台上，再次回想霍利特里，想起凯特，想起燕子……在那里，有时也会有非常清透的晨光。那种美丽清透的晨光，尤其是在春天。正好是现在这个季节，实际上。在及目只有混凝土和砖块的城市里你看不到。

但是，想到脾气暴躁的凯特在早晨把被子从他们的床上拖到她的肩上——事实上是外婆做的那条被子。那条被子在哪里？为什么他总是丢东西？可怜的外婆，可怜的凯特。她拖着被子，然后走到他身边，就那样裹着身子，像一只茧里的毛毛虫，皱着眉头听他对她说一些废话，天知道，可能是关于云雀或醋栗的事——甚至是关于旅行者在那片土地上停留了几个世纪的事。从十六世纪开始，这是他从镇上的格林街图书馆发现的，也许甚至在那之前。想到这一点，像他们这样的家庭看着云雀，甚至可能在英国成为英国之前就开始了。当然，早在护照和理事会以及"保护土地不受未经授权的扎营侵害的禁令"之前……

啊，但世界当然已经改变了，凯特也是如此，没有必要再重复这些。再说那条被子现在去哪儿了？他不能再丢东西了。他为

共有之地 | 159

什么总是在丢东西？那条被子是外婆缝的。可怜的外婆。为了甩掉这些思虑，他揉揉眼睛，又喝了一口威士忌。

不过，这个地方。他所处的这个地方，不知为何，感觉很不错。在伦敦通常令人厌恶的时髦地区，这个格格不入的地下室房间让他感觉来到了正确的地方——因为它让他回到了过去，比霍利特里和听了他的笑话后而微笑的凯特更久远的过去。这个地方……这个地方就像一个该死的时空隧道。有一些该死的神秘博士之类的东西正在发生。当然，是因为音乐！缪斯，鼓击乐队（the Strokes）、街区派对、杀手乐队（the Killers），还有那首他一直记不住乐队名的《你要做我的女孩吗？》。

外人的音乐，马丁是这么说的，一直告诉查理这种音乐不适合他——这种音乐不是写给查理这样的人听的，如果他不这么觉得，那他是在自欺欺人。"写这些歌的人如果想到旅行者的营地会播放他们的歌，很可能会反感地打冷颤。"马丁说道，"因为你什么时候见过独立乐队里有旅行者的成员？不都是时髦的外人男孩在显摆吗？查理为什么要听这种垃圾？"是啊，马丁肯定这么说过。但话又说回来，查理从没听进去过，从没相信他说的。因为音乐就是音乐啊，不是吗？音乐比那些东西都要宏大。比起那些争论，比如这种音乐属于谁、马丁觉得这种音乐属于谁来说都要宏大。大过外人或非外人，旅行者或非旅行者的标签。音乐不止于此，不是吗？它带着一种摇滚乐梦想所催生的古老魔力——所有的希望和期待——尽管都已经随音乐逝去。不知何故，今晚在这里，在二〇一二年它依然活着。当然，这个地方有一半以上是空的，但如果他的表没错的话，现在才十一点二十分吧？会热闹起来的。

而且，如果没有其他人到来，他也不怎么在乎。这种音乐，这几个人在这里跳舞和喝酒，这种豪迈、正义而愤怒、蔑视甚至是傲慢的气氛……他太久没有这种感觉了，这种情绪、这种哲思。因为现如今这些都消失了，去哪了呢？什么东西变了？

这个地方感觉像往日的时光。事实上，这种感觉太强烈了，他很乐意留下来再喝上一杯……当然，他可能不应该这样做，因为他已经花了太多的钱，而且无论如何，明天还有工作和凯特要应付，他不想宿醉，肯定不行，因为还有星期六的事……但话说回来，他还没有准备好离开，而且酒吧的工作人员已经对他投以恶狠狠的目光了吗？想知道他什么时候会点些别的东西来证明他要在这里多待一会儿？比如说吧台后的那个女孩，她看他的眼神肯定很奇怪。他走回她身边，又点了一杯威士忌。

现在人们纷纷涌入，这个地方很快就坐满了人，而且人群中还有几个漂亮女孩。他要留下来再喝上一杯，也许再跳上一段舞。因为在一些老歌中跳舞的感觉会有多好？所有这些该死的歌……他知道二十五岁的他还算年轻，没有人能说他老。但是，这些歌，这种音乐，让他感觉很年轻，他已经很久没有这种感觉了。这让他想起以前的日子，那时候，他觉得所有控制着他人生活的那些默认的规则和分裂并不适用于他。感觉有那么多条大路向前延伸，宽阔开放——生活可以朝着任何方向发展。

他最后一次真正有这种感觉是什么时候？当然，在来到伦敦之前。在凯特、医院和其他的那些破事之前。在外婆去世之前。很可能是在萨里的那段日子。法纳姆、戈达名、吉尔福德、纽福德、沃金、克兰利、多尔金……在不远的那些地方，真的，但它们现在感觉属于另一个世界。当然，在詹姆斯还不错的时候——不是说他现在不好，而是，你知道的。那时詹姆斯还能走路，一切都很好，他们两个人还能像同一个豆荚里的豌豆一样相处。查理带他去一些地方看看。没什么离经叛道的，只有老教堂或酒馆或其他有点奇怪历史的东西，或者只是随机的、很酷的、有趣的东西，比如他在多尔金的旅馆后面发现的那个池塘，里面都是青蛙、蝌蚪和划蝽。

"我们能抓一只回家吗？"他还记得詹姆斯想要一只青蛙，"我们能养一只吗？当宠物？"

詹姆斯向来擅长照顾小生命。他似乎有这种天赋。比如说那只讨厌的虎斑老猫。感觉他养了它一辈子——从他们还是孩子时就在养了。那天，查理没答应养一只青蛙。他不记得为什么。很可能他只是想炫耀，炫耀自己作为哥哥的权威，规矩由他来定。现在，他真希望那天他没这么做。

啊，但他一直是个好孩子，詹姆斯。睁大眼睛，认真听讲，把所有看到的都用素描记录下来，他的那支铅笔在纸上创造出全新的世界。他仍然是个好孩子，真的。在某种程度上，那辆轮椅使他保持年轻。可怜的詹姆斯。啊，但是又来了，下周的比赛又在他的脑子里出现了。但他会没事的。肾上腺素和所有那些。

他一口闷下酒水，走到吧台前跳舞。现在到处都是人，他们四处走动——都穿以前年代的衣服。皮夹克和紧身牛仔裤、百褶裙等等。他为什么要穿这种愚蠢的运动鞋？他的那件旧夹克呢？有许多补丁的那件，他已经穿了多年，而且随着时间的推移，它只会变得更好。他一定把它放在某处了。毕竟那不是很久以前的事，所有那些，不是吗？也许是在霍利特里。也许他在霍利特里时把它搞丢的。哈。就像其他该死的东西一样。

正在播放的歌唱到副歌部分。该死的谁知道是什么歌，他叫不出名字，大概从二〇〇三年起就没听过这首歌了？但他的手和其他人的手依然一起举在空中，他一下子发现他知道全部歌词。

这很有趣，到头来。那时，九十年代末，二十一世纪初，不管怎样，似乎有一个完整的神奇世界正等着他去继承，家人和外者共存的世界，外人和旅行者，所有人都混居在一个特定版本的成年生活里，那里有他的一席之地。一种与摇滚乐梦想相呼应的成人生活，星期六在唱片店打发时间，廉价苹果酒喝到脸红，一边绕着公共绿地骑行，谈论生活和深刻的哲学。最后，当他们终于大到可以过上别人承诺他们将拥有的成人生活时，这一切都消失了，不知为何。莫名其妙地消失了。

后来，取而代之的是家庭责任、伊拉克战争、星巴克、金融风暴、紧缩政策、联合政府以及该死的英国国家党。所有的种族主义者和理事会都把你从你家的土地上赶走，甚至连通知都没有，只有愚蠢的该死的邮寄信件，他们本应该意识到没有人会看这些信件。然后是失败——或许并不完全是失败，但是你知道的——城镇中心都被铺平了，变成了没有一家唱片店的特色购物中心，还有该死的老大哥和该死的我是名人，K 粉和狗屁工作，罗曼·阿布拉莫维奇和电子舞曲和……但那该死的又是谁？

那个女孩，在他旁边的一群人中跳舞。她和他一样大声唱歌，甚至有着同一股劲儿，好像这样做很重要，好像他们是在教堂或什么地方，也许是在某个纪念仪式上——好像跟着吉他独奏哼唱歌词来铭记他们曾经的梦想是件大事。而她看起来，嗯，她看起来就像他在凯特之前迷恋过的每个女孩。瘦小的身躯、凌乱的长发、浓浓的黑色眼线……但实际上这一点并不重要。重要的是她唱歌的那股劲儿，仿佛歌词唱的是很重要的东西，还有她的动作，仿佛她不在乎自己的模样。她就这么在一个拥挤的房间里跳舞，旁若无人。

他一直等到音乐从涅槃乐队转为马克西莫公园乐队（Maximo

共有之地 | 163

Park），再转为白色条纹乐队（White Stripes），然后他告诉自己，去他妈的，查理，你以前对女孩很有一套，有一种气势，有自信，你能让她们开怀大笑——从那时起，世界可能已经变得面目全非，但你没有，现在向我证明，你也没有。于是他走上前去，走到和她一起跳舞的那群女孩的中央，以一种她无法忽视的方式把自己摆在她面前。然后在《七国军队》（*Seven Nation Army*）的旋律中，他俯身在她耳边喊道。

"能不能，"他说道，"能不能给我你的电话号码？"

她皱起眉头，看起来真的很痛苦——而他之前一直在喉咙和下腹之间上蹿下跳、翻筋斗的心脏，一下子跌到底下，或者说是跌到了他愚蠢的运动鞋上。

"对不起。"她说道，用比他想象中更时髦的口音——而且她真的看起来很抱歉，至少这是件好事。"对不起，"她说道，"但是不能，真不能。"她摇摇头，用一种非常像怜悯的眼光看着他，让他无地自容，促使他离开，回到吧台。去他妈的。他又胖又老，而且已经结婚了，他没有刮胡子，甚至穿得都不得体，而且她大概有男朋友——某个该死的二十来岁的，穿休闲装，有学位，口袋里有一堆可卡因或者其他最近的时髦玩意儿，谁他妈知道。

"请给我一杯威士忌苏打水。"他对酒保说道——他刚付了双份威士忌的八镑钱，喝了很多酒，就感到肩胛骨之间有一只柔软的手，他转过身，以为是她，那个女孩又来和他说话了——却发现它不是，根本就不是。是一个黑头发的消瘦女孩，削边头，身上很多穿孔。

"我一直在观察你。"她说道，这个女孩——某种口音，带点轻柔的鼻音，并不明显，但肯定有。澳大利亚人。或者是美国人。"我觉得你很有趣。"

然后在他意识到之前,他就已经在亲吻她了,实际上,这感觉一点也不坏。人与人的肢体接触就是这样的,不是吗?他和凯特已经很久没有像这样在一起了,即使他们偶尔在一起,现在也是一团糟,不是吗,自从……嗯。可怜的凯特。但不要去想凯特了。现在是这个穿孔女孩,他们已经亲吻了好长时间,至少有三四首歌曲,他喝醉了,他能看出来,有点邋遢,但她似乎并不介意,这个女孩,他甚至不知道她的名字,但她把她的手指穿过他的手指,带着他穿过跳《迪斯科2000》舞的梦想家们的房间,现在到了出口。她很有胆量,这一点很清楚。这是一个该死的大胆的举动,整件事。他自己从来不敢尝试的那种事情,即使他一直很擅长和女孩相处且明白整个游戏的规则——或者至少从他所记得的情况来看,他尝试的次数不超过一次或两次,当然。也许她可能是嗨了?不管发生了什么,他都心甘情愿地跟着她,让自己像羔羊一样被带上楼梯,走出消防通道,穿过吸烟区,和她一起上了一辆出租车。

车在开时,他们都没有说话。或者说,没怎么说。这个女孩看起来很疯狂,很狂野,就像她在执行某种任务一样——而他便顺其自然。顺着她的亲吻和抚摸,好像这一点都不意外或奇怪,就像他们在酒吧里聊了几个小时,就像他问她要电话号码,他们聊了起来,他用简单的老把势迷住了她,不管那是什么,然后一件事引发了另一件事……如果他以外人的角度目睹这一切,他会这么认为。如果他是出租车司机,比如说,从后视镜看路况,在前景中捕捉到他们的躁动。但他对她,对这个疯女孩一无所知。整个旅程中,她只说了一句话——在奇怪的安静中,这句话似乎永远不会消失,出租车司机的尖锐收音机以及这个疯女孩的喃喃自语和呻吟是打破沉默的唯一声音——当他们上车时,她说的是

共有之地 | 165

克洛夫顿街48号。天知道这条克洛夫顿街在哪里，但他希望它就在附近，因为情况现在变得很尴尬，有点怪异，女孩夸张的色情明星似的声音会让他笑出声来，如果他不是喝得太多，无法从这个幽闭场景和近视角度中解脱出来的话，而且，"唔，宝贝，是的，我想要你。"她正在说——谁会说这种话？也许她真的是一个食人的外星人来绑架他。她会把他消化掉，然后把他的干尸残骸挂在地下室的肉钩上——在他们现在要去的克洛夫顿街48号的地下室里。

车子停在一条黑漆漆的住宅街上的一栋房子外，然后他们跌跌撞撞地从车门翻到人行道上，她拖着他，出租车司机隔着窗户说了些什么，她把一张纸条扔给他，把她的嘴唇从查理的嘴唇上移开一秒钟，说道："不用找了。"

"不用找了"和"克洛夫顿街48号"，这是他对这个女孩唯一所知的事情。她不为钱发愁，或者至少她今晚不为钱发愁——她住在这里，在克洛夫顿街48号。因为他们现在就在这地方？她带着他走到一个门口，从口袋里掏出钥匙，在她抓住他的裤裆的同时，把钥匙插进锁里，然后他们从门里翻滚着上了一段肮脏的楼梯——在他翻滚的时候，他注意到地毯很差，又破又旧，需要打扫一下，栏杆上的油漆也剥落了——然后穿过第二扇前门，进入应该是这个女孩的公寓，穿过左边的第一扇门现在撞到了一张美丽的、宽大的双人床，它柔软得要命。

他们一落到羽绒被、枕头和床垫组成的一团云朵般的棉花糖上，他疲惫不堪的四肢就被包裹、支撑了起来，正好托住了他肩膀之间的那个位置，也就是后脖根处，那里经常感觉被插了一把钥匙，把他越扭越紧，好像他是一个上发条的玩具，小泰迪熊，小泰迪熊查理上下踏步，绕圈圈，随着钥匙扭得更紧，填充的四肢动得更快，泰迪熊仔查理，哈哈，哦，但就是那里，软绵绵的，就在脖子后面的那个地方，虽然这个酒吧里的疯女孩，他想这应该是她的床，现在正抓着他的裤裆，试图用牙齿解开他的纽扣和拉链，他不得不说，不得不承认，他只是模糊地意识到她在——因为真正让他觉得好的，最好的——是周身这种美妙的、滋养人的柔软。他已经很久没有这样睡了，没有凯特躺在他身边让他感到愧疚。他已经很久没有在这样一个柔软而平和的地方自己待着，在这里，他毁掉的东西或他眼睁睁看着出错的东西都不重要了。啊，酒吧也很好，不是吗？他笑得很开心。他需要这样。所有的老歌，所有该死的老调子。他把那个疯女孩赶走，打了个哈欠，七歪八扭地埋到羽绒被里，然后昏睡过去。

22

他慢慢醒来,温暖的阳光透过他的眼睑让他清醒,但他的身体还是冰凉的。然后在空气中捕捉到了烟雾……香烟烟雾。他已经几个月没有抽烟了。凯特戒烟后,他也立刻戒了,在孩子将要出生之前——但等等。抽烟?谁在抽烟?还有,为什么他的头突突地痛得要命,疼痛在左眼周围聚拢,喉咙发痒,胃部不适……

他的眼睛飞快睁开,瞬间定格在坐在窗前的女孩身上——她是女孩,这一点显然很清楚。昨晚在酒吧的昏暗中,她看起来年纪更大。天啊,酒吧。上帝啊。他在想什么?他只是想去健身房锻炼一个小时左右,也许两个小时,但他却去了……去了,然后呢?他今天要工作——他必须去工作,他已经被警告过了。他们盯上了他,肯尼告诉他,虽然天知道是什么原因,但不管是什么,肯定不是他自己的错,哦,但从光线的颜色来看,光线很强,相当金黄,还有一丝切实的热量从打开的窗户飘进来……从这一点来看,早就过了八点半,他必须到达仓库的时间。可能是早中午,甚至是中午,谁知道呢?但事实上,她可能知道,这个头发怪异、身上有很多穿孔、昨晚化了妆的女孩。她可能至少大概知道现在几点了。

"你在黑暗中看起来更有趣。"她说道,在他开口之前,透过她的香烟烟雾一眨不眨地盯着他。"我是一个艺术家,"她继续说,

"我观察人们身上的某种特质。这很有趣。那是我自己缺乏的东西，但我的工作却有大量的需求。"

她听起来还是像美国人。他昨晚没想到这点，至少现在清醒点了。

"昨天，我以为你有那种特质。但现在……？"她耸耸肩，吸了一大口烟。

艺术家？当然不是。他脑子里对艺术家的样子没有太清楚的概念，但这似乎还是不太可能。她太年轻了，而且……他环视房间。架子上破旧的黑色企鹅。破烂的地毯。他没看过的黑白电影的海报直接用胶带或者胶布粘在墙上。

"你上艺术学院？"他大胆猜道。

她点头，点了一下。"你呢？"

"我——在仓库工作。你知道的，叉车之类的。很抱歉，"他说道，"我得走了。"

她笑了，笑了一下。不是很亲切。

"你随意。"她说道，呼出烟，朝床脚虚掩着的门点点头。

*

当他到了室外，遇到冷空气和温暖的阳光时，他暂时觉得好些了。然后他在回家的公交车上感觉明显恶化。公交车司机在他问他时说，十二点二十分。那么，工作没希望了。他得明天再去，说自己食物中毒了，希望没人会刻薄到质疑这个借口。而且这也不完全是个谎言。至少他觉得自己食物中毒了，因为天啊，在炎热和无休止来回摆动的公交车上，他很难不吐出来。他来到了城市的另一边，在河对岸的学生区。他是怎么走了那么远的路？这至少算锻炼——准确地说，不是健身房，但至少对健身来说不

共有之地 | 169

算太坏——他们不是说每天走一万步吗？而他昨晚肯定走了几十万步，才从酒吧一路走到这里。这应该是锻炼到了。他看了一会儿窗外的城里人——没有宿醉，没有疲惫，只是在阳光下做自己的事，这些浑蛋——怡然自得了一会儿，然后想起他们坐了出租车。

他回到家，发现凯特在哭。不过也不能怪她，真的，他就那样消失了，没有任何消息，电话没电了，打电话也没用——可能以为他死了，或者和其他姑娘走了，或者就这样离开了她，不再回来。

"凯特，凯特，"他说道，声音尽量放柔和，"凯特。我现在回来了。被耽搁了一下，但没关系。我回来了，我回到了你身边。"

他一点点绕过沙发，来到她蜷缩着坐着的地方，她正在为她手中的纸片哭泣，他伸出手来，试图用手搂住她的肩膀。她把他的手拍开，他并不感到惊讶，尽管她接下来说的话让他有点吃惊，这一点不假。

"你，"她说道，把那张纸怼到他的脸上，太近了，当他眨眼的时候，它就夹在他的睫毛上，"你真有胆量，做出这种事还敢回来。你打算什么时候告诉我，查理？你以为我永远发现不了吗？"

哦，他很累。而且生病了。病得厉害。他需要水、食物和同情心。不是这个。绝不是这样。

"又怎么了？"他说道，接过信，在沙发上挨着她坐下，一开始只扫了一眼信上说的内容，然后仔细地读了起来。

"违约金？"他说道，"公共区域的维护费和服务费？胡说八道。我不知道这件事。这谁寄来的？这些人是谁，卡伦和艾吉礼有限公司？我甚至都没听说过这帮浑蛋。"

凯特只是摇摇头，继续哭。

"哦，凯特，凯特，"他说道，"会好起来的，你会看到的。这一定是搞错了……"

"九百七十八英镑。"她说道，"你怎么认为我不会发现呢？查理？怎么会呢？"

"我没有——我发誓，凯特，我不知道这是什么。我从来没有听说过这些卡伦和艾吉礼有限公司的人。这完全是瞎搞。"他伸出手臂想再次抱住她。

"这不是瞎搞，"她又拍了他一下，"我打电话给那个人，那个在房产中介的人，虽然我打了几个小时才打通，幸亏我一直在打，他说，他说……"但她再次崩溃大哭。不过，这泪水可能比之前来得柔和。然后她靠在查理身上——把脸埋起来，浸湿了他毛衣的褶皱。"我不知道，查理，"她说道，"我不明白。你知道我不懂这种事。你知道我从来都不擅长这些东西……"

他点点头，让她别再说下去，尽管他知道，可悲的是，以前并不是这样。她擅长理财。能看穿不正当的手段，用心经营，他根本比不上——整个家庭业务都靠她撑着，实际上。她曾经劝阻过他，让他少做了好几个错误的决定。自从孩子那事发生后，就这样了。那件事让她陷入了瘫痪和恐慌。

"嘘，凯特，会好起来的，你会看到的。我明天会给他们打个电话，看看是怎么一回事。"

"今天就给他们打电话，"她说道，对着查理的肩膀，"不是明天。今天。"

然后她失神哭泣。他抚摸着她的背部。瘦小的肩胛骨像小翅膀一样，在薄薄的皮肤和 T 恤衫下凸显出来。

"我受不了了，查理，"她说道，"我讨厌这里。这栋房子，

共有之地 | 171

它就像一个监狱。我不要这样。我从没想过会这样。"她抬头，灰色的瞳孔在终日的困惑和悲伤中透露出那么一刻的清明，"我们怎么了，查理？我想回家。你还记得每年这个时候霍利特里树林上空的云雀吗？我们坐在旧面包车的台阶上听它们说话？"

"我记得，凯特。我真的记得。"

他吻了她的额头，然后是她的嘴唇。我的上帝，她的触感，那种安慰，就像回到了旧时光，今天真是奇怪。这是几个月来第一次有这种感觉。昨晚和那个嘴唇、舌头都有穿孔的女孩在一起时，他在想什么？而他有凯特，他的凯特，他们拥有共同的回忆，他们的亲吻现在几乎像春雨，在石楠上柔和而清澈的春雨。

"我想回家。"凯特低声说。

"我知道。"他说道。现在他的脸颊上有泪水，说实话，他甚至不确定这些泪水是否只是她的。他当时抱着她，必须小心翼翼地，因为感觉她这些天很脆弱——他那狂野的凯特现在变得如此柔弱和易碎。

23

当他再次醒来时,他还在沙发上,凯特已经不见了,厨房里传来一股煎培根的香味。虽然已经过了日落时间,但远处窗户的窗帘还拉开着——外面的世界还留有残余的光线,只是并不多。

"凯特?"他说道,"凯蒂?"

他能听到她在厨房边做饭边哼唱。没有歌词,只有调子的哼唱,他从没有从她那里听到过——自从……嗯。还是那件事,不是吗?

"凯特?"

她停止了哼唱,把头伸到门框边上看着他。她在微笑,但不知为何,这只让她看起来更加疲惫。

"你在做什么,凯特?"

"早餐?晚餐?管他呢。我也没吃午餐,所以甚至可能算午餐吧。"她又躲到了视线之外。锅里传来哗啦啦的声音。

他揉了揉自己的额头。坐了起来。就身体而言,他感觉比上次醒来时好多了。这很好。但是发生了什么?和凯特?这几乎是美好的,但现在他感到很奇怪,好像他答应了一些他知道自己会搞砸的事情,就像他搞砸其他事一样。但是现在的情况更糟糕了,因为她存有一线希望,希望这一次他能做出改变。希望他能更强大、更明智、更体贴,还有比赛,他再次想起了比赛,怎么都忘不掉。还有可怜的詹姆斯，有一个像他这样的兄弟，看看他在做什么，还有不到一个星期就比赛了，不到四天，他却在睡大觉？

"凯特，"他再次叫道，"凯蒂。我睡了多长时间？"

"你昏睡了好几个小时，"她从厨房叫道，"像个死人一样。"

"你怎么不叫醒我？"他说道。

"我试过了，但没有用，所以我想就让你睡吧。你肯定很困，以至于睡得那么沉。"

"你觉得就让我……凯特。"他站起来，掀了似乎是她铺在他身上的格子呢毯子，像个孩子一样给他盖上了被子。他走到厨房门口，看着她拿着锅碗瓢盆来回忙——虽然现在没有再看他，再次避开了他的眼睛，专注于她在炉子上做的事情。这样才是他熟悉的方式。

"你知道吗，凯特，现在离比赛还有不到一个星期的时间——不到一个星期，我得站在该死的擂台上，直视那个侮辱我弟弟的小混蛋的眼睛，确保流血倒地的是他而不是我，而你却让我睡上一天，甚至不试图叫醒我，而是盖上毯子？"

凯特调低了煤气灶的火，正要炒蛋。除此之外，她什么也没做，什么也没说，一直低着头。

"怎么了？"查理说道，"怎么了，凯特？这又是怎么了？"

她深吸了一口气，在围裙上擦了擦手，然后从炉子处转过身来，死死地盯着他的眼睛。

"今天早上，"她说道，"我感觉就像你回到了我身边。我想——也许有些东西又变了。也许我们没有以前那么迷茫了。"

他没有立即回答。刻意让她的话语，在他四周正在烹饪的食物的温暖和热气中，慢慢落到油毡地毯上。

"不那么迷茫了？"他最终说道，"不那么迷茫了？这整件事的起因是我们欠了某个卡伦和什么的公司一千块现金,而我们不那么迷茫了?而现在我们正在吃某种——该死的,凯特,烟熏三文鱼?牛油果?你什么时候买的牛油果?我们欠债的时候不能吃他妈的牛油果,凯特。"

他转身离开厨房,然后拿起他的外套。他现在要去健身房,这就是他要做的。这一天还没有结束,这很好——一切都会好起来的。但是,上帝啊,他昨晚和那个女孩在一起的时候是怎么想的,那个穿唇环的女孩,那个学生?可怜的凯特。他一直没回来,那为什么她没有说什么呢?难道她根本不关心吗?他拍了拍外套的口袋,检查了一下——钥匙、手机、钱包……钱包?但它就在那里,不在他的口袋里,而是在沙发的扶手上。

"凯特,"他在平底锅的噪音中对她喊道,"凯特,你是不是翻了我的东西?"

"没有翻,"她说道,"只是拿了一点现金,这样我们就能吃好点。"

"只是拿了……所以你拒绝工作,然后你抱怨这个卡伦和什么的公司,然后你直接从我的口袋里偷钱,然后还不知为什么是我的错?"

她出现在厨房门口。

"事情不是这样的,"她说道,"你知道事情不是这样的。"

他耸了耸肩,穿上了外套。

"你要去哪里?"她问道。

"健身房。"他说道。

"像昨晚那样?"她说道。

"是的。"他说道。

她默默地看着他穿上运动鞋,系上鞋带,再拍拍口袋,朝前

共有之地 | 175

门走去……直到他走到一半,准备把门关上时,她才开始大喊。

"你对我花几镑钱为我们买一顿像样的饭菜这么生气?如果你能振作起来,打赢下周的比赛,我们就会有更多的现金,不是吗?几个月、几年,甚至更久都够用,都可以离开这个鬼地方,重新上路,但你不会的,是吗?你当然不会,因为你是个酒鬼,查理·威尔斯,你只是不想承认而已——"

他砰的一声关上了门,在她的咆哮中打断了她。

"啊凯特。"他大声对自己说,一边从房子里撤退时,尽量不去想她说"我想回家"的那语气,她那么一说抓住了他的心,使之成为他们两个人共同为之触动的东西,想回到他们觉得有归属感的地方,那里一切都很好,就连困难和问题都是好的。在某个地方,他们觉得他们的困难和问题至少是他们自己的困难和问题,而不是那些来自某个电视肥皂剧之类的外人从其他地方强加给他们的。

他憎恨这样,当他向体育馆走去时,他下结论道。恨她让他有这种感觉,于是把它变成了他们两个人都在承受的东西——在他的脑袋里,把她自己从问题的症状变成了问题的受害者,恨她把一切又变得更加复杂,就像这样,不让他以自己的方式去看待理解事物,而正是这种方式一天天支撑着他,到底要撑到什么时候?该死,他真的不想打比赛或工作,他想开车——开着他们的旧面包车,把他们所有的东西都塞在后面,或者甚至开着一台时间机器,把他带回某个地方,让他能重获青春,虽然二十五岁一点儿也不算老。回到有树的地方,像她说的那样有云雀,还有长长的罗马街道,向这边延伸,向那边延伸。也回到詹姆斯身边,在事故发生之前,这样他就可以告诉他永远不要在那片田野里骑四轮摩托,那么今天他就会没事,健健康康的,也就是说不会有比赛——即使由于某种原因比赛依然要打,那也是詹姆斯去打,詹姆斯捍卫自己,这是理所应当的,一直如此。可怜的詹姆斯。也许,事实上,这就是他现在要去的地方——他要去看看詹姆斯。现在去健身房已经太晚了,真的,而且他太累了。他只会表现得很糟糕,让马丁把他打倒在地,同时也让每个人的神经在下个星期紧张不已。他一路走到汽车站,跳上了第一辆出现的公交车。

距离上次见他的弟弟,感觉已经过去很久了。除了为比赛做准备,说实话,他就是想看看他,和他聊聊。或许再问问他和凯特之间应该怎样,因为他们从来不聊这个,不是吗?他从没和任何人聊过孩子的事。永远没有正确的时机,而且事情太复杂了,他厘不清,最简单的做法就是回绝所有开口问的人,开口伤人的人。但是从来没有这么糟糕过——从来没有走到过这一步。自从他们结婚后,他从来没有和别的女人一起、天亮前才回家。或许找个人聊聊,比如说詹姆斯——会有所帮助?

啊,但他在骗谁呢?他和詹姆斯从不聊那些事。他们兄弟之间不这样。而且这也不是詹姆斯该烦恼的问题,他该自己应对。在詹姆斯面前提起这件事,没头没脑的,或者说比没头没脑更糟。他不需要詹姆斯质疑他在这一周内的力量或可靠度。不能在星期六前。不过,去见见他还是很好的。聊几句。也许他们可以看会儿电视,或者去酒吧坐一会儿,光是走走也不错。向妈妈问声好,如果她在家。

不过,这是一次多么艰难的跋涉啊,横穿整座城,甚至比他早上待的那地方,那个美国女孩家还远。这辆公交车只能载他到半路不到的地方。这就是离开霍利特里后的另一种损失。不仅仅是关于云雀和树梢什么的。它是关于家庭的。他喜欢看到他的弟弟,尽管他知道人们是怎么说的,尽管有时看起来是他们说的这样。当他住在他的对面时，就很好。他和凯特住在他们的房车里，詹姆斯和南住在对面的房车里，这样他们抬头不见低头见，不用特别安排时间就能见面。现在，他们不得不穿越整个城市才能相见——并不是说他不愿意，不是这样的。只是，这似乎更——他赶路来这一趟，让他看上去更……算了吧。

"查理！"他现在想起詹姆斯曾向窗外朝他喊，"hollow① 的反义词是什么？"

"什么？"他回道，"问这个干吗？"

"第八列，是个字母。"詹姆斯说道。

"你在玩填词游戏？"

"不然呢？"

"玩那东西干什么？你要做老太太吗？"

"别以为我没听到——"外婆的声音应和道。老天，外婆。他真想她。他最近一直被这种感觉左右，感觉他失去了令他定心的力量，感觉没有人能为他说话——当然，外婆还在的时候，他从没觉得这样过。

"hollow 的反义词。"詹姆斯再次喊道。

"我不知道，full？Filled-out？②"他说道。

"是十个字母的词。"

"Meaningful③。Meaningful 这个词怎么样？"查理再次回道，他把头伸出窗外，看到弟弟和他的动作一模一样，双手撑在对面房车的窗沿上，脸上再次露出那抹亲切的笑容，雀斑在午后的阳光下格外明显。

---

① 意为中空、空洞。
② 这两个词都意为满的。
③ 意为有意义的。

"谢了，朋友。"詹姆斯说道。

"不客气，弟弟。"查理笑着回道。尽管这不过是傻兮兮的填词游戏，他还是莫名觉得自豪，而詹姆斯则举起他的虎斑猫的一只爪子，在窗户里朝他挥手。

"虎妞也说谢谢你。"他说道。

"好吧，告诉她小意思。有事随时找我……"

突然间，他觉得公交车上很冷。查理冻得发抖，直打颤。或许天并没有多冷，他是因为宿醉才觉得冷。

他环顾四周，把霍利特里的记忆抛开，看到起雾的车窗和他身边其他站在走道上的乘客。他突然感到一阵幽闭恐惧。四周的边边角角正向他逼近，他的胸口和肚子也感觉很奇怪。冰冷，空荡。或许他该吃点东西？他什么时候吃的东西？炸鱼薯条，也许炸鱼薯条能让他变好……还记得炸鱼薯条用报纸包装的那时候吗？报纸上的油墨还会渗到你手上？你边吃还边读当地奇怪的头条新闻，新闻就在你被分到的包装纸上，就像某种原始的蘸酱？《纽福德回声报》，还真有不错的新闻，不是吗？上帝。不过现在，他真得下车了。

他走过去按下一站下车的按钮，公交车正好慢慢行驶至转弯处，他没站稳，对面的老太太叹了口气，哼了一声表示不满。如果外婆还活着，年纪跟她差不多。他难以想象外婆在公交车对别人这样。

终于踏上人行道了，当他目送亮灯的公交车驶离，驶出视线，他并没有像他所预料的那样感觉好转。他还是能听到詹姆斯的声音，从数年前传来。hollow 的反义词。但是他现在觉得他终究还是无法面对詹姆斯。他对星期六毫无准备，宿醉，穿着昨天的衣服。但他能去哪里呢？健身房不行。回家面对凯特，不行。他现

共有之地 | 179

在都不觉得饿了。他的胃还在难受，但仅仅靠食物似乎无法缓解。他需要别的东西。某种完全在他那噩梦公寓、在面对凯特和詹姆斯以及健身房和星期六比赛之外的东西。需要喘口气。一扇完全不一样的窗口。窗口和不一样的东西，窗口和不一样的东西……这让他想到了什么？

他又想到了今天早上那个抽烟的美国妞，当他告诉她他在仓库工作时，她嘲笑他。他尽量不去多想自己究竟在干吗，以防自己认识到这是种疯狂的行径，他不得不往好的那方面想，并且开始追溯他早上的足迹，回到他开始这漫长而混乱的一天的地方。来到克洛夫顿街 48 号——这是昨晚他唯一记得清楚的事情之一。

24

他对那个美国妞不感兴趣——不是有想法的那种感兴趣。他想起来了,在听到门闩滑回的一刹那,他把结婚戒指塞进了口袋。而且他确定,她都没多看他一眼,或者说他们俩昨晚在酒吧特别投缘,有什么在一起的理由。虽然他说不清他为什么来这儿,但肯定不是因为这个。不过,出于某种冲动,他觉得来了能让她更喜欢他,也许,或者说让他出现在这里的这件事看上去不那么疯狂,他一听到前门往后打开,就把结婚戒指塞进了口袋。

"是你啊。"她把门打开说道,甚至没有打开一半,只够她把鼻子伸出去,上下打量他。他希望自己没有穿着今天早上的衣服。希望他至少洗过澡。他决定假装没有注意到她带刺的语气。试图假装这是五年前,那时候女孩们在街上对他微笑,他不必开口问两次,才得到她们的号码。腹部收紧,肩部向后,轻松地微笑——并不难,不是吗?

"还记得我吗?"他说道。

她似乎抖了下,也许有点戏剧性,前门的开口随之扩大了一点。和他不同的是,她已经换了衣服,焕然一新——仍然戴着刺环,但换了条裙子,飘逸的印花面料,带垫肩,就像他妈妈在八十年代的照片中穿的那样。这可能意味着她洗过澡了。擦掉了他可能留在她皮肤上的任何痕迹。不过,这很好。他回家找他的妻

共有之地 | 181

子了。如果这是一场比拼谁更不介意的比赛，他还是会赢的——即使她那样看着他，前门对他紧闭，即使他在她家门口这样等着，试图展示出他更好的一面，好像等了一辈子。他并没有要让她刮目相看，说实话。更多的是……他在假装自己和她是同类，也许吧。同样是能面无表情地回应对方，对对方的话一笑了之的人。"我在仓库工作，你知道的，开叉车。"

他来是因为他想看看她墙上的海报。问她这些海报是什么电影的，听她谈论那些老演员和导演或什么的，他们是家喻户晓的人物。他想翻翻她的厨房橱柜，看看她买的是什么牌子的茶包、餐具是什么样的、她的架子上堆放着什么CD。他需要离开自己的头脑，就是这样。甚至离开他自己的生活。

"很明显我没有忘记你，"她说道，"我不会那么轻易忘记我的错误。"

"错误？啊……公平地说，现在也不算是坏事，不是吗？"

她耸了耸肩。"我不是那个意思。只是，我看错了你。我的第一印象并不正确。"

"旧啤酒瓶底式的眼镜会对你产生影响，一定会。我也很惊讶今天早上醒来时的情景。"

"我不喝酒。"

"好吧。"

"喝酒让我头疼。"

"嗯，每个人都会头疼。"

"你为什么回来这里？"

"我不知道，"他说道——听着，我不——我不经常在陌生女人的家里醒来。事实上，我从没有过——我几乎从没做过这种事。"

她现在更仔细地看着他。他决定继续说话。

"而且只是……嗯。我今天过得有点艰难"——她的眼睛瞪得大大的——"我觉得你很有意思"——他试图把话题拉回来——"我不想要什么。我只是想聊聊。想多了解你一点。你是谁,还有你的名字是什么,这是第一个问题。"

"希波吕忒①。"她说道,没有笑。

"真好,很强大的名字。"他说道。

她摇了摇头说道:"我恨它。"

"哦对了,我叫查理。"他说道,在伸出手和她握手之前仅犹豫了一秒。她盯着他的鼻子看了很久,然后把她的手伸进他的手。骨感的手指。他现在想起了它们的触感,昨天晚上的触感。

"来吧,"他说道,"就是聊聊,我不想要其他东西。我保证。我还会带你出去喝杯茶。"

她看起来很不确定,似乎还想说些什么,这时从她身后传来一声喊叫——"波莉!"——一个高大的女孩,留着齐腰的金发,脸庞像个模特,出现在她身后的走廊里。希波吕忒本能地把前门开得更大一些,让查理加入这一刻,即使他还没有进屋。

"哦,"金发女孩说道,"这是谁?"

她是英格兰口音,但不像查理的英格兰口音,他的口音还是以曼城口音为主,元音上带点格拉斯哥和东英格兰的腔调。她的口音是正宗 BBC 式的、寄宿学校里的、他妈妈喜欢看的那些战争老片里的那种,那些电影里的每个人都上唇僵硬,留老式的发型……他从未见过一个像这样说话的活人。他想知道她是否天生这样,还是学过后才这样。

---

① Hippolyta,希腊神话中的亚马孙族女王。

"对不起,"她对他说,透过门缝睁大眼睛,"我以为你是别的人。"

"今晚我们有朋友要来。"希波吕忒解释说道。

"别着凉,"金发女孩说道,"在格拉斯哥不能待在门口,你知道的。你会染上肺炎,然后你会后悔的。进来吧。前面的房间里有茶。你见过希波吕忒的俄式茶炊吗?"

她转过身来,以一副光鲜亮丽的大美人常见的架势掠过走廊——这和她们的认知有关,认为自己不会受到挑战或忽略。不过,这很有效,因为他不正跟在她身后走进他今早差点落荒而逃的那间公寓吗?当她喋喋不休地谈论不同的茶叶品种时,他甚至点了点头,而希波吕忒则在他们身后生闷气。

"你不是在等别人吗?"他说道。当她暂停说话、喘息片刻时,他终于抢先说了一句话:"你邀请的是别人,不是我。"

"哦,但这并不重要,"这个金发女孩说道,她圆圆的蓝眼睛看着他,似乎对他提出这样的问题感到惊讶,"他马上就来了,我肯定。此外,我们喜欢认识新朋友,不是吗,波莉?"

他环顾四周,看希波吕忒的反应。她有一张生气的脸——一张不怒自威的脸,外婆会这么说——但她只是耸了耸肩。

"哦,别理她。"金发女孩说道,在他们刚爬上的那段小楼梯口的门前停下。这栋楼比他今早以为的要大得多,而且形状怪异,有点像兔子,以他还不太明白的方式延伸出去——都是光线不好的走廊、粗糙的地毯、成片的潮湿和高高的天花板。"她就是喜欢对人不客气,你知道的——这是她对自我身份构建的一部分。"

"什么?"查理开始说——但在她推开他们面前的门的那一刻,这句话被吞没了,整个客厅显露了出来,或多或少,充满了喋喋不休的学生。很明显,他们是学生——从他们的年龄和衣着可以清楚地看出——都穿着天鹅绒和复古服装，画着浓重的眼线，一副熟练的厌世脸。从他们站着、坐着或靠着的方式也很清楚，从他们拿着红酒杯或花茶杯和茶盘的方式也很清楚，好像这对他们来说是完全自然的——然后从房间里嘈杂对话声里跳出来的话语也很清楚："……某种程度上来说很惊艳，你不觉得吗……笔触紧迫，粗糙……非常令人失望，我想，完全是肤浅的……说实话，我宿醉后感觉像死了一样，不知道我为什么要来……"

查理对学生没意见，真的。人们对他们说三道四，说他们是讨厌鬼，或者破坏了酒吧的气氛，或者当他们都以那种方式成群结队地进来时，不管怎样，但他一直认为，在这一切之下，他们一定是好人，真的。因为还有谁会有足够的好奇心，坚持学习多年，超过义务教育所规定的时长——求知欲旺盛到让自己负债累累还要继续学下去，只是为了能坐在图书馆里看书和其他东西？

不过，从客厅的走道望去，他再次想起他们的不同之处。某种他觉得很陌生的东西。他们似乎都比他年轻得多，都处于一种神秘的第二童年，这让他不知道该和他们聊什么。他甚至觉得有点惊恐，不管是什么原因。有一点紧张。当然，当他那天下午离开凯特时，他想要一个进入不同世界的窗口，但这？这不是他所追求的，肯定不是吧？他在这里像个异类。然而，房间里的人都没有看他一眼。

他发现自己回头看了看希波吕忒——为了得到保证？当然不是。但他想要什么呢？她的祝福？她只是耸了耸肩，一种明确的"谁管你、随便你做什么"的态度。并不友好，但也不像有什么特别超现实的事情发生。

"查理。"他说道，向仍在他旁边的金发美女介绍自己，不知为何，他向她伸出手来握手。

"哦,"她说道,握住他的手,对她来说握手仿佛是某种完全过时的姿态,"真有意思。我是弗洛。你是怎么认识希波吕忒的?或者我不应该问?"她向他露出一个她自觉狡黠的微笑,而他不自觉地将空出来的那只手伸进口袋,用食指和拇指抠他的婚戒——然后门外又传来一阵门铃声。希波吕忒侧身去应门,然后弗洛抓住他的一只胳膊,把他推向站在壁炉旁的一群人——不过那儿没有火。他想知道烟囱是否被堵住了,或者由于某种原因,他们没有想到要点火。

"菲利克斯、阿莎、加比——见过查理。波莉的最新发现。"

"哎呀,不管你信不信,就在不久前,她发现了我。"他说道。然后马上就讨厌起自己说话的口气,好像自己比实际上更了解希波吕忒一样。她们三个人都笑了,菲利克斯、阿莎和加比。

然后她们中的一个,肯定是阿莎,说道:"你的口音很有意思,不是吗?你是在国外长大的还是什么?"

"不,朋友,我是旅行者,"查理说道,"在各地漂泊长大的。"

他不知道为什么会这么和她们说。但就是感觉有必要说明这个事实。

她们又都笑了起来。

然后在他没有笑的时候,弗洛开始道:"你真的是吗?旅行者吗?就像吉卜赛人那样?好有趣。"她确实有那么半秒钟看起来很着迷,直到她的目光从他身上滑落到他身后的某个地方,她的表情完全变了,就像一个从梦中醒来的女孩。"哦,他来了,"她说道,"你来啦!"然后她就走了,像某种鸣禽一样扑腾着飞走了,绕过他飞到更高、更明亮的树梢上。

"哦,他来了,是吗?"查理发现自己对他面前的三个学生说道,一边扬起眉毛,好像这是弗洛的典型做法,应该引来亲切的嘲笑……但是，他到底在做什么？五分钟前他才认识她？而且谁知道她的这个他到底是谁？为什么他跟着咧开嘴笑，好像这是个老笑话？还有，为什么那三个学生默契地说起了悄悄话？天啊，他们是那么容易被忽悠、被征服、被逗笑。就像孩子一样，他们这群人。尽管他们还不到……几岁？不到二十一岁或二十二岁？天啊，他们差不多是詹姆斯的年纪，一定是这样。如果詹姆斯坚持上学，然后像外婆所希望的那样去上大学，他会是这样吗？

他不慌不忙地把手插进口袋，被周围大家心照不宣的笑声感染——他把这些陌生人逗笑了，就像按下一个大笑按钮一样简单——和他们一起环顾四周，看着弗洛飞快地走到她明显喜欢的那个他身边。他实际上有点好奇，因为她很奇怪，弗洛，说实话，有点装腔作势或娇滴滴的，但她看起来很善良，这绝对是好的……不过他的思绪很快就被他们的笑声打断了，虚假的、轻松的笑容从他脸上抹去。

因为她就在那里——像鸟一样的、文艺的、装腔作势的女孩弗洛，迎上去，用胳膊搂住了最新的来客。而他和查理想象中的样子完全不同。因为这个人咧嘴笑的样子如此熟悉，他作势拥抱她，却不像她那样动作自如——角度尴尬，很不好意思。这个人，他，查理，走到哪里都能认出来——即使是在伦敦的这个奇怪的学生艺术聚会上。因为那肯定就是他？更高了，当然。他穿着破旧的斜纹软呢外套，戴着眼镜，而不是以前那几件搞笑的恐龙 T 恤，没有破损的全民医保号码牌，鼻梁上也没有缠着胶带。他长大了，仅此而已，即目所见，从这个陌生的房间里看一眼就能知道，他长得很好。看到他的老朋友看起来这么好，查理一下子发现自己心里有一种巨大的自豪感，同时也有一种想消失的强烈冲动。

共有之地 | 187

但不知何故，他大喊道，几乎控制不住自己。对这个聚会来说，对这个封闭的空间、这些人、这个房间来说，他太大声了。

"斯坦！"

而且是的——当然是的。无论多么奇怪，多么该死的不可能，就是他。因为斯坦在听到自己的名字时从弗洛身前后退一步，在房间里寻找叫他的人，然后他终于看到了查理，他的脸像惊喜的孩子一样亮了起来。惊人的惊喜——事实上，感谢上帝，因为他们是怎么分别的？在查理的记忆中，并不美好。医院、屋顶，还有可怜的斯坦就在他面前的车道上血流不止——这一切都是他的错，当然，因为他总是犯错。但斯坦现在似乎已经没事了——这是一个奇迹！他很好，甚至还在笑。他很好，看到他甚至还在笑！他离开不明情况的弗洛，穿过房间，这个老朋友，这个曾经像弟弟一样，对我来说就像弟弟一样的人，每当人们问起萨里，不管过了几个月甚至几年，他都会这么告诉他们。

"好吗？"他说道，"好久不见了。"

"该死的耶稣基督查理，"斯坦说道，"真是你吗？"

然后，他们自然地抱成一团，斯坦在他的拥抱中感觉很完整，没有损伤，仿佛他根本没有从屋顶上掉下来过。查理现在希望下午出来之前能刮刮胡子。希望换上更好的衣服，或者干净的衣服也行。希望他没有长这么胖。希望他在这里有一些真朋友，不仅仅为了逃避现实生活而在这个客厅里瞎聊。

然而，该死的。事情就是这样。斯坦在这里，这不是他妈的太好了吗？他的老朋友回来了。这是件好事。在这个暗淡无光、失望沮丧的世界里，意外撞上了美妙的好运。

于是，他抑制住为自己道歉的本能冲动，说——

"该死的，很高兴见到你，朋友。"并拍了拍他的背——同一时刻，斯坦说——

"天啊，查理，你怎么了？"

尽管斯坦在笑，显然他在开玩笑，但查理发现自己并非毫不介意，好像这是某种挑战。他忍住了为自己辩护的冲动，从斯坦身边退了一步，并戏剧性地上下打量着他。

"看起来不错，朋友，看起来不错。"

斯坦把他的文艺青年的眼镜推回他的鼻梁，显然这个手势已经很熟练，他笑得很开心。

"谢谢你，"他说道，"但是你怎么——你怎么会？你见过弗洛吗？"

突然间，她又回到了斯坦的身边，手臂搭在他的肩上。"太神奇了吧！你们两个认识？"她说道，"世界真小啊！"

"没有那么小，真没有。"查理小声说道。

"对不起？"弗洛眨了眨眼睛。

"对不起，我没有……但该死的斯坦。我只是——见到你很震惊，就这样。在我的记忆里，你仍然是一个是十三岁的孩子。"

"是啊，在我的记忆里，你还是……十六岁，不是吗？如果我是十三岁的话。"

"是的，我那时候更酷，"查理说道，"更好看。你现在不会相信，"他发现自己对弗洛假装神秘地说道，"那时候我才是两个人里更帅的那个，到目前为止。"

弗洛笑了，有点紧张地笑了。"你们两个是怎么认识的，斯坦利？你们上同一所学校吗？"

"我没有上过学，"查理说道，"你现在在做什么，朋友？你搬到伦敦了，然后呢？"

"新闻学硕士，"斯坦说道，"伦敦大学学院。"他说这话时显

共有之地 | 189

得很自豪，而查理根本没有真正记住他说的话，他忙着接受这个长大了的、看上去身体健全的朋友，他曾经离开了他，这个纽福德公共绿地上的挨了打的伤心孩子，他让自己咧嘴笑，点点头，然后说道："真好，朋友。你真好。"

"你呢，查理？"斯坦说道。

"我？哦，我——嗯。就那样。就那样。"

查理突然发现自己坐立不安，在房间里四处张望，也许在寻找一个安静的角落，那里没有这些戴着彩色围巾、穿天鹅绒、戴该死的贝雷帽的人。但看到斯坦他很高兴，很高兴看到他现在很好。大学、硕士或什么的。像弗洛这样漂亮的金发小姐挽着他的胳膊——实际上她看起来也不错，不仅脸蛋漂亮。但为什么一定要在这里？现在？他的宿醉又开始发作了，也许就是这样，他需要一杯冰啤酒。醒酒剂之类的东西。或者该死的，也许是一支烟，尽管已经几个月没抽了。一杯冰啤酒和一支烟——然后他就会感觉正常了。或者，也许他根本不需要这些东西，只需要一些新鲜空气，因为他已经很久没有抽烟了，这是一件好事，不是吗？自从他最后一次见到斯坦之后，他再也没抽过？一个真正的成就。其他的事情都成了泡影，但至少他的肺是干净的。

"我已经戒烟了。"他满怀希望地告诉斯坦。

啊，但这又算得了什么呢，真的？凯特是对的，他现在是个胖胖的老酒鬼。

"不管怎么说，朋友，"他发现自己在说，"我正要走。今晚有事情要做，还有其他事。但见到你真是太好了。我很高兴——我很高兴你现在这么好。"

查理转过身来，开始在一群群人中穿行。"……真的，叙述的口吻都是错的，你会觉得他这辈子都没去过纽约……关于女性的经验，我想，真的你会喜欢的……"回到门口，无视弗洛的话——"哦，但你才刚到！希波吕忒会想你的。希波吕忒会舍不得你的"——在他身后响起。当然，她很贴心，但希波吕忒不会想他。

当他听到脚步声时，他已经出了门，下了一半的楼梯，他转身看到斯坦追了上来——他脸上的表情和那些年一样，那时也总是追着他，追上他。

"等一下，查理，等等，"斯坦说道，"我只是……我是说——这是不是有点太巧了，不能就这么走了？我从没想过会再见到你。已经很多年了。"

"是的。"查理说道，他在楼梯上停了下来，抬头看斯坦，并不享受他们身高差异转换带来的讽刺，"很多年了。"

"那么，"斯坦说，再次咧嘴一笑，"我们叙叙旧吧。至少留下来喝上一杯。"

"不，我……我不认识上面的任何一个人，斯坦。这整件事都很夸张。我们本不可能在这里见面。我是偶然来到这里的。"

"啊，每个人在弗洛和希波吕忒的聚会上都有这样的感觉。"

"不，真的，朋友。我有事——我得回去。"

斯坦清醒了一点，自从看到查理后，他所带的高兴的笑容，那个让他很不舒服的笑容，一点点消失了。

"当然，"斯坦说道，"但我们别……我是说。这很奇妙，查理。我常常想知道你的情况，你知道的。"

"你并不是真的想知道。"

"我真想。"

"好吧，下周我的头上已经有了一个死刑判决，所以这并不值得你去做。"

共有之地 | 191

"什么?"

"对不起。我只是——我只是在胡说八道。"

"好吧。"

"是的。"

"查理,你还好吗?"

"还行,是的。我只是——我还有事,而且——我不知道。上面那种场合总是让我有点焦躁,你知道吗?"

斯坦点了点头。"是的,我看到了。"

斯坦的脸随着年龄的增长变得越来越温和,然而查理不确定他是否喜欢——不确定他是否喜欢斯坦现在看他的眼神。

你不明白,他想说。我可能不像你一样是个学生,但这并不意味着我没经历过。我曾生活过。我曾在星空下的沙丘上睡觉,也曾被东英吉利亚的黎明中奇怪的、苍白的光唤醒,太阳就在海面上出现。我还爱过——事实上,我爱过两次。第一次是不明智的,第二次是——好吧——我娶了她,不是吗?我结婚了,斯坦。我在山上、在天空下和她结婚了。我坐在外婆身边,在她去世时守夜,我和我的妻子坐在我们的房车台阶上,当时她刚从湖里游泳回来,她的头发还湿漉漉的,在她的背上闪闪发光,她的眼睛闪闪发光,因为她来告诉我她感觉到了,她在水里游泳的时候感觉到了肚子里的那一脚。我和男人打过,赢了;我和男人打过,输了。我被打倒过几次。我在霍西的海滩上看到小海豹出生,甚至我还试图拯救一只被母亲遗弃的海豹——我直接下去用我的外套给它保暖,用该死的瓶子喂它牛奶,但后来它当然还是死了,因为我吸取了教训,当我想要去爱时总是会失败。我为自己找到了一个家,是的,很冷很艰难,但那里有云雀,如果你看到凯特醒来时在我们窗户的光线下的样子——在那些早晨她脸上的笑容,你现在绝对不会相信的。自从我们最后一次见面后，我已经做了很多事情，斯坦。发生了这么多事。我被打得遍体鳞伤，还有其他所有的事情，但天知道我不值得为此而得到怜悯，如果这就是你现在眼中的表情的话。我根本不值得怜悯。我已经走过了这个国家的经纬，看到了比任何人在大学里能看到的更多的生活，我确信这一点，否则我为什么会觉得自己在上面的那些人中那么像个骗子？假装我懂得少？假装我经历少？只是为了骗他们，让他们相信我合群？

但他没有说那些——他当然没有。他只是耸了耸肩，转身继续往前走，下楼。

"哦，来吧，查理，"斯坦说道，"我们至少去喝杯啤酒吧。明天。这个星期。只要你有空。"

查理停下来，考虑了一下。然后——"好吧。"他说道。

"太好了。"斯坦说道，他的脸上又出现了那种孩子般的笑容。

他们交换了号码，斯坦告诉查理更多关于他自己的近况——没有客套，就好像他肯定查理也想知道，等不及到酒吧里再细说，现在就要大概说说，只是为了让他做好准备。他正在攻读硕士学位，是的，但他也是《新无产者》的小记者，实际上比起所有大学里的东西，他更喜欢这个，因为它更真实一点，你知道吗？弗洛不是他的女朋友，虽然她看起来很热情，而且，她有点装腔作势，但她很美，对吗？他住在凯尔文赛德，但实际上那里并不像听起来那么豪华——他在派对上说凯尔文赛德，但实际上它更像马利希尔。

"我得走了，朋友，"查理告诉他，"听着，很——很高兴再次见到你，斯坦，朋友。很高兴看到你现在这么好。"

共有之地 | 193

"是的,你已经说过了。听着——查理?"

查理已经下楼了。他又停了下来,抬头往自己的肩膀上方看看斯坦想干吗。

"只是——好吧。Nae pasaran。记得吗?"

"我——是的,"他说道,尽管他就像从梦中回忆起这句话,从他意识的边缘重新捕捉到这句话,"是的。我当然记得。"

他走出了公寓,途中没有遇到任何人,刚开始放松,沿着大楼的中央楼梯往下走的时候,他看到希波吕忒倚靠在大街上的大门门框上,抽着烟。她在他走近时转过身来。

"出什么事了?"她说道。

"什么?"他说。

"你的结婚戒指,"她说道,"你今天没有戴。昨天戴的那枚是假的吗?还是说,我们在一起的那晚让你和妻子吵架了?"

"都不是。"他说道,并从她身边走过,走到街上的清风中。

她耸了耸肩。"再见!"她在他身后叫道,他在夜色中向河边走去,寻找公交车站。

25

第二天一早，周三——距离比赛只剩三天——他浑水摸鱼似乎没有被注意到，一切都很好，甚至没有人在意他没有出现，只是在他买早餐的时候，员工食堂收银台的好心人爱丽丝问："今天好点没，查理？"至少在早午之前一切都很好，当约翰·安德森出现时，他正从叉车上卸下一个托盘，根据他工位上的仪表，这是他今天上午完成的——第二十五个托盘。那个仪表从来没让他数错过，它毫不懈怠地测量着每小时搬运的托盘数量，每完成一项工作，就会发出哔哔声和闪光，从来没有让他恍惚过一刻，白天像僵尸一样干活，直到下午五点才回家。

尽管是个体态臃肿的中年男人，约翰·安德森的脚步很轻。这是他的一大毛病。你永远不知道他什么时候会出现在你身边。这甚至可能发生在你开车穿过厂房的时候，他用他那无声的脚步落在你身边。这不仅是因为他穿软皮鞋，而这里的其他人都穿工靴。除了在背后突然出现，他还有一些其他毛病让他们不舒服。约翰让查理想起了猫，他一向不喜欢猫。它们不像狗或马。他是在狗和马身边长大的，他知道它们有某种诚实的一面。不过，猫——它们总是有自己的一些心思。你从不知道它们什么时候会扑过来。

"好啊，看看这是谁。"约翰·安德森说道，他那轻飘飘的声音离查理的耳朵太近了，近得他跳了起来，差点不小心把叉车挂到倒挡，害得他不得不突然刹车——看起来好像他不知道自己在做什么，但实际上这工作他睡着了都能做好。他只是被吓到了，仅此而已。

"看，查理，"约翰·安德森继续说道，"这正是我想和你谈的。你的态度问题，查理。马马虎虎。差不多就行。不可靠……"他着重强调"不可靠"，音节在嘴里翻来覆去。

"是这样吗？"查理说，托盘现在已完全放下，他可以倒车了，但要等约翰说完。这很愚蠢，像这样坐着不动，浪费了这么多时间。他的仪表可能会记录他现在的工作速度比目标慢，然后他就会在一天结束的时候再被约翰痛骂一顿，而实际上这段时间的耽搁都是约翰的错，根本就不是他的错。当然，约翰不会这么看。

"别以为我没发现你昨天旷工了。我不得不让阿尔菲·莫里森来接替你的工作。他是个好孩子，阿尔菲，他按要求做了，即使这意味着他要加三小时班。即使他的小孩子都还在家里。你应该多想想，查理，想想因为你不可靠，给别人惹了多少麻烦。"

"是啊，因为肯定是我让阿尔菲·莫里森加班三小时的。"查理说道。

"你不可靠这个大问题，"约翰继续道，他要么很健忘，要么就是故意忽略查理浓重的嘲讽口气，"我今天要和你好好谈谈，查理。我们俩都知道你最近在接受审查，这点很清楚。虽然我不喜欢这么说，但我没有选择，查理。我和你一样不希望这样，但尽管如此，你应该想想，把今天我们的谈话作为最后一次警告。如果你再像昨天那样，那么就走人。"

"什么？"查理说道，"最后一次警告？真的吗？"

当然，他最近的确在审查中，虽然他不知道为什么，他甚至从未被给予过第一次警告。约翰喜怒无常，每个人都知道，但这有点过分，可以肯定的是，即使对他来说也是如此。

"说实话，朋友，我当时病了。是人都会生病……"他从叉车上伸出手来，想去拍约翰·安德森硬挺的肩膀。这个手势的意思是和解，但是——

"不要碰我。"约翰说道，从他身边闪开，拂了拂他的外套，尽管查理的手指几乎没有接触。

他喜欢凯特，这才是主要问题，查理想，他看着约翰往后退去的衣着时髦的身影在装货架上走来走去，拍拍小伙子们的肩膀，吓得他们跳起来，他看到了他在去年圣诞节喝酒时看她的眼神。如此令人毛骨悚然和明目张胆，以至于他和凯特甚至为此大笑起来。事实上，这是自一切出错以来他们为数不多的大笑之一。

然而，就是这个人，查理在完成最后一个托盘时回想，他看到仪表上的刻度盘弹到了26，又变成了绿色，从之前令人心烦的红色回到了绿色，就是这个人现在控制着他，如果他情绪上来了，就可以解雇他，让他和凯特没有收入，让他回到捉襟见肘、不知明天会如何的求职状态。这就是他必须听从和服从的人——这个可笑的、小气的小丑。

当他在上午继续工作，装卸托盘，来回开车，看着他的计数器从26、27、28一直到43、44、45，现在几乎都是快乐的绿色，黄色只有一两次，从来没有红色，一整天都没有红色，因为他工作能力强，速度快，没有人可以反驳——他的思绪飘向斯坦，昨天在楼梯上。当他说"nae pasaran"的时候，他脸上认真的态度。查理想到这儿，哼了一声。崇高的斗争。正确和错误以及应该抵抗的敌人。如果他自己都没有搞明白的话，他要如何向斯坦解释

共有之地 | 197

呢?为什么这很可笑,为什么这很可悲?因为斯坦肯定看到了,在这个世界,nae pasaran无法存在——它根本没有容身之地。

他抬头看了一眼约翰·安德森,对方正对着货架反光的侧面检查他的姿势。他的脸上有一种奇妙的表情,介于故作高贵和严重的便秘之间。当他们面对的是这样的恶棍时,高尚的战斗呐喊有什么用?

*

最后,是他打了斯坦的电话,在仓库大门外,在傍晚的小雨中——部分原因是他累了,而汤米·坎贝尔在忙,他还不能面对回家这件事,如果这是真话的话。斯坦在第二声铃响时接了电话。

"怎么样,朋友?"查理在斯坦接起电话后立刻道,"你说的喝啤酒,去吗?"

"查理,你好,是的。听着,我很高兴你打电话来。听着。我在想——"

"那你在哪里?我在东区,但我反正得坐公交车。因为这里没有任何地方适合喝酒,所以我很乐意去你那里,或者你认为好的地方,而不是那种你必须为一杯东西把两个肾都卖掉的地方……"

"什么,你是说现在?"

"什么什么,朋友?"

"你是说现在就见面吗?"

"是的。不然我为什么要打电话?"

"但查理,我不能……我在工作。明天之前要把论文写完,我在想也许下周的某个时候?或者你星期天什么安排?"

星期天,哈。与霍兰德打完的第二天。从目前的情况来看,他星期天可能在住院。在该死的昏迷，可能。或者在墨西哥或某个便宜而温暖的地方下飞机，他可以逃到那里去，那里不会一直有这种该死的烦人的小雨。

"啊，来吧，朋友，"他对着电话说道，"就一个小时——半小时！你在哪里工作？我会去找你。你可以先出去一会。吃个晚餐休息。"

"但我们不是要吃晚餐，是吗？"

"液体晚餐。来吧。能见到你真是太好了，斯坦。感觉已经过了一辈子了。"

"我……但是查理。我有一份工作。我不能就——"深吸一口气，笑了笑，然后叹了口气，好像他的胳膊真的被扭断了，而查理几乎不用问，而且——"好吧。好吧，"斯坦说，"今天不怎么忙，所以他们半小时内不会找我，我肯定。我会告诉他们我有个家人突然来访或什么的。那么……啤酒屋好吗？在斯皮克斯沃思街和塞西尔巷的拐角处？你知道那个，所有记者都在那里喝酒。它就在我办公室的拐角处。"

"哦，当然，"查理说道，"我知道那家。"虽然说实话，他完全不知道斯坦说的所有记者都在那里喝酒的地方。"四十分钟后？"他试探道。

"一小时。我有一些工作要先做完。"

"好的。那么一小时后。"

26

查理费了比他预想更多的工夫找到了啤酒屋。首先，在裁判巷周围的四条街道上，分别有两个地方叫啤酒屋，他先到了一个绝对错误的地方——一个廉价的运动酒吧，光是想想要和斯坦在这里喝酒，四周全是嬉皮士和大学生还有毛呢外套，查理就要笑出声来，尽管这周以来他一直头顶乌云，而且向星期六每逼近一秒，这片云就越厚、越黑。

第二家啤酒屋是一个位于地下室的尴尬的小地方——在街道上没有标志或任何东西，绝对不容易被任何人找到。你如果不事先知道那里有酒喝，你几乎不会过去。然而，尽管在寻找它的过程中出现了种种麻烦，查理还是早早地来到了这里，在斯坦最终出现之前，他皱着眉头喝了大半品脱的酒。这也是一件好事。最近，他总是需要下班后来杯啤酒放松自己，来减压，把他的思想重新打开，把他的思想从重复来回的轨道上移开，一改在仓库中停滞的状态。装托盘。开车，开车，卸下托盘。更快，更快，更快。

"查理。"斯坦拍了拍他的背，拉着他抱住。他们昨天也拥抱过。也许他们现在是会拥抱的朋友。不过他从来不记得当年有过这种。在那些漫长的下午，在戈肖克公共绿地上，风声在树冠上响起，那些该死的兔子在你的自行车轮和所有东西前面跳来跳去，所以你必须小心翼翼,骑行时眼睛必须保持敏锐,这样你就不会让其中一个或其他东西身首异处——你确实会看到有那么一两只死兔子。那些兔子没有自我保护的本能。总是一头扎进麻烦里。

"很高兴见到你,朋友,"查理说道,"昨天的事很抱歉。我是——嗯。我状态不好。"

"没事,没事,我请你喝一杯?"斯坦说道,"啊,不,我看你已经点了一杯……"于此同时,查理也说道——

"我不会拒绝,朋友,如果你请的话。"

斯坦给自己点了一杯姜汁啤酒,查理又来了一品脱苦啤酒,然后他们在角落里的一张桌子上坐了下来,斯坦舒适地坐在他那张高脚木凳上,仿佛那是英格兰最舒适的扶手椅。

"我喜欢这个地方。"他说道,"很不错的复古调调,不是吗?有传言说,许多故事都是在这里发生的。人们在雷达下碰面,交换信息,从五十年代起就在这里获得独家新闻。

查理挑起了眉毛。"是吗?"他说道。他开始喝第二品脱,在他和生产线之间,在他和约翰·安德森之间,已经隔了一个小时。然后斯坦的脸看起来几乎是惊人的开朗,在暗淡的环境的映衬下,他的热情如此明显,以至于查理觉得他的心情开始好转。

斯坦点了点头,满脸的认真和严肃。"是的。"他说道,"朱利叶斯·格林在这里把他所有的情报都泄露给了纳丁·罗伯逊。嗯,这当然可能是天方夜谭,但我相信它,为什么不呢?"

"没错,朋友,为什么不呢?"

"这是你教我的,你知道的。"

"什么?"

"重视地方的历史。要努力找出在我们所有人出现之前在这些地方发生过的事情。你知道。做一点挖掘工作,找到有趣的故事。"

"哦，当然。说得很对。"查理尽力不露出疑惑的表情，"等一下，你说是我教你的?"

斯坦眨了眨眼，好像他第一次说的时候欠考虑，现在有人问他，他不得不再想想。"是的，"他说道，"我想是的。不说这个了，"他果断地用手敲了敲桌面，"我马上要回去工作了，所以让我们快点把无聊的事情说清楚吧。我是一名记者，硕士生，住在凯尔文赛德……哦，但我们已经谈过这个了，不是吗？总之，我几年前就离开了纽福德，感谢上帝。我在布里斯托尔读的本科，那里——很有趣，但有些夜晚很沉重，如果你知道我的意思的话。"——他陷入了一种奇怪的、紧张的笑声，在他们最后一次见面时，他肯定没有这样的笑声。"我说得已经够多了，"他说道，"告诉我，你怎么样?"

查理花了一秒钟才反应过来，他甚至被问了一个问题。斯坦说得很快，而且是以这种奇怪的、模糊的方式，并不是说他说话时吞吞吐吐，更多的是那些话，那些句子，都在玻璃后面，就像在博物馆里或商店的橱窗里——好像他的话不是专门说给查理听的，而是事先编好的、准备好的，一篇大致的观察总结。查理喝了一口酒，掩饰他对他的老朋友的新节奏和话语的困惑。然后他用袖子擦了擦嘴，假装思考了一会儿，然后意识到他完全忘记了斯坦刚才问他的问题。

"对不起，你说什么?"他只能这样说。

"哦，我只是——我只是问你的生活中发生了什么，就是这样。自从我们上次见面后。只是我一直在喋喋不休地谈论自己，然后我意识到我对你几乎一无所知，而且已经——多久了？快十年了?"又是那种紧张的笑。

"是的，"查理说道，"是的，快十年了。"

好一个问题。用几句话来概括你过去十年的生活。他想知道斯坦是否在工作中学会了这样的思考方式——记者把一个长长的、混乱的故事，不知不觉地装进几个简短的段落。不过，他自己的生活岁月搅和在他脑袋里的一片浓雾中，所有的情绪和各种事件的孤立记忆，死去的狗、婚礼、葬礼、那些陪伴他一段时间后消失的人。斯坦是如何总结他自己过去的十年的？在沃金上的学院。在布里斯托上的大学。他说得很轻松，但想到自己的经历，查理知道他永远无法做到这一点。而且他明白，他当然明白这并不意味着相较于斯坦，他的人生或经历无足轻重，或者说没什么值得珍惜的，但斯坦提问的方式让事情感觉如此。仿佛你的人生必须能细分为这些阶段，不知为何。查理干了啤酒，把一丝恼火冲刷下肚。

"等一下，"他说道，"我再去拿一杯。你想再来一杯——这是什么？姜汁啤酒吗？"

斯坦的杯子几乎还是满的。他只是象征性地啜了几口最上面的酒。

"你真好，"他说道，"但不用了，谢谢。我得先把这杯喝完。"

查理这次拿了一杯吉尼斯啤酒——喝得比上一杯慢，好配合斯坦的速度。当他回到桌边，斯坦正在玩手机，拇指在屏幕上飞舞。查理从未见过有人字打得那么快。

"对不起，"斯坦说道，没有抬头，"我只是刚想到，我忘了……事情太多了……老天。好。好了。就这样吧。我们继续聊。发生什么事了？你还好吗？你看起来很累。"

查理喝了一大口吉尼斯，也许是因为坐在他面前的这个人现在看起来很像他的少年时代的朋友——也许是因为在他点了吉尼斯、付钱，和酒保愉快地交流了几分钟，等待泡沫沉淀后酒保把酒加满时，他有一点机会思考他的摘要标题究竟是什么，什么才是"查理·威尔斯近十年要事"。也许是因为他有点反感斯坦现在的样子，对方的眼睛正巡视酒吧，在大门、其他桌上的人和他的手机屏幕之间飞来掠去，根本没有看查理一眼。也许他想表现得有点戏剧性。毕竟记者喜欢这样，不是吗？

"我的妻子和我被理事会踢出了我们的营地。整块地都夷平了。当时她怀孕了，所以我找了份仓库的工作，给我们找了一间砖瓦房。她一开始并不想搬进去，恨那地方不属于我们，是租的。她也讨厌不能上路。但我不知道……我想尝试一下，你知道，像外人那样生活，所有这些。我想，既然有这么多人选择这样做，肯定有什么好处，然后，我也认为这可能对孩子更好，我想。但后来她崩溃了，现在我们仍然还住在那里，被困住了，因为我们签署了所有这些合同，现在我们欠了一堆公司的钱，他们甚至没有事先告诉我们得付钱。"

斯坦差点摔了他的手机。两手乱抓，在最后一刻接住了它，以免它摔到黏糊的桌面上。他现在正看着查理，正视他。

"真的吗？"他说道，一种奇怪的着重的语气，查理不记得他以前有过这种语气。"有意思。我的意思是，可怕——这很可怕，查理。你为什么一开始不说呢？"

"不知道，"查理说道，"我的意思是，我说了点，不是吗？"

"但查理，你意识到那种不公正——妥妥的不公正，这是毫无疑问的——你意识到这不仅发生在你身上，是你正在经历的。这是病态的，是针对性的——你是过去三年整个政治项目的受害者——或者更久，事实上，如果你读了我的一些同事的报道，但我认为那都是有点偏执的，但无论如何，你看到了吗？这真是太典型了,你刚才告诉我的那些。他们正在做的这件事,这些家伙,试图用一个持续的、无望的下层社会来强化和维持一个上层社会的存在……"

"无望的下层社会?"

"哦,天啊,查理,我不是那个意思。你知道的,我就是……我现在就是很混乱。实际上,我真的不该来这里。我还要回办公室写故事稿件——明天就要上第八页,得赶时间校对。你可能会对这个故事感兴趣,说实话,因为……反正我会给你打印一份的。但是听着,你告诉我的事,很……我很感兴趣。而且,我不想把话说得太满,但我或许可以帮到你。实际上——"斯坦停下,他外套穿了一半,开始查看他的手机屏幕——"你等下会去波莉的派对吗?就在今晚,不是吗?晚上工作结束后,如果你也去,我也可以顺路去看看?"

"我不——我甚至不知道……"

"鸟笼,十点左右。虽然她这么说,但直到十一点多才会有人来。请来吧,我很期待见你。你看,我真的没时间了。我更愿意在家里跷着脚,但是,弗洛在等我。"

然后拍了拍查理的肩膀,对酒保道一声"再见哇!",他就走了,消失在格拉斯哥寒冷的夜里。谁会这样说"再见哇"呢?在2021年?在伦敦?

查理也想过要走,但最后还是留下来又喝了一品脱,同时他权衡了两个选择中哪一个最终会让他最抑郁——直接回家,把这整个晚上当成一个失败的事业,还是坚持一下,也许在这里再喝几杯,然后再去鸟笼,不管那是哪里。只是为了看一眼,真的。只是去露个面,看看这一切是怎么回事。

27

灯光似乎都被红色和粉红色的滤光片所覆盖，给酒吧里的一切都染上了玫瑰色，让查理想起了肉食店。波莉站在角落的一个高台上，除了头发上的花环外，什么都没穿。据他所知，她正在背诵某种仪式性的祷文。没有一句话是英语，甚至没有任何他认得出的语言。每隔一段时间，她就会停下来，用一个塑料桶给自己浇水，这个塑料桶上也戴着花环。多么奇怪啊，在他们相遇之后，他竟然会以这种方式看到她的裸体。在这个公共场合，在这个满是学生的酒吧里，他们都不怎么在乎地将目光扫过她，好像有点无聊，和朋友聊天或买更多的酒，波莉的裸体和吟唱只是背景噪音，只是他们晚上的墙纸。虽然凯特似乎已经不在乎他做了什么，但在某种程度上，跟波莉回家，在一大群陌生人中，她以这种方式展示她的身体，大大方方地，这的确让他感觉好些了。

例如，斯坦几乎没有注意到——仿佛他的裸体朋友给自己浇水的景象稀松平常。他更感兴趣的是告诉查理他对国家状况的看法。

"这是在金融风暴的掩护下发生的。"他说道，在大家的喧闹声和波莉的吟唱声中喊道——她开了麦克风，她充满混响的声音从他们周围的扬声器中回荡。"他们用这个作为借口。这是一个完美的借口，我承认这看上去很合理，难怪人们会相信它，这些可怜的傻瓜。但他们所做的，其实根本没有必要，你明白吗？事实上，在许多方面，与必要完全相反——与帮助这个国家恢复所需要做的完全相反。事实上，如果你想一想，这几乎是奥威尔式的。令人恐惧的东西。"斯坦戏剧性地龇牙咧嘴，"但是我可以给你再来一杯吗？你的酒不够了。"

查理低头看了看他的杯子，现在是威士忌苏打水，他发现斯坦说得对，不知为何杯子空了，尽管他感觉五分钟前才去的吧台，而且他不记得喝过一口酒——不是真的，只是喝了几口。不过他开始觉得有点晕乎乎的。事实上，几乎喝醉了。也许他应该休息一下。但斯坦现在说要请客，而且他今晚已经花了多少钱？

"当然。"他对斯坦说。

啊，但也许他根本就不应该再喝了？因为有件事，不是吗，他明天必须要做的事？重要的事。显然，还有工作。但不仅仅是工作。有比工作更重要的事。

"威士忌苏打水，是吗？"斯坦说道。

"是的，朋友，非常感谢。"

健身房——比赛！天啊，他明天必须去训练。当然，他必须明天去训练，就是这样。甚至今天也应该去。啊，但这真是一种解脱，可以忘掉它，即便只有一小时。哦，只要没有凯特的声音在他的脑中响起，唠叨着健身房、医院、债务和失败，只要有那么一刻不用担心詹姆斯……为什么他在一切发生之际没有更多地去珍惜？但是，现在是什么时候，甚至，他在这里有多久了？看起来波莉在那边已经持续了很长时间了。

"谢了，朋友。"他说道，这时斯坦再次出现——感觉非常快——并递给他一个新杯子。他接过来，与斯坦的红葡萄酒碰了一下。

"我是认真的,查理,"斯坦接着说,"关于我之前所说的,关于报纸。关于发生在你身上的故事。他们对你和你妻子做了什么。请考虑一下,好吗?"

"好的,朋友,我当然会。"查理说道,尽管如果有人问他,他不得不承认他真的不知道斯坦现在在说什么。"听着,你对这个有什么看法?"他向波莉打了个手势,"她说的我一个字都听不懂。"

"是梵文,"弗洛说道,她现在不知为何也在那里,她的手臂勾着斯坦的,头发上巧妙地排列着一团纸蝴蝶,"她很有天赋,波莉。我从未见过像她这样的人。她知识渊博,对所有这些其他文化如此感兴趣。也很有创造力。而且这么勇敢。"

查理不确定她是否在开玩笑,但在他能笑出来之前,斯坦已经插话了。"是的,"他在说,"我的意思是,这显然很幼稚,但即使是我也会承认它有一些强有力的东西。你可以看到玛丽娜·阿布拉莫维奇的回声,我想。某种程度上,它的内在,呼之欲出。"

"斯坦毫无艺术细胞,"弗洛笑了,转向查理,压低了声音模仿道,"他不认为艺术有什么意义,除非它有明显的政治目的或信息。只有煽动性的宣传,甚至政治宣传,才算得上有意义。你相信吗?"

但查理已经喝了太多的酒,答不上来。而且天气很热,室内非常拥挤,然后当然灯光很奇怪,也许刚在后面喝了六瓶特斯基啤酒是个坏主意。他觉得不舒服。也许他需要坐下来。如果希波吕忒能停止吟唱,那肯定会有帮助。只要有音乐就好了。不要用梵文或她说的那些东西。一些能让人平静下来的、有灵魂的、直击心灵的音乐。也许像珍珠果酱乐队(Pearl Jam)那样。

弗洛在笑。"你不同意他的说法，是吗？哦，查理，你不能这样！"她俏皮地在他的胳膊上扫了一下，"太粗鲁了！"

他让自己的目光重新飘向希波吕忒，他开始认真质疑——这一切到底有什么意义？她正在做的事有什么意义？他想要认真回答这个问题，但他的脑袋一片空白，只想着她一定觉得冷，她那副模样，尽管这里要命地暖和。有人应该给这个女孩一条毛巾和一杯热威士忌，告诉她去找一份真正的工作。他回头看了看斯坦和弗洛。弗洛现在一边喝着酒，一边玩着斯坦的一片衣襟。

"不过，如果你看看阿尔托的作品，"斯坦对她说道，"以及残酷剧团的整个原则，你会看到另一种可能性，因为确切地说，它不是宣传，但它也不是无目的的，也不是空洞的……"

"但就是这样，斯坦利！"弗洛随后尖叫起来，"空洞？听听你选择的词！"

他们以这种方式交谈。现在，斯坦的这种说话方式。他们什么时候学会的？他们什么时候上的大学？或者之前，作为一种准备？这一切究竟是怎么回事呢？它是否真的像它自己所展示的那样高调和重要？还是只是空洞的装腔作势，比如说，就像所有那些白痴政客一直在新闻里说话，甚至像角落里的波莉，因为弗洛说她有才华，很勇敢，但现在看着她的眼睛，查理可以看到其中的恐惧，然后至于她在做什么，难道真的只有他看到皇帝没穿衣服？空洞的姿态，所有这一切。就像一个年轻的孩子在打一场必输的比赛前大谈特谈……但他不愿去想比赛，这不是他在这里的原因。而且，现在，斯坦肯定有更丰富的内在，不仅限于对抽象事物——对空洞虚无的纸上谈兵？

"你妈妈呢？"他问斯坦，打断了弗洛，事实上可能相当粗鲁，但有点无所谓，"我见过她，你知道。你住院的时候。她最近好吗?"

斯坦眨了眨眼,有那么一瞬间,他看起来更像以前的斯坦,而并非戴着他年纪稍长后的面容的另一个人。

"我们不联系了。"他说道,很快,他用胳膊绕过弗洛,弗洛正夹在中间看着他们俩,显然有点不高兴。

"你住院了?"她说道,"斯坦?你什么时候住院的?"

"你们不联系了?"查理说道,"怎么了,出事了吗?"

"不,我——对不起,那听起来很轻率。我不是那个意思,但是听着,查理,这个故事很无趣,我不想让你觉得无聊。"

"我既然问了,"查理说道,"就不觉得无聊。"

斯坦耸耸肩。"我觉得无聊。我已经不想再去想这件事了,说实话。你知道吗,"他接着说道,有那么一秒,他再次看起来更像曾经的斯坦,而不是面容更成熟的斯坦,"她曾经让我发誓不再和你说话?"

"是的,你告诉过我。那时候。"

"我有吗?我不记得了。我真希望在那之后我们没有断绝联系。没了你,纽福德变得不一样了,你知道的。

"斯坦利,"弗洛说道,"你能和我一起去祝贺波莉吗?她正在进行最后一轮,我想在她结束时,我们真的应该去看看她。她一定很累了,可怜的家伙。"

"你去吧,"斯坦说道,"我等会儿来。"

弗洛不解地看了他一眼,没有愤怒——如果真有什么的话,她似乎有点担心。然后她耸了耸肩,掠过人群,裙子和纸蝴蝶在她身后飘散开来。

"听着,"斯坦接着说道,"我怕你觉得我冷血无情。"

"什么?"查理说道,"她看起来还不错,但实际上这是你的事——"

"不,"斯坦说道,"我在说海伦。我的母亲。"

"哦。"查理说道。

"她只是……事情很复杂。我开始思考,家人不一定是指生来就在你身边的人。他们可以是你选择在一起的人,就像其他东西一样。例如,围绕《新无产者》的运动。它已经成为我的家,就像其他东西一样,查理,我真的是这个意思。在某种程度上,它是基于比血缘更重要的东西。它是基于共同的价值观,你明白吗?"

"我不明白,"查理说道,"老实说,我不明白,朋友。但家人就是家人,不管你喜欢与否。我不认为你可以就这样上来找一个新家,无论你多么想,无论你多么努力。"

不过,斯坦似乎没有在听。"我之前说的是认真的,"他说道,"我真的认为《新无产者》可以帮你。我是说,那里发生的事情太可怕了。真的很离谱。我不是在假装什么大人物或什么,但编辑部的其他人——他们真的很尊重我,查理。就让我跟一些人聊聊,做一些调查吧。但我真的认为……你知道我永远不会忘记你告诉我的那个故事,关于东基尔布莱德的那些仓库工人,拒绝修理那些引擎?正是这样的故事向我们展示了人类最美好的一面,你不觉得吗?正是这样的故事显示了我们有挽救的能力。"

查理喝醉了,他现在意识到了。他一定是喝醉了,因为他在点头,说道:"上帝啊,你确定吗?他们会愿意帮助我。因为说实话,现在如果有人能帮助我,那将是——我是说那将是……"

而斯坦则拍着他的背。"我当然确定,"他说道,"这是个大新闻,查理。我们可能会发现一些非常关键的东西,这里……"

突然间,查理发现自己在微笑和哭泣之间摇摆,因为尽管有那些垃圾艺术和所有学生的装腔作势，但这里有他的老朋友，有过去的回忆和他们都记得的那个世界，在一切都变得一团糟之前——而且，更重要的是，这里有一个人，终于，除了他自己之外，还有一个人认为发生在他身上的事情、这些年来所有这些破事，是不公正的、错误的，不是他活该或理所当然。

"我从没想过会这样。"他对斯坦大声说道，当这些话从他嘴里说出来时，他才意识到自己像凯特一样。可怜的该死的凯特。完全崩溃，一个人待在家里。真的，他应该回去了。

"我知道，朋友，我知道。"斯坦说道，抓着他的肩膀。

"听着。"查理说道，他举起他的杯子，晃动它，使它捕捉到诡异的彩色灯光，变成粉红色。

"我不会拒绝，"斯坦说道，"还是那句话，朋友，但是听着——我会给你现金。把我的钱包拿去，还有——"

"该死的，斯坦，我还没穷得叮当响，"他说道，试图微笑，也许做到了一半，"至少我可以请你喝上一杯。"

当他从吧台回来时，波莉的吟唱奇迹般地停止了，而斯坦从他们刚刚闲聊的地方消失了。查理用了一秒钟扫视人群，眯起眼睛，找到他去了哪里。当然，他就在那里——在舞台的一侧，嘴唇紧闭，双臂与弗洛交缠在一起。查理试图笑一笑，然后喝了一口酒。他想知道为什么，虽然他们差了没几岁，但他不得不长大，变得如此该死的老，而斯坦却被允许像这样保持不变，迷失在第二个青春里？在斯坦的年龄时，查理已经结婚了。他和凯特想安定下来，想生孩子。很美好，但毁了他们。

让詹姆斯和比赛见鬼去吧，省吃俭用，回家去找可怜的疯子凯特。他毕竟还年轻。难道不允许他有一些乐趣、一些希望、一些不负责任的行为？他把剩下的威士忌一饮而尽，回到吧台又拿了一杯，然后带着自己和酒穿过房间，穿过所有的人流，聚集在一起，聊天，大喊大叫，走向他的老友。也许这正是他所需要的，像这样再次找到斯坦。也许生活已经提供了，正如外婆曾经说过的那样。也许在所有的困难中，生活终于给了他一个惊喜，给了他一线生机，甚至给了他一条来自过去的生命线。也许，他要转运了。

28

第二天早上,他仍然感觉很好,感觉生活有希望——尽管口干舌燥,头隐隐作痛,一身汗水,他的肠胃在翻腾,凯特躺在他身边醒着,盯着天花板,表情只能用空洞消沉来形容。他转向她,在这个过程中,他把自己进一步缠紧床单——他已经缠在里面了,昨晚肯定翻来覆去地折腾得厉害。

"你还好吗,朋友?"他对她说道,"睡得好吗?"

"我一句话都没说,"她说道,仍然盯着天花板,"你整晚都在外面和不知道什么人做什么,我从来没有说过一句话。但这并不意味着你可以一而再再而三。"

"什么?"他说道,"不,我回来了。几点?十一点?半夜?反正你睡着了。"

"那是两点以后,"她说道,"当然我也没有睡着。你以为呢?我可以在你的撞击声和你的抱怨声以及你的开灯和关灯声中睡觉?我只是不想和你说话,就是这么回事。"

"所以你是假装的,你是这个意思吗?"

"我当时闭上眼睛,"她说道,"希望这样一来,一切都会消失。"

"啊,凯特,"他告诉她,"你不应该这样做。必须去面对,迎难而上,以及所有这些——这是在这一生中有所成就的唯一途径。"

"是吗?"她说道,"上帝啊,听听你说的。你可以接受一些你自己的建议。"

"我?"查理说道,打了个哈欠,伸了个懒腰,把自己从被子里拉出来,看看钟上的时间——六点二十分,所以睡了四个小时,大概,如果凯特所说的他回来的时间是正确的话。这很好,这很好,而且他也会准时上班。"我总是接受自己的建议。这是最好的建议。"

"如果你那么认为,查理,你是在骗自己。"

他从床上滚下来,双脚稳稳地落在地板上,揉了揉眼睛,低头看了看躺在那里的凯特,她的头飘浮在羽绒被上方,环绕着在枕头上散开的红发光环。突然间,她看起来真的非常娇小。她需要一点鼓励,提醒她事情并不总是完全无望的——他们还很年轻,而且他们还大有可为。

"你必须停止逃避,"他说道,"别让事情压垮你。现在是时候与世界对抗一下了,凯特。掌握主导权,记住什么是可能的。"

这些话对于一个乱糟糟的狭小卧室里的清晨来说是很宏大的——实际上这很糟糕,房间的状况,现在他注意到了,这也是凯特失去掌控的一件事——但为什么不呢,他想,他赤脚踱到淋浴间,打开水,把转盘拧到冷水,走了进去。*Nae pasaran*,他想,当冰冷的水打在他的皮肤上,闪亮的水流让人为之一振。

*

工作场所的食堂,早餐时间。他和爱丽丝打了个招呼,然后留心观察约翰·安德森,他拿着他的托盘,在重物组的四个小伙子旁边坐下,他们就在他装托盘的对面工作。他们长期以来人手不足，约翰对他们的指责几乎和对查理的指责一样多，总是告诉他们，他们的速度不够快，整个业务的其他环节都依赖于他们的速度，要完成指标，他们阻碍了整个业务的发展——诸如此类的事情。当然，对约翰来说，简单的解决办法就是雇用足够多的人，在现有的时间内以他想要的速度完成工作。但他当然不会这样做——他为自己将经费控制得很好而感到骄傲，绝不会以多付一份额外薪水的方式来妥协。相反，他依靠的是威逼利诱、威胁减薪、试用期、每周评估和直接裁人。查理认为从这些小伙子开始正好。

"好吧。"他说道，一边坐下来，把他的托盘放在桌子上他们的旁边。"查理·威尔斯，"他说道，"叉车那边的。我不知道我以前是否正式介绍过自己。"

"对，我们知道你是谁。"其中一个小伙子说，脸上洋溢着笑容。查理还不知道事情会如何发展，但笑是个好兆头，肯定的。

"很好，"查理说道，他现在趁着势头，认为他应该冒险，看看事情如何发展。毕竟在他们回到楼上之前，他们没有多少时间，而且不管怎么说，无所事事有什么意义呢？他今天要迎难而上。听着，我不会打扰你们太久，但我想跟你们说些事，找出一些兴趣点，看看你们对我已经考虑了一段时间的事情有什么看法。

他们四个人都点了点头，但没有人说话——只是继续咀嚼他们的早餐并盯着他。看来这些人并不善于说话。

"约翰不喜欢你们，这不是什么秘密，"他说道，"或者说——无论如何，他对你们这些人都不好。听着，我工作时，无法避免听到车间那头的话，我不是说这是你们的错——事实上，恰恰相反。你看，他也不喜欢我。每时每刻。他给我发出了最后警告，尽管我从来没有收到过第一次警告，我甚至从来没有和他开过一个正经的会议,好让他告诉我这件事——他只是昨天走过的时候,对我吐出了这句话,好像他只不过突然想起来这事,几乎。"

小伙子们都在点头,现在,那个满脸雀斑的家伙甚至停止了进食,正紧紧盯着查理。真不错,如果能这么简单就好了。他为自己被压迫了这么久感到自责。

"所以我在想,"他继续说,"他不应该也不能那么做。这不公平,他对我们的生活拥有这么大的权力是不对的。他是我们的老板,当然,但他不是上帝,是吧?"

其中一个小伙子哼了一声——一种嘲讽的哼声,查理会这么形容。"他当然不是。"他说道。

"对!"查理说道,"但就是这样。他在这个地方昂首挺胸、来回走动的方式很可笑,就像他是所有者一样,而他并不比我们更像是所有者,而且他也没有做过一丁点的工作。

更多的人点头。

"我打算组织一次会议,"他说道,听起来肯定比他刚坐下来时的感觉更确定,"所有在仓库里感觉不对劲的工人。你们有兴趣吗?我应该通知你们吗?"

他们仍然在点头,但现在已经站起来了,眼睛盯着时钟,收起托盘、盘子和餐具。

"当然,"那个有雀斑的人说,虽然他似乎是最年轻的,但他显然是他们选定的发言人,"听起来不错。"

然后铃声响了,他们走了,而查理甚至还没有开始吃早餐。他就坐在那里沉思,而其他人都在离开——这些成年男子在别人的时间表的声音中跳动。他想象着像他喜欢的那样慢慢地吃,慢慢地吃,用他面前盘子里还热着的土豆饼和培根来缓解他的头痛,喝一口舒缓的茶。他认真考虑过这个问题,但最后他还是像其他人一样站了起来,拿起他的托盘,把食物倒进了垃圾桶。他一点也不喜欢这样做,但还有更重要的事。他不能再迟到了,刚刚那是他第一次拉人的积极反应。事情看起来很有希望——甚至看起来很刺激。昨天晚上,斯坦是对的。如果你不消极忍受,事情就可能变好。而且一想到是他,查理,早在以前就那么教过斯坦。他已经忘记了自己,忘记了他过去的思维方式。"

*

查理的好心情一直持续到午餐时间,直到回到食堂,一个人坐在桌子边,专心致志地填饱肚子,只用了一会儿——花了一分钟时间来补充能量,然后再次巡视食堂,询问几个人对于让这个地方做出改变的看法——他对面的椅子被人拉开,约翰·安德森突然坐了下来。很少见,约翰会来这里。查理不知道他通常在哪里吃午餐或者休息,但他从来没来过食堂,和他们一起。

"我听说你最近在搞事情。"约翰开口,"想在我的队伍里制造不和。是吗?"

原来是因为这个。老天,对于那几个沉默寡言的小伙子来说,他们没有浪费一丁点儿时间,赶忙传播了这个消息。查理放下刀叉,观察查理的脸色。很搞笑,通常跟查理说话的时候,约翰看上去很自在,享受着他对查理的统治,活脱脱一个超龄的操场上的霸凌者。但现在,他看上去似乎被伤到了,仿佛在等查理的回答。查理想不出更好的应对方法,所以他干脆决定试试,试着跟他摊牌直说。

"这不公平。"他告诉约翰,"我要养我的妻子,付房租和日常开销。你不能突然直接告诉我这是最后一次警告,连会都不开一次，什么评估都不做。我需要这份工钱过日子，约翰。你不能就这样破坏别人的生活。"

但约翰拉下脸来。"我没有破坏你的生活，查理。"他说道，"你还不明白吗？我付你工资是让你干活的，提供服务的。如果我判断你做不到预期标准，那么我有权采取行动。我不知道你还在指望什么。别指望我来照顾你。这是职场。"

"我没有要人照顾。"查理说道，尽管他努力让自己听上去沉着冷静、有理有据，但一丝丝怒火还是冒了上来，"我只是想要你公平点。我是说，拜托。我们都没有拿到最低工资标准——"

他没把话说完，因为他看到约翰脸上露出古怪的表情。某种得意的表情，嘴唇抿着微笑，好像他比查理棋高一着。好像他知道查理不知道的事情。

"怎么了？"查理说道，"什么意思？你为什么那样看我？"

约翰耸耸肩。"没有为什么，"他说道，"就是……集合同志，为你而战，你会发现并没有那么容易。"

就那样，查理知道了。他从没怀疑过，约翰——这整个狗屁公司——可以这么一塌糊涂。他傻眼了。就好像所有在这里工作的人都在戏耍他。约翰突然放松了表情，也没有那么自得了。

"为什么这么说？"查理说道，他已经放弃遮掩语气中的敌意。

"不说了。"约翰说道，"我不该多嘴。"

"我的工资比别人低，是不是？"查理接着道，"这个地方，你开给别人的工资都要比我高，同工不同酬。"

"我可没说。"

"哦，得了吧，老兄。太明显了。我不蠢。说实话。你的脸出卖了你。"

共有之地 | 219

有那么一刻，约翰看上去想要否认。然后他坐回椅子上——近乎在休息的样子——然后耸肩。"你值多少价，我就开给你多少工资。"他说道，"市场价格。我告诉过你，你很幸运，能来这里上班。你应该心怀感激。不是所有人都会那么包容，雇用你这样的人。"

话说完——很明显，一如既往，决定到此为止——约翰往后一推椅子，站起来，离开了，在午餐时间的人群中走出一条顺滑的路线。

查理不知道该怎么做。他低头盯着他的食物，尽管他从昨天开始就没有吃过东西，但现在，他已经没有胃口了。整个上午，他重拾起乐观而压制住的宿醉，现在快要冲破他的防线，吞噬他。他意识到，他需要和斯坦谈谈。不是因为斯坦对处理这种情况会有任何特别的智慧或见解——他不想要斯坦的建议。只是昨晚与他交谈时，他想起了曾经的自己，想起了他曾经希望自己有一天能成为的那个人——这个希望直到今天早上才感觉触手可及。

还有十分钟他就得回仓库了。他放下了他的食物，离开了食堂，走到吸烟区给斯坦打电话。和之前一样，斯坦在第二声铃响时就接了起来。

"查理，"斯坦说道，"很高兴听到你的消息，朋友，我正准备给你打电话。昨天晚上很好，不是吗？你回家还好吗？"

查理花了一些时间来消化斯坦所说的事情。昨晚感觉是一千年前的事了，尽管他的头疼在眼球后面砰砰作响。

"是啊，"他说道，"是啊，回家了，没问题。"

但斯坦似乎对这个问题的答案失去了兴趣，完全转向了下一件事。"听着，查理，"他正在说，"我今早向我在《新无产者》的老板推荐了你的故事，她很感兴趣，非常感兴趣。她说，这可能正是我们需要的,事实上。整个问题的社会性。关于这些政策如何影响真实的人的生活,它们如何在本质上倾向迫害少数族裔和所有这类事情,你知道的。真的,这很契合。而且——嗯。如果我们适当地报道,在我们的社交媒体和所有渠道上给予这件事一些推动。说实话,我真心认为这可能有一些效果,查理。这可能会帮到你。我读到一个孩子的故事,事实上,他因为一些慢性病在医院接受治疗时遇到了麻烦,我现在忘了是什么病了,但这是因为某个地方的全民医保信托基金被削减了,令人惊讶的是,这个故事就这样炸开了锅——一夜之间。有人甚至发起了一个众筹来帮助他,但是,你要知道,他甚至不需要它,因为 NHS 第二天就过来道歉了——说他们当然可以继续治疗,这只是某种文书错误,行政上的事。是不是让人难以置信?一个好故事的力量,朋友。真棒。狗屁文书错误。"

"对,对,当然。这听起来确实不错,但我想问问——我只是……我不知道。这周有点不顺利,今天也很奇怪。你之后想去喝杯酒吗?

"当然。"斯坦立即说道。他的思维似乎很快,说得也很快,在查理眨眼之前就做出了决定。"你是对的,事实上。当面谈这些事情会更好,更容易。还是啤酒屋?你行吗?六点?或者五点半?"

"你不用工作吗?"

"啊,好吧,你知道。我的编辑现在对我很满意。她不会介意我离开一下的。哦,但有一件事,查理,朋友?"

"什么?"

"我们可能还需要一些素材,比如……我不知道。需要一些东西来充实整个少数族裔遭受歧视的故事,并建立起完整的论点。

你知道——社会被操纵,有利于建制派并歧视其他人。你认为你可以为我找到一些片段吗?这可能只是传闻,我猜。或者,也许我可以和你的另一个家人或朋友谈谈——只是为了找到印证。你认为这有可能吗?"

"我发现我的工资比这个地方的所有人都低,"查理说道,"因为我是吉卜赛人。这算吗?"

"什么?"斯坦说道,如此尖锐,如此响亮,查理几乎摔了电话,"该死的,朋友,这太完美了。我的意思是,这很糟糕,显然是这样,但是,是的——上帝。你认为你知道这个系统是腐败的,然后你听到别的东西,你就会明白你根本不知道腐败有多严重。我的意思是,查理——这真的是太可怕了。你确定那是真的吗?"

"非常肯定,朋友,非常肯定。"

"听着,朋友,我得挂了,但你觉得有没有什么办法,能给我找到一些确凿的证据——歧视性报酬的证据?这甚至可以改变整个故事的角度,让它的视角更广……"他咯咯笑了起来——那种紧张的咯咯笑,查理还是很难习惯——然后装出一副奇怪的假美国口音,"这,我的朋友,可能会惊动上层。"

查理试图和斯坦一起笑,但觉得这样做很奇怪。电话联系,不知怎么的,距离太远了,而且他们是在如此不同的空间里交谈。查理穿着沾满油污的工作服,站在外面的细雨中,看着最后几个吸烟者在午休前尽可能快地抽完他们的卷烟。而斯坦呢?嗯。谁知道斯坦在哪里。查理可以听到含糊的人声和键盘的敲击声以及电话铃声,但这真的说明不了什么。"

"斯坦?"查理接着问道。

"我在,朋友?"斯坦说道。

"听着,我知道你对这一切都很兴奋,我很欣赏你在写作和讲故事方面所做的努力——但是，嗯……"

"查理？"斯坦听起来很担心，"怎么了？"

"你认为这真的会有用吗？"查理说道，尽量让自己的声音听起来不那么直白，也不太在意，他一边说，一边担心这个问题听起来可能会让人感到尴尬和可悲——而且还是从他口中说出来的，当年斯坦曾仰望过他。

"当然！我当然这么认为，查理。"斯坦说道，"如果我不是真正相信这管用，你觉得我还会做这些事吗？我知道，我很执着，喋喋不休地谈论各种废话——弗洛一直在嘲笑我，说我嘴巴没闲着，但其实什么也没说，虽然她这样说听起来不那么伤人，但无论如何，重点是，嗯，这就是这一切的重点，查理。为了改变，为了帮助。因为如果这些故事不能做到这一点，为什么要讲述这些故事？如果它们没有最终目的？我认为发生在你身上的事很可怕，查理。真的，看到这一点，我的心都碎了。我真的认为其他人会同意我的看法，只要他们也能看到我所看到的。"

查理又勉强一笑。"我过得还行，朋友。你的说法让人觉得我就像在死亡的门口，之类的感觉。"

"不，那个——我不是那个意思，当然不是了。但是查理？我得挂了，不好意思。我之后再找你，好吗？"

"我——是的，当然。事实上，既然你提到了，我也得挂了。"

其实他早就该走了，最后一个面色苍白的吸烟者早就把抽了一半的烟丢在了地上，从双扇门里消失，回到了工作岗位。

"但是——好吧。谢谢，斯坦，朋友。谢谢你像这样帮助我。"

"这是我能为一个老朋友做的最基本的事。现在你要考虑一

共有之地 | 223

下那个工资档次的事情吗?"

"什么?"

"歧视性薪酬的证据。"

"哦,当然。是的。当然了。不过听着,斯坦?"

但斯坦已经挂了电话。

29

斯坦喝了一大口姜汁啤酒，把杯子摔在桌子上——带着泡沫的浑浊液体刚好免于溢出杯沿。

"就是这样。"他说道，如此兴奋，查理担心他可能是因为摄入太多的糖或其他东西而产生了反应。这毕竟是他今晚的第三杯姜汁啤酒——与查理的汽水罐头量保持同步。"就是这样。故事拥有力量，查理。它的力量——我不知道怎么说。就像发动机、像武器、像拳头那样的力量。"

"我不知道，朋友。"查理说道。

"但我确定，"斯坦说道，"我相信它，完全相信。这么多的历史不过是我们人类在讲述我们自己的故事，当我们不喜欢我们所听到的，不喜欢我们从这些故事中看出的东西时，就会做出改变。我们是叙事动物，查理。因此，叙事本身是强大的，叙事可以赢得人心——当你做到了这点后呢？你就懂了，查理。你会明白的。"

"你这么认为？"查理说道。

"我知道，"斯坦说道，"别忘了是你教我这些东西的，查理。每件事情背后都有一个故事。每家酒吧、每家薯条店、每——我不知道。甚至每面墙。每个街角。每件事背后都有一整个故事的网络，每一张网都很重要，就跟……跟铺路石、建筑的砖块和砂浆一样重要。甚至更重要。因为，故事会成为一个地方的本质，不是吗？它们可以向我们展示我们如何看待自己，最后点出——我们要往何处去。

他怎么会有精力在没有喝一两杯的情况下想出这么多东西？查理从未见过有人能在没有喝醉的情况下，这么坚持，这么、这么激情地说下去。通常情况下，这种滔滔不绝是一个信号，表明无论谁和你在一起，对方都需要一杯水，你得拍拍对方的背，并悄悄建议他们最好现在就回家去。他们是怎么变成这样的呢？查理不记得了。他捏起一点烛蜡，那是在有条纹的、黏糊的桌面上的凝固的烛蜡。它慢慢地脱落，变成细小的蜡屑，嵌入他的指甲里。

"这是我教你的，嗯？"他说道，"似乎不太可能。对我来说，听起来更像是大学的东西。"

"哦，好了，查理，别装糊涂了。你记得的。"

"糊涂？我没有装糊涂。"

"有，你就是装糊涂。"斯坦说道，"你和我一样记得很清楚。我们过去常常为这些大笑，甚至。关于那些奇怪的地方故事。那时候炸鱼薯条还是用报纸包的。"

"是的，"查理说道，"只是有时候，所有这些感觉就像另一种生活。就像发生在另外两个人身上的一样。我们现在都变了。很多东西都变了。"

斯坦停顿了一下，他的杯子到了嘴边——然后他把杯子放到桌上，没有喝。

"是的，"他说道，"我知道你的意思。当我第一次在弗洛家看到你时，我甚至有一分钟没有认出你来。"

"因为我变胖了？"

斯坦笑了——或者他几乎笑了。那是介于叹息和笑声之间的声音——他当晚第一次真正地与查理的眼睛对视。"不,"他说道,"你身上有一些更模糊的东西似乎不同了。"

"不过,我变胖了。这一点是无法否认的。"

"你比以前更重了,当然,但我不会说胖……"斯坦咧嘴笑着,喝着他的姜汁汽水。

查理忍不住说:"还记得那次我们想在那个酒吧喝酒,而他们只给我们姜汁啤酒吗?酒保几乎把我们赶了出去。"

"我记得,他确实把我们赶了出去。"斯坦说道。

"那时你不会想到,有一天你真的会主动选择姜汁啤酒。"

"不完全是主动选择,"斯坦说道,"我一会儿要工作,记得吗?在这之后。我要为你做一些调查,关于土地清场的事情,议会对吉卜赛人的安置政策——"

"啊,但我们确实度过了一些好时光,不是吗?"查理打断了他的话,他厌倦了讨论这个故事,厌倦了听斯坦宣扬他的工作的重要性——无论如何,他现在感到很温暖,被这些炸鱼薯条店的报纸的共同回忆点燃了,还有在那家纽福德的破酒吧里试图点酒。为什么他们又被赶了出来?"还记得你是怎么喜欢上我的表妹的吗?还有你是怎么一直跟在她身后,眼巴巴地看着她,想给她送花和东西?"

这句话让斯坦笑了起来——终于抹去了他这些天似乎总是认真的表情,终于让他笑了起来。

"当然,"斯坦说道,"辛迪。我不会忘记她。无论她现在怎样?"

"她在雅茅斯附近嫁给了一个小伙子,不是吗?当我们还在英格兰的时候。"查理说道,"我觉得他还行——至少他看起来是这样。某个库珀男孩,我不知道。我想他们现在已经有了一个孩子,上次听说的。"

"真的吗?"斯坦说道,笑容有点动摇。

"是的,"查理说道,"怎么了?这有那么让人惊讶吗?"

斯坦眨眨眼。"我想没有,不是。"他说道,"这很有趣,"他继续说,"当我们还是孩子时,我只是没有看到——我没有看到我们之间的差异。但我想孩子不会看到这种事情。"

"我看到了,"查理说道,"那时我可没你那么天真,不是吗?但我不认为这是什么大不了的事,就是这样。"

"但其实是大事,你认为呢?"

"为什么是呢?"

斯坦点点头。拿起他的饮料,然后又放下,没有喝任何饮料。他盯着杯子。"我受够了这杯姜汁汩水。"他说道。

"我能给你点杯真正的酒吗?"

"或许我不该喝。"斯坦说道,尽管他看起来并不那么肯定。

"我也不该喝。"查理发现自己在说——气定神闲地说着,仿佛这是件有趣的、不怎么重要的事,"我下周要打比赛。或者说——嗯。后天,实际上。"

"什么比赛?"

"要打一场,不是吗?周六。"

"什么意思?"

"哦,我不知道。这事没什么意思。某个远房表亲在婚礼上侮辱了我弟弟——现在我得和他打一场。"他勉强一笑,"捍卫家族的荣誉或什么的。"

"你说什么?"斯坦说道。

"所以真的我根本不应该喝酒。真的,我应该在健身房里。"

"你说打一场,"斯坦说道,"你是说像拳击?"

"是的,是的。不戴拳套。就是那个意思。"他有点后悔提到了这件事。斯坦看起来很震惊——看到他那样看着他,这并不能激发他的信心。不过话说回来,谈论这件事的感觉确实不错。把所有在他肚子里纠缠在一起的恐惧、丑陋的真实,像这样倾倒在斯坦面前的桌子上。

斯坦似乎想说些什么,然后停了下来。然后又像金鱼一样张开嘴——但还是没有说什么。查理有点想填补沉默,让这一切看起来更正常一些,更随意一些,让他告诉斯坦的事情不那么值得大惊小怪——但现在他已经大声说出了拳赛的事,他发现不知为何他开不出玩笑或一笑而过。在他刚刚说出来之前,事实上他已经有点忘记比赛在后天。他们沉默地坐了一会儿,互相凝视着对方,只有酒吧里收音机的声音和酒保敲打杯子的声音。

"但那太野蛮了,"斯坦最后说道,"中世纪的,查理。你不会真要上吧?"

"哦,我不知道野蛮这个词是否合适。我的意思是,这是种运动。它是有规则的。而且场上也没有武器或任何东西。"

斯坦看起来并不信服——看起来根本不信服。

"你居然要和你的亲戚打架,以维护你的家族荣誉。"

"不是那样,"查理拿起酒杯,没有喝,又放下了,"我不得不上,不是吗?我比你更讨厌这点——可能更讨厌,因为几天后我就是那个被打的人。但我没有选择。"

"胡说八道,查理,你总是有选择的。"

"你说得倒容易。"

"不,不是的——我知道这并不总是容易的。上帝啊,我知道这并不容易。但有时你必须说不,不要让自己被别人逼迫。天啊，查理，我从未想过我要对你说这些。"

"听着，这比那更复杂，"查理说道，"我试过——我试过不再打拳击，几年前。我试着与我的家庭保持距离，我做到了，但是还有詹姆斯，斯坦，我不能把他和他们其他人一起留在那里……还有我的亲戚，斯坦。我欠他们的太多了，不能就这样在某个地方滚蛋消失。他们可能是我还没有失去的最重要的东西。"

"事情总是很复杂。但如果你不愿意，他们也不能强迫你这么做。你是一个成年男子。"

"但就是这样，没错。我有责任。"

"那么，你想打吗？"

"我——不知道。"

查理意识到他正在把之前使用这个桌子的客人留下的一个薯片袋缠绕在他的手指上，切断血液供应。他解开了它——然后出于某种原因，仔细地把它折起来，放在一边。

"事情没有那么简单。"他说道，有点无法直视斯坦，所以他现在盯着桌面上他们两个人的手——他的手长满了老茧，还带着工作中的油污和灰尘，布满了小伤痕，指甲很短，戴着他父亲的马鞍戒指、他爷爷的戒指和他的结婚戒指。斯坦的手苍白、瘦弱，指关节处开裂、干燥，好像他洗得太频繁了，指甲断裂，有圆珠笔和报纸墨水的污点，手指上根本没有戒指。想想他曾经觉得他们几乎像兄弟一样。"我得去。"他说道，仍旧盯着桌上二人的手，"就算我会输，我也得去，去面对他。"他叹气，然后发现这是他第一次这么大声承认，"凯特，我的妻子，她觉得我不会去，你知道的。"

"我确实理解，"斯坦接着道，"理解事情可能有多困难。当它涉及家庭。你可能觉得我不理解，但我理解。"

"我明白你说的,"查理说道,"而且我在一百万部电影、电视剧、电视节目和书籍,以及天啊,在广告中看到过这些——这种想法,即你可以通过谈话,通过好好为自己辩解而获胜,故事和文字与拳头一样有力,笔比剑更有力,所有这些。如果你能以某种方式让人们听你说话,那么他们就会理解,一切都会好起来。但在我的世界里,"他说道,"不是这样的。或者说,对男人来说,不是这样的。到处都有暴力,而且没有给语言的空间。男人们不听,如果女人听了,她们也不敢说她们听到的。我家里的大多数人都不读书——不识字。我妈妈是唯一的一个,真的,而且她——好吧。人们也因为这个而觉得她很奇怪。就感觉……传统是至高无上的,有时候。你要么传承、接受它,要么反对它,你逃跑,失去一切。就是这样。"

太迟了,他意识到他的眼睛在闪光。他用袖子抚过脸,试图用擦鼻涕的动作来掩饰自己,然后举起酒杯喝酒——然后意识到它是空的。

"我从没问过,"他说道,更多的是为了转移话题,"你和你妈妈发生了什么?你说你们两个人已经不怎么说话了。"

"哦,"斯坦说道,"那个。好吧。可能没什么好说的。"

"我很想知道。"查理说道,并意识到他现在真的很想。她叫什么名字,斯坦的妈妈?海伦,就是这个名字。医院里那个糟糕的下午。斯坦在那里,没有意识,依然昏迷。现在想来不可思议。他从没告诉斯坦那天发生的事。不知道她有没有说。

"她出了些问题,我想,我爸死后。"斯坦说道,"我年纪越大,她的问题也越严重了。每次她看我,我感觉她对我很失望。就好像,她一直都很悲伤,而我则一直让她失望,因为我没有能力多帮助她,你知道吗?有时候,感觉她在生我的气,因为我不是他。"

"我觉得不会这样的,朋友。"

"我不知道。"斯坦说道。

"后来怎么了?你搬出去,上大学了?"

"没有,在那之前还出了件事。我们吵架了。吵完感觉没什么好说的了。我走了出去,然后……事情再也回不到从前了。"

"什么?怎么吵架了?"

"有一天,我就是发飙了。我不知道为什么会这样。我刚从布里斯托回来,放假了,前一分钟我们还在因为家常小事拌嘴,然后我们说到了爸爸,突然之间,但是她还是拒绝跟我好好谈谈爸爸的事,即便过了那么多年……是的,我想我最后对她说了很伤人的话。之后我道歉了,当然。但是——我不知道。"

"你常去看她吗,那之后?"

"我们发邮件,有时候。不过我还是忍不住会想,我不在,她是不是挺开心的。"

"哦,别这么说,朋友。我觉得不会。"

"你不认识她,查理。她很难相处。"

斯坦一说,查理就想起她的样子,在医院里站在他面前,堵住他不让他看病床上的斯坦,咬紧牙关,告诉他离她儿子远点。难相处这个词似乎还挺中肯,但光从那个下午她的敌意中就能看出,她有多关心斯坦,多害怕会失去他。

"我不知道。"查理说道,"但看看你现在这样。她肯定会很骄傲的。"

"说真的,谁知道呢?"斯坦说道。

"她应该会感到骄傲。我是说。你很好,朋友,真的。大学毕业,好工作,住在伦敦。我肯定她会高兴的。"

"你真觉得？"斯坦说道，边说边看上去十分不确定，把眼镜往鼻梁上推了推。

"当然啊。"查理告诉他，"她绝对会。"然后，因为斯坦现在看上去太低落了，他想为他这位老朋友做点什么——想让他高兴起来，但这一刻想不到该怎么做——"我请你喝杯真的酒吧？"他说道，"你想喝什么？我来买。"

斯坦一笑——郁郁寡欢的那种笑。

"你喝什么，我就喝什么。"他说道，"谢了，查理。"

"就一杯酒而已。"查理说道。

"我不是说酒的事。"斯坦说道。

"是啊，"查理说道，"我知道。"

30

"再见。"斯坦说道,向雨中走去——显然是要回办公室,虽然很晚了,已经快十点了——满嘴都是要研究查理所面临的情况的法律背景、擅自占地者的权利、土地法、少数族裔保护、先例和抗议活动。对查理来说,斯坦所讲的一切真的很模糊——他看不出有什么联系,真的,或者与他碰到的事情有什么关系,但斯坦似乎已经振作起来了,自从那一刻的担心或者说是高兴之后,他又振作起来了。对查理来说,看到他的老朋友像这样焕发光彩,重新成为自己,这已经足够。

"Nae pasaran。"他在斯坦身后叫道,而斯坦已经走了出去,走出了半条街。

斯坦在空中举起了他的拳头。"Nae pasaran。"他回过头来叫道。

啊,但他是个好小伙,斯坦·高尔。一直都是,从他还是个孩子的时候。查理转身朝人行道上的反方向走去,他没有喝醉,但仍然晕晕乎乎的,懒得去躲避水坑。他的鞋子在五步之内就已经湿透了。街上的灯光也很糟糕,这也是原因——他看不到自己的脚在哪里。如果路灯如此昏暗、频闪,而且很多路灯都坏了,那为什么要费劲装这些灯?在霍利特里,他们在每个地块周围都挂上了灯——那些用电池工作的LED灯,甚至都不用连接到发电机或其他东西上。他们还点了火,大多数晚上都是如此。有些晚上,即使在冬天,也足够温暖,可以坐在外面——或者说,如果你有一件好的大衣和一两张毯子,就足够了。但是到处都有光,这才是重点。在乡村里,几乎,城市只是远处的交通噪音,周围是田野和空间,但感觉就像他们自己的城市,或者像某种节日,有灯光和火焰,还有所有的谈话。

真的,他应该去马丁·埃文斯的健身房。"加油吧,"他告诉自己,"就在后天,这已经不是一个玩笑了。"而且,这个老傻瓜到底能对他做什么?他只是一个有点脾气的蠢叔叔,右勾拳马马虎虎。就这些。查理被他吓到了,是这样吗?当然不是。他在街上停了下来,盯着雨,盯着蹩脚的灯光,盯着他前面大路上的过往车辆。他处于那种奇特的醉酒水平,当一切都显得非常清晰时,突然间——一种美好的状态,所有你自愿去承受的压迫变得简单明了。在所有的痛苦之后,你突然明白了你真正的想法,你真正想要做什么。

他又开始走路,这次更有目的性,并转到了大路上。醉酒的单身之夜,醉酒的学生……为什么人类总是喝醉?给我们一些空闲时间,我们就这样做,似乎是这样——直接去寻找遗忘。但现在越来越近了,从霍克斯顿街到公交车站。然后坐上108路公交车向体育馆方向驶去,顶层的疯子在咆哮关于审判和上帝的奇怪的胡话,其他人要么刻意忽视,要么就是不在乎,甚至连孩子都这样,没有人提问,疯狂喊叫的人如此正常,似乎没有人觉得有什么可在意的。但是他讨厌公交车。为什么他总是在公交车上?任何有自尊心的旅行者都不会坐公交车。不会卖掉那辆面包车,或者现在可能已经有新车了,当查理连自行车都没有的时候……然后他再次下车,仍然在下雨,仍然是冰冷的,即便在三月——

共有之地 | 235

很快,他不情不愿地转到罗文街,来到体育馆外。

里面的呼喊声,依然如此。他现在意识到,他的一部分略微希望没有人在那里——他们都已经回家吃晚饭,陪老婆,看电视,或者不管这些人晚上做什么。并不是说他利用自己的业余时间做了什么更好的事情——在他看来,这个世界上没有人这样做,真的。除了斯坦,也许。斯坦不一样,他工作,看书,写东西。一个好故事的力量,嗯?也许他应该把他带到这里来——把他带在身边,让他看看现实世界与他在大学里学到的东西有多大差别。

啊,但他不想把斯坦带到这样的地方来。他们会把他当早餐吃的——那个说话高调、戴边框眼镜的外人男孩。不,斯坦在某种程度上太温和了,不能被拖入这里面,因为老天,现在查理在这里,即使他从小就习惯了这里,时不时地,他也会发现自己紧张、忐忑,根本不想在这里。

拳头的声音——戴着手套的拳头——落在垫子上的声音。拳击袋被击打的声音。男性的声音一起笑着,喊着,摆好姿势……"那算什么,你这个小杂种?你以为你很了不起,是吗?"大家的笑声,受到挑衅的人反驳。"好吧,好吧,很好玩。"他在说,不管他是谁,这个可怜的家伙——只是这并不好玩,真的,一点也不好玩,因为随后查理听到了两人开始比武的声音,其他人在为他们欢呼,当拳手们躲避、跳步、吐口水以及拳头砸中时,所有人都同时发表高见。就这样站在外面的街道上,查理用声音把整个场景描绘出来。他甚至能认出拳手们的声音,以及站在一旁的人们的声音。马丁就在那里,没错。那是他的声音,大喊大叫……"不能那样抓人,"他在大混战中咆哮,"遵守规则,不能抓住。"那两个拳击手,他们是谁?利奥·史密斯是其中之一,肯定是。他一直试图搞小动作,每次他试图踢、咬或抓的时候,人们都会大喊大叫,甚至他的吭哧声和喊叫声都很熟悉。但另一个人是谁?

查理又听了一会儿,但他还是说不上来。只有当拳击赛在笑声、咒骂声和"够了,他不行了"的呼喊声中结束时,他才认出是戴维·埃文斯的声音,他母亲那边的小表弟——现在十五岁,完全是一个埃文斯家的人该有的样子。不像查理,即使在这个年龄,他也一直在躲避,躲避马丁,无视他的妈妈,沉迷绘画、阅读、音乐或追求外人女孩。真的,下周比赛的应该是戴维而不是查理。如果事情是这样就好了。如果查理莫名其妙地消失,让戴维成为詹姆斯身边最亲近的拳击手,他会轻松地击败那个霍兰德小子,肯定会——或者他至少很有可能会。

不过,纠结于不可能发生的事情是没有意义的,而且,天啊,他算什么人,竟然想把小戴维推出去,代替自己?查理收起肚子,把肩膀往后推,脸上挂着懒洋洋的笑容,抬高下巴,推开双门,走了进去。

"查理小子。"马丁说道,他一踏进主厅——里面的人比他根据噪声判断预期的要少。当然,只有马丁、戴维和利奥·史密斯以及其他几个人。毕竟已经很晚了,现在快十点半了,查理看到,他低头看了看手表。

"还好吧,冠军?"马丁继续说道,"看起来不错,朋友,看起来不错。"

"叔叔好,"查理说道,走过去,拍了拍马丁肩膀,这是必须要做的,"你还好吗?"

"看,朋友们,"马丁说道,在其他人的一片问候声中——戴维点了点头,露出了适度的笑容——"漂亮王子。漂亮的查理王子。多么难得一见。他是我带大的,基本上,但现在我一个月都见不到他一次。为什么要做这样一个陌生人，嗯？忘记了你的老叔叔？"

马丁总是这样说话，仿佛是在对观众说话——仿佛他的整个人生就是某个电视节目，每一个闯入片场的新人都需要一个适当的介绍，即使当场只有你们两个，周围没有其他人关心或注意。

"没有啦。"查理说道，勉强笑笑。马丁毕竟只是在捣乱。只是在逗他玩。"我一直在忙工作，不是吗？赚钱，支持凯特。"

"她怎么样了，凯特？又有一个小家伙要出生了吗？"

"没有，"查理说道，"不，还没有。"

马丁给了他一个奇怪的眼神。

"那么——我错过了什么？"查理说，试图控制局面，改变话题，他很大程度上希望在离开酒吧后就直接回家了。他只是跟斯坦说了声晚安，就直接上了车。但至少他今晚能够如实地告诉凯特，他来过这里——这是件好事。

"别等太久了，"马丁说道，完全没领会他说的，"她不再年轻了，查理。你们都不年轻了。而像她这样的女人——嗯。你不能让她多想，纠结发生在你们俩身上的事情。给她找点东西来占据她的脑袋，嗯？是时候回到老路上去了。"

他发现自己也加入了大家的笑声中，因为这比做其他事情更容易。而且，就在拳击俱乐部的这些老家伙们面前，笑着谈论一些困扰了他很久的事情，这感觉其实还不错。他真的像斯坦告诉他的那样，让自己被别人逼迫吗？或者这才是他真正应该，应该做的？斯坦说过的那些话，关于语言和拳头一样强大——还有妈妈教给他的一切，给他买书，给他在当地图书馆办卡等等——也许那都是……不能说是胡说八道，准确地说，只是来自不同世界的东西，他不需要在意？

他又和小伙子们开了几个玩笑，和小戴维打成一片——其实他已经不小了，无论如何——然后当其他人对他这样难得一见的人带来的新鲜劲儿过去后，马丁又开始专注于训练小戴维，利奥和皮特拿着他们的毛巾和包袋，要回家了。他脱掉了衬衫，就这样闲逛了一会儿。他试着不对自己的腹部感到太过自责，当他面对拳袋独自出拳时，他尽可能地绷紧并吸住肚子，做了一些俯卧撑和仰卧起坐，十二个一组，感觉酒精在他的汗水中流出来。然后他走到室内的另一头坐下。他到底在这里干什么？就是为了证明他来过吗？然后他就能回家告诉凯特他终于做对了一件事？他来这里不是为了争吵，甚至不是为了好好训练，不是吗？像这样临时加入，连拳套之类的都没带？

不过，他还是找到了绑带，开始往指关节上缠——慢慢地，慢慢地——看着戴维和马丁继续打拳，其他人现在都要走了，东拉西扯，收拾东西，套上毛衣。马丁戴着防护垫，伸出手让戴维打拳——戴维没有戴手套，他的手已是钢筋铁骨，只有十五岁——每一拳都正中每个垫子的中心，一次又一次，经过多年的训练，他的脚步仍然如此轻盈，太阳穴上的汗珠不断冒出，但没有一点喘息的迹象。然后，马丁带着那种眼神，看着戴维的每一个动作，什么话都不说，只是来回走动，转移垫子，看戴维会怎么做，偶尔快速、满意地点点头——完成挑战，很好，进入下一个环节。

因此，戴维是马丁的新项目，现在。他的新人才，他的最爱和他的门徒。总有这么一个。在曼彻斯特时，他甚至试图让查理成为他的门徒。那时他的拳击馆比这个小得多，只是一个布满灰尘的房间，硬地板上有几个垫子，角落里有几个哑铃。不像这个地方——你可以说马丁做得很好，所有的镜子、哑铃、垫子、机器和备用拳套，以及墙上他和各种拳击界半传奇人物的大量镶框照片。甚至还有一台饮水机，老天。但是，尽管自那时以来发生了如此多的变化——他的表情和在法纳姆与查理在一起时完全一样。他现在和年轻的戴维在一起，也是那种刀锋般的专注。查理记得，一切恍如昨日。起初是那种刺激感。他有一个一无是处的爸爸，跑到了北方像外人一样生活，但他后来有了马丁，这个营地上最强壮的男人给他撑腰。你知道他为你感到骄傲，你的家人为你感到骄傲。但随后是地狱般的感觉，当你没有睡好或者迟到了，或者你因为喝酒而变得迟钝——或者你像查理有一次那样，独自在健身房里，一边听着他的缪斯乐队的CD，马丁称之为"娘娘腔外人"的鬼叫，一边打着拳袋。当你让他失望时，他就会对你发火。他最看好的人，如果辜负了他的期望——比单纯的从一开始就平庸更糟糕。

但查理当时坚持了自己的立场，不是吗？在那时候，他是比较鲁莽的。因为有一次，不是吗，他和马丁都不会忘记那次冲突，尽管他们互相玩笑、举止尽量文明。有一次，马丁把他打得太狠了，他奋起反击，狂踢乱打，用牙齿和指甲，不知怎么搞的，把马丁打倒在地，血流不止。之后他发誓，他再也不回去了，再也不和马丁一起训练了，他要和学校里的小伙子们一起去外人的拳击俱乐部。不知道为什么，在那之后，马丁甚至都没跟他说一句"不准去"。他当时最多才十四岁，那一切发生的时候。但是，即便在那时，他就已经是一个能坚持自己立场的人了。

戴维现在显示出明显的疲惫迹象，眼睛仍然专注，但在眼眶里鼓了起来，脸红得像甜菜根，肺里的呼吸也变得粗重起来。"来吧，小伙子，"马丁说道，"你现在还没有超过一分钟，还没有——你想成为一个真正的战士，你必须做得比这更好。"

戴维看起来很疲惫，但他还是继续训练。查理解开了他左手上的绑带，然后重新开始缠，他刚刚缠得太紧了些。说真的，他又不会真的用上，他不知道为什么他要这样给双手缠上绑带，他来这里不是为了和谁打一场。

在查理之后，马丁转向了詹姆斯。有一段时间，情况还不错。真的，詹姆斯才是那个应该为自己而战的人。霍兰德那个臭小子——典型的懦夫，选择像詹姆斯这样的人作为攻击对象，詹姆斯再也不能保护自己了。他曾是个厉害的拳击手，詹姆斯。虽然只是个孩子，但仍然很出色，本来可以很出色。查理希望那个霍兰德小子知道这一点。但是，那个霍兰德小子——怎么说？十九岁？十八岁？他可能从未见过那一切。

但话又说回来，戴维比霍兰德还要年轻，而且拥有年龄是他两倍的人的力量，现在才刚崭露头角——而且现在已经，多久了？马丁让他这样做了五分钟，十分钟？而且是在整整一个晚上之后，在之前与那个利奥打完之后。

"见鬼，马丁，"查理大声喊道，"这就够了。这孩子已经不行了。"

马丁停止了动作，放下了垫子，向戴维扬起了刚毅的眉毛，然后转向了查理。现在体育馆里只剩下他们三个人了，一切都很安静。查理并没有注意到其他人散去。

"你在告诉我该怎么管理这个地方？"马丁说道。

"不，叔叔，"查理说道——浅浅的笑容，戏谑的声音，试图保持轻松的语气——"我永远不敢。但这孩子整晚都在这么练，不是吗？他已经崩溃了，看看他。"

"我很好。"戴维说道，但他弯着腰，肚子起伏不定，声音急促。

马丁看着戴维，似乎在考虑这个问题。"你来这里干吗？"马丁说道，"就是为了看看？"

查理过了一会儿才意识到马丁在对他说话。马丁仍然在盯着戴维，脸上的表情很奇怪——在骄傲和希望这个男孩做得更好之间转换。"你要替他来？"马丁说道。

查理差点就要拒绝。他差点就想说十年前他曾发誓不再让自己被马丁·埃文斯殴打，一切都没有改变，他的决心依然存在，马丁不能欺负他，让他改变主意，甚至现在也不能让他分心，去拯救小戴维。然而，如果不上，他今晚来这里是为了什么？当然不只是为了观望，像孔雀一样现身，然后回家。是时候言出必行了。

"那就来吧。"他说道，很随意地站起身来，就像他上次在北方和马丁一起训练时，还没有超过十年，"我们开始吧。"

戴维歪斜着身子走到一边，拿起一条毛巾，显然很高兴自己不再是马丁关注的焦点，这时查理走过来，走到体育馆中央面对马丁。马丁放下垫子，把它们踢到一边去，然后看着查理，正视查理，匆匆上下打量他一眼，很可怕，好像看到了他今晚训练上的失败，他和凯特婚姻的失败，工作上的失败，租房的失败，和詹姆斯、妈妈以及马丁相处的失败，他那下垂的肚腩，还有他先前和斯坦在酒吧喝的几杯酒。查理有点希望马丁直接架起拳头，但是马丁叹了口气，转身，朝健身房另一边走去，他从镜子上方的挂钩上拿了两副拳套。一副给自己戴，另一副扔到了查理脚下。

"不能让你在周六前就打废了。"他这么说道。

"关你什么事？"查理回道，感觉自己这么说很孩子气。

"闭嘴，查理，我当然关心。"马丁回道，现在他在查理面前站好，举起戴着拳套的双拳，平视，准备就绪。就这样，自从几年前查理离开健身房以来,他与查理交流时所有日常强装的欢快都在此刻消失了,现在消失在窗外,进入了伦敦的夜晚。除了他头上的白发之外,时间仿佛根本没有过去——仿佛这只是第二天的事情。复赛。

"那就来吧,漂亮王子。"他说道,"让我们看看你最近怎么样。"

天啊。他在想什么?这么晚才来这里,这么不在状态。下班后,甚至是——和斯坦喝酒后。但是,也许正因为和斯坦在一起,他才会这样做,所有那些反抗的胡话,所有那些 nae pasaran。这些话到底有什么用呢?如果最终你依然落得这么个下场?但马丁现在正在用脚尖跳步,没有时间后悔了。让我们看看他是否能行,让我们看看他是否仍有能力获胜。查理举起拳头,伸长脖子,他们的四周——年轻的戴维在看,所有的镜子、垫子和其他东西——都模糊了,变成了背景。现在只有马丁是他的焦点,这个丑陋的老混蛋。查理个子不算小,但出于某种原因,马丁还是巨大的,在他面前赫然耸现,看上去还十分尖锐,尽管过了那么多年,他现在看向查理的眼神依然锐利。

查理向他冲去,先发制人,一拳打在马丁的脖子上,另一拳迅速打在肝脏附近的下肋骨上——只是他没有想到这一点,他只顾挥拳打去,没有掩护自己,这时马丁切入,挥拳打去,充分利用了查理没有防守的错误。现在,查理试图不后退,至少要站在原地——但是,尽管马丁·埃文斯块头不大,但他打起架来就像年轻了二十岁一样,甚至比查理记忆中的当年更快速、更轻盈,现在,他重击着查理的肋骨、下巴、太阳穴、肾脏和腹部。而对查理来说他实在是太快了——或者说查理太慢了,而且毫无防备,无法躲避或阻挡攻击。他最后退了一步,思考策略——他要远离马丁，把战斗保持在外围，充分利用他现在可观的体重，不能用这样跳步、直拳、不停出拳的打法……但当他后退时，由于马丁最后一拳打在他的肋骨上，他有点踉跄，不知怎的，他被自己的鞋子绊倒了——就在马丁又一拳打在他的颧骨上时，他的视线完全偏离了。尽管他试图稳住自己，但他还是忍不住摔倒了，像积木一样——感觉就像慢动作——摔倒在冰冷、坚硬的拳击场上。

他在发抖，皮肤冰冷，但仅在那场短兵相接之后就已经被汗水舔舐。他知道他不能待在地上——知道他应该抬起下巴，看着马丁的眼睛，把自己撑起来，说些狠话挽回面子。他知道他应该再次抬起拳头，再打一个回合。但是天啊，他已经累了——而且到底有什么意义呢？如果你在酒吧待了一晚后再打拳，就会出现这种情况，不是吗？没有理由否认酒会让你变慢。现在他的头剧痛，他的视线游离，他感到恶心，他的胸部和腹股沟之间的整个区域就像一个鱼缸或什么，只是一大团液体，里面漂浮着形形色色的怪东西。而且，有什么面子好挽回呢？这里只有年轻的戴维在看，而马丁不论怎样都会恨他，永远恨他，不管他现在做什么。如果他觉得今晚会让马丁改变想法，那么他就在欺骗自己。

"起来，"马丁说道，"查理·威尔斯你现在就起来，否则你就是家族的耻辱——你听到没？"

最后，查理把自己从地板上撑起来，这样他至少可以坐着，并抬头看马丁。

"为什么？"查理接着说道，"你只会把我再次打倒，这有意思吗？"

"起来。起来。"马丁的眼睛眯到最窄，声音很低沉，几乎不像在说话，只是一种奇怪的咆哮。

而且，尽管他凶神恶煞，但谁能不注意到，这里也有一些算是有趣的东西？事情的极端严肃性，在这个体育馆里没有人能对着他露出微笑，他这个踮脚跳步、胸腔状如桶的老男人，他的脸因为愤怒而扭曲得像个卡通怪人，他故意让自己的脸变得越来越红……啊，但可能这不是一件可笑的事。天啊，如果他现在突然大笑起来，凯特会很生气的。"你永远都吊儿郎当的，"她总是告诉他，"但生活不是玩笑，查理·威尔斯。生活是一件严肃的事情。"

然而是这样吗？真的吗？因为即使像这样，他在地上，被打得遍体鳞伤，受到羞辱，而且可以肯定的是，他下周要在年轻的霍兰德手中生不如死——或者不是下周，事实上，是后天——你仍然忍不住大笑，真的。这里的男人都有一个问题，查理想。他们生活得太严肃了，从来没有看到任何事情的幽默性。斯坦，现在，他会明白为什么马丁很搞笑——也许只有在他克服了外人对野蛮的厌恶之后，但他会明白的，查理确信。啊，如果斯坦在这里，现在，他们会笑成什么样啊？

"你怎么回事？"马丁说道，"从你的屁股上起来——现在，查理·威尔斯。"

"啊，你说得对，"查理说道，"我想要不算了吧，真的。"

"什么？"马丁说——现在不再跳步了，一动不动，"再说一遍。看着我的眼睛，再说一遍。"

于是查理盯着马丁冰冷的绿色眸光，说道："是的，我今晚有别的事，真的。我还得——"他想到斯坦，在酒吧里，他说到"故事拥有力量"时的神情，"我还得做些研究。"

"研究？"马丁说道，仿佛这词很恶心——狗的呕吐物、粪便、被真菌感染的脚趾。

"是啊，"查理说道，现在看着马丁愤怒的脸，看着他这么容易就被惹毛了，他真的在使劲憋笑，"为什么不呢？"

然后他脱掉拳套，站了起来——谢天谢地，他希望他看上去比实际自己感觉得要站得更稳——然后走到小戴维旁边，从他扔下衣服的地方捡起他的毛衣。戴维张嘴在他和马丁之间来回看，查理忍不住向他眨眨眼。

"还好吗？小姑娘？"他说道。

然后，他套上毛衣，朝门外走去，回到夜色中。

"你认为你比我们强，查理·威尔斯？"马丁在他后面吼道，"你总是认为你比我们强，因为你没用的偷猎者父亲，因为你读书、你研究和所有这些垃圾，但你会在星期六挨揍，没有错，无论你觉得自己有多了不起——"

查理走出双扇门，进入潮湿的下着微雨的夜，让门在他身后摇晃着关闭。如果他真的认为自己更强，那又怎样？比那些愤怒的、上身裸露的男人相互争吵要好，因为他们没有更好的方式来表达自己？也许斯坦是对的，这很野蛮。反正查理现在有其他的事要做。因为斯坦正在写那篇文章，不是吗？因为毕竟是谁在统治这个世界呢？是那些穿着西装在办公室里写新闻、读报纸的人？还是被社会忽视的大喊大叫、拳脚交加的旅行者？

查理打了个哆嗦，然后踏上了夜路，在结实地挨了一顿揍之后，他仍然站不稳，但感觉出奇地好了起来，不知为何。因为他已经去了健身房，并做了一次尝试，不是吗？现在他还能做什么？凯特还能要求他什么呢？他甚至可以说是毫发无伤，坦率地说，这已经超出了他的预期。他甚至有一种奇怪的感觉，那就是他几乎在马丁身上得到了一次胜利。一切都很好。他只希望马丁现在不要把气撒在小戴维身上，因为他是唯一一个和他一起留在那里的人。

31

查理正在摆弄叉车的装载装置,机器又出问题了,这时他看到约翰·安德森在仓库货架间踱步,手上拿着记事板。这一天还能更糟么?今天不仅是星期五,比赛的前一天,离他不得不面对霍兰德那个混账小子、避免坐救护车离场仅剩二十四小时,而且今天早上他不是像往常一样被闹钟或隔壁的狗叫声吵醒,而是被凯特的哭声吵醒。当他把睡意从眼睛上抹去,打个哈欠,向她伸个懒腰,在困倦状态下弄清她可能面对的问题——毕竟,如果有人有理由在今早醒来哭泣,那么老天,那应该是他——她刚刚甩开他的胳膊,直接从床上爬起来,把自己关在厨房里,不是吗?他叫她,她甚至拒绝看他一眼。他敲门、劝说、乞求,她甚至没有让他进去,他直接问她——"你认为你在做什么,凯特?像这样演戏?你不觉得我现在有其他事情需要担心吗?让我进去,行吗?你为什么不让我进去?"她刚刚隔着胶合板大喊——"如果不知道我在干吗,那是你的问题。"凯特又来了,仅仅为了跟他唱反调,没有任何正当理由。再说了,他昨晚回来的时候也没吵醒她。毕竟他那么安静、那么体贴。

约翰·安德森越来越近了。他似乎,其实,正在朝他走来。但为什么呢?为什么是现在?为什么是今早?查理并没有在人前提起一句有关组织会议的话。上次在食堂争辩过后,他再也没提

共有之地 | 247

过了。

他来上班后的两小时里,一直在思考,思考他到底做错了什么,就在这时,他看到约翰今天穿的衬衫和他的眼睛很相称,他看起来更像一个在流水线上生产出来的企业升级版人类。尽管今天到目前为止很暗淡,一想到他们放弃所有的日常工作,转而努力制造约翰·安德森的克隆体,这让他笑出了声。约翰会多么喜欢它啊。

"不好意思,"约翰说道,正对查理,距离近得令人不适,"我不觉得有什么好笑的。"

"我只是很高兴见到你,约翰,就是这样。"

约翰眯起双眼。"很遗憾,在我们上次聊过后,我这么快又来找你了。但我想说,你让我没有选择的余地。因为如果你认为你可以在这里迟到——到目前为止,本周你迟到的天数和准时的天数一样多——好吧。我不得不说,你又得面对另一个问题。"

"又得面对另一个问题"——什么样的人会这么摆架势威胁你?那些想不出任何具体的东西来威胁你的人。那些只知道叫、不知道咬的人。这个穿蓝衬衫、操花哨口音的愚蠢的矮子以为他能吓倒他,如果他知道查理不得不面对和应对的那些事,他会知道自己显得多么可悲,他会掉头就跑。例如,与昨晚的马丁相比。热血沸腾、充满战斗意志的马丁针对查理——而他没有被吓倒,不是吗?他甚至或多或少地占了上风。

"啊,别这样,约翰,"查理说道,"我正在努力完成我的工作,不是吗?你这样唠叨只会耽误我工作。"

约翰的眉毛一下子抬高,朝他的秃顶移动了一段惊人的距离。

"我是你的部门经理,查理。这不是唠叨。我不知道你家里什么情况,但在职场上,你要停下来,听从你的上级。"

"你不比我高一等。"查理说道,转身回到叉车边,推了一下护栏,希望能把东西卡回原位。他现在真的能感觉到约翰的呼吸,热乎乎的在他的侧脸上。

"我和你说话时,看着我,"约翰急忙说,声音很紧张——像一条被拉伸到最大程度的橡皮筋,"你很幸运能在这里,你不明白吗?你很幸运甚至能在这里工作。"

"你是想让我感激你,是吗?谢谢你开给我的工资比别人要低吗?"

约翰的脸涨得通红,怒发冲冠,很明显。他的嘴像金鱼一样一张一合,但发不出声。"你以为你是谁?"他最后吐出一句,"没有资历,没有学历。可能你大字都不识一个。你没有前途,你明白我说的吗?在这个车间之外,你毫无价值,没有人会雇用你。"

"放屁。"查理说道,"而且我不是文盲。你对我一无所知。"

就这样,他摘下了头盔,离开了叉车,走了出去——穿过仓库车间走了很长一段路,到了门口,没有停顿过,也没有回头看过一次。

*

之后一上午的时间他都绕着公园慢跑——感觉很好。也许他昨晚在健身房热好了身,让他找回了状态。他们确实说过,如果你在生活中曾经健身过,那么无论你以后变得多么邋遢,你都能更快地恢复。而查理毕竟在青少年时期就经常健身。很敏锐,是个相当不错的拳击手。即使他不再赤手打拳——因为和外人玩,几乎被全营地的人嘲笑、批评——在纽福德,任何孩子都会把他视作强大的对手。所有那些来自郊区的瘦小男孩,他们忧心忡忡的母亲拿着消毒湿巾和热气腾腾的餐盘在家里等着。啊，但他们还不错，那些小伙子。他和他们一起笑过。没有把拳击看得太重，他们中的任何一个。这只是一种乐趣，然后，一种爱好——它本应如此。虽然重要，但不是全部，也不是终点。

他放慢步伐，回到正常步行的速度，然后在阳光下的长椅上坐下。今天终于开始有了春天的感觉。三月十六日，树上又有了鸟鸣，洋水仙遍地开放。也许，只是也许，他允许自己思考片刻，闭上眼睛，阳光在他的眼睑后面形成红色和橙色的图案，也许事情真的在向好的方面发展。斯坦会写他的文章，霍利特里可能会发生一些事。他们会给自己找个律师什么的，帮他们把钱拿回来，或者得到赔偿，或者至少能得到点什么。他和凯特会还清债务，然后用剩下的钱给自己买一辆漂亮的面包车，这样他们就可以离开城市，去一个空气清新、晚上能看到星星的地方，然后谁知道呢？也许在一年左右的时间里，他们会有另一个小生命，这次会活下来——而在伦敦的这一切将只是一个小插曲，他们会摇头叹息，甚至在将来与凯特在厨房里炒菜的时候笑着谈论。早餐，孩子们跑来跑去，玩耍，打架，大喊大叫，做孩子们做的事情。查理将永远摆脱可怕的仓库工作，因为他可能会创业做机械师——在他们的土地上修车，甚至只是修自行车，这样他大多数日子都能在凯特和孩子们身边，而不是像他自己的父亲那样开车去远方，像那样一走就是几个星期。他不会再犯同样的错误——他可以在身边看着他的孩子们，他们会茁壮成长，凯特会因为他们的滑稽行为而大笑，她会把头发留长，就像她以前那样，在她开始拉扯头发和随之而来的抱怨之前——好吧，这么说吧，他迫不及待，他迫不及待地要开始了。

也许他甚至会赢得明天的比赛。他现在认为自己的机会并不渺茫。一点都不。他刚才慢跑的时候感觉很好，不是吗？另外，他在上周去了两次健身房。他又恢复了一点以前的精神，不是吗？有点恢复了他以前的尖锐，能够乐观地看到有趣的一面，触底反弹——有点以前的 nae pasaran 做派。他不会单单为了詹姆斯应战、挨揍。不止如此，他会让他骄傲，詹姆斯会像以前一样看他，在霍利特里、纽福德之前一样，在那愚蠢的四轮摩托车事故前，在查理退缩、逃到曼彻斯特、把伤重害怕的詹姆斯留在萨里之前。

他在长椅上又坐了一会儿，然后晃晃悠悠地去找午餐——在这样的城市里，并不便宜。伦敦变得越来越离谱。十二点五英镑的一份鳕鱼和薯条？但这是正宗的鱼，而且一旦所有东西都沾上醋，就会很好吃。比食堂的食物好得多，好太多了。他还会再回那里吗，在他对约翰说了那些话之后？这似乎不太可能。

尽管碍于路人的目光，他还是坐在路边吃东西，一边回想那天早上与约翰的争吵——他不停摇头，对这个人的傲慢、偏见以及他自己就这么忍受了将近一年而感到头疼。

然后他把他那张油腻的炸鱼薯条包装纸揉成一团，扔到马路上，给斯坦打电话告诉他这个好消息。

"我已经不干了，"斯坦一接起电话，他就说道，"我终于做到了，朋友。我告诉我的神经病上司滚一边去，然后他妈的走了出来。我自由了。"

"查理？你在哪里？你还好吗？"

"我很好！几年来感觉都没这么好过——自从我他妈的结婚那天或什么时候开始就没有了，你知道吗，斯坦，这都是因为你。"

"什么？我？你刚才说你辞职了吗？"

"是的，朋友，辞了。"

"为什么?"

"受够了,不是吗?上司是个疯子,他们不给我平等的工资。"

"但是你的生活还好吗,查理?你怎么挣钱?"

"好吗?我当然会好的。我很好。你担心得太多了,朋友,你知道吗?我已经有了计划。伟大的计划。"

"好的,"斯坦说道,听起来还是很担心,"听着,查理,我本来就要给你打电话——你今晚没空,是吗,下班后?"

"我随时都有空。我很自由,就像我说的。"

"那么,你现在在附近吗?要见面吗?

"我想是的,是的,朋友。今天下午没有什么别的事了。"

"三点啤酒屋见?"

"为什么不呢。"

32

同一张桌子，同两把椅子，同样的酒保——那个家伙一天都没休息过，还是这里没有其他员工？——同样的姜汁啤酒和拉格的组合，同样肮脏的桌面，同样黏糊糊的地板。这已经成为一种惯例。

"为斯坦干杯，"查理说道，举起他的杯子，与桌上的斯坦的杯子碰了一下，"为甜蜜的自由、下午三点的啤酒、老朋友和未来干杯。"

斯坦叹了口气。"听着，查理，"他说道，听起来一点都不喜庆，"有件事我想和你谈谈。"

"我知道你担心这么做不好，斯坦。从我在电话里提到它的那一秒起，我就知道了。你是怀疑的，这点可以肯定。甚至担心。但你必须相信我。我知道我现在在做什么。只是在过去的一年多时间里，直到刚刚我还不知道。失去了钱。失去了自我、幽默感和我所有的朋友。是你一直说起过去的日子，才有了这一切——你说不接受任何人的任何废话。你提醒了我，斯坦，让我想起我到底是谁——我永远会感谢你。"

"是的，听着，查理。不是那样的，也不是——"

"你忘了，斯坦。我比你大。我见过这个世界的很多东西。我吃过苦，是的，但我也做过一些事情。我已经学会了一些

共有之地 | 253

东西——"

"查理，我有个坏消息。"

"你不必为我担心，斯坦。"

"查理。"

"什么？"

"那篇文章，查理。我一直想告诉你。我今天早上向编辑提了选题，他说不行。"斯坦看起来很糟糕，查理现在才注意到，仿佛从昨天起他已经老了十五岁，眼睛周围都是皱纹和褶皱。

"你怎么这副样子，朋友？你还好吗？"

"是啊。不，我很抱歉，查理。"

"那——那没关系，"查理说道，"当然没关系。不要为它担心，斯坦。不要为我担心。"他还在消化斯坦说的话，说得太突然了。编辑说不行。"我以为你已经和你的上司通过气了。我以为她告诉你是个大新闻，正是每个人所需要的，以及所有这些东西。"

"我——我很抱歉，查理，"斯坦说道，脸色更差了。

"不，不，只是——发生了什么？你说这是一个重要的故事，我的故事？文字的力量之类的？"

"它是的，查理。我仍然——我坚信这一点。但我说得太早了。我已经和我的上司谈过了，但不是和我老板的老板——"

"什么？"

"那个主管整个报纸的人，整个《新无产者》。我不应该告诉你所有这些东西，话说得太早了。我不应该在我们得到正式确认之前对你说什么。"

"但是——就那样算了？"查理说，"就这样了？你不打算争取了？"

斯坦耸了耸肩。"我争取了，"他说道，"他很坚决。叫我离开他的办公室。"

"但这是一个重要的故事，"查理说道，"你的另一个上司也这么认为。"

"是的，"斯坦说道，"也许我们在未来的某个时候仍然会有机会去做，但现在，暂时——"

"但为什么不呢?"查理说道，"他为什么叫你出去?"

斯坦双手捧头，揉了揉眼睛，然后好好地看了看查理——他脸上的表情，然后，看到他的老朋友看起来如此丧气，查理的心几乎碎了。"哦，查理，"他说道，"这并不重要。"

"不，"查理说道，"为什么? 我——没关系的，斯坦，真的没关系。我只是想知道为什么不行?"

"吉卜赛人的新闻不畅销，他是这么说的。"斯坦接着说道，"显然，怀疑《新无产者》的人已经够多了，不需要再搅入这些事中。他说，我们还有其他更重要的仗要打。"

"更重要的。"查理说道。

"我知道，"斯坦说道，"他是个浑蛋。我很抱歉。"

查理盯着他杯子里琥珀色的液体。就在一分钟前，他们还在为自由和未来碰杯。他辞去了他的工作。他做了什么? 他也为老朋友干杯，而此时的斯坦看起来就像世界末日到了。可怜的斯坦。他还很年轻。也许在年岁上并不年轻，但在他还是一股外人的学生气，处于无尽的、还未终止的童年。他只是不明白这个世界有多糟糕，这就是他的问题。他不假思索地期望它能变得更好，问题更容易解决。然后——不发表文章，这甚至不算一场真正的灾难，不是吗? 还有其他赚钱的方法。例如，还有明天的比赛，几百镑的赌注。而且摆脱约翰·安德森和那个地狱般的仓库监狱仍然是一件好事，不是吗?

共有之地 | 255

"啊，斯坦，斯坦，斯坦，"他说道，"别露出那种表情。会好起来的。"

"我感觉很糟糕，查理。像个傻瓜。我得意忘形，这就是问题所在。我只是想——我不知道……"

"你真的认为我的故事很重要，"查理说道，"你相信这点，这没什么可羞愧的。"

"我一直是个白痴，查理。谈论事业，为正确的事情挺身，不让自己被逼迫——"

"但你必须相信那些东西，朋友。只要你相信。只要这个世界允许你坚持这些东西，你就得相信它。这是做成任何一桩好事的唯一途径。"

"你真的这么认为？"

"当然了。"查理说道，"现在停止自怨自艾，喝酒。"

"查理——"

"别担心，"他说道，"我碰到的糟心事多得去了，相比之下，这只是小事。相信我，我会好起来的。"

"你确定吗？"

"当然，我肯定。我一直都很好。"

"不，我的意思是——你确定你不生我的气，或者别的什么？"

"生气？没有。"查理说道。

也许他应该对斯坦多说些话。也许他应该给他一点暗示，让他知道现在有一种感觉快要吞噬他，那是一种底部掉落的感觉——一切都在四处飘浮，就像电影中飞船的一个气闸坏了，一切都乱了套，电视、沙发和牙膏等东西都被吸到了零重力的环境中，所有东西都没有来龙去脉，一切都散落在虚空中。但这有什么用呢？这不是斯坦的错，这一切都不是。他只是想帮忙而已。你必须犯些错误才能在生活中成长，不是吗？"

"不，我必须告诉你，朋友，"查理说道，"我甚至都不怎么惊讶。"

他们在啤酒屋待了四小时，斯坦在第二轮之后从姜汁啤酒升级到精酿 IPA。最后，当外面的天色似乎越来越黑时，查理向酒保询问了时间。

"快七点半了。"他告诉他们。

"你可以帮我个忙吗？"查理发现自己对斯坦说道，"凯特会在家里，我不能单独面对她。不能像这样，不能在我整个下午都应该在工作的时候，更不应该在明天还要比赛的时候喝酒——然后我的工作，斯坦，朋友。现在我自由了，凯特不会理解这是件好事。我不能单独告诉她，朋友，拜托。和我一起去吧？"

斯坦似乎只犹豫了一秒钟，但随后他点了点头。"当然，"他说道，"只要我能帮上忙。"

33

他们回来后,凯特很沉默——只是坐在沙发上,盯着电视,电视上正在播放她非常喜欢的《舞动奇迹》。他没有说今天过得怎么样,甚至没有打招呼。或者,就这个问题而言,也不说一声斯坦来了——这当然是值得一说的事,因为他很少带朋友回家,而且还是一个外人?

这很搞笑,虽然他们现在住在外人的房子里,但拥有外人朋友,这仍然感觉有点叛逆。想到多年前在纽福德,他第一次带斯坦去见他的家人时,他现在几乎忍不住微笑。他当时多么害怕,只是依靠妈妈和外婆以及她们在男人中的影响力来保证他俩的安全。虽然这是一场博弈,但它是有回报的,不是吗?或者说,不论如何,结果都不坏。

但回到现在,回到伦敦——虽然他今晚面对的只是凯特,但要说他是什么感受,他只觉得比当年更尴尬,更紧张。在纽福德,他想,他仍然认为他有一条出路,有一套特别的、更宽松的规则,他是家庭的一员,但仍然能过上不同的生活,身处一个不同的世界。然后,还有一点是,凯特阴晴不定。他比任何人都了解她,就他所知,他从来没有准确预测过她什么时候、出于什么原因做什么。比如现在,情况就很不寻常。他以为他回来后,她会在厨房把锅碗瓢盆乱砸,砸得哐当响,肆意大骂,因为他回家晚,健身房去得不够多——或者明天的比赛。

"好吧,凯特。"他说道。

他能感觉到斯坦在他身后徘徊,可以想象他很不自在,他笨拙尴尬,以及他脸上的表情——仿佛他觉得跨过门槛后就能被奖励一次握手和一杯酒。"别这样,"他想告诉他,"你就不能表现得正常一点吗?"十几岁的斯坦在某种程度上要得体得多。然而,凯特对他们两个都视而不见。只是一直像猫一样蜷缩着坐在那里,垫子放在她的腿上,面无表情,电视闪烁的光在她的五官上播放。不管节目中发生了什么,都已经结束了,人们爆发出热烈的掌声。凯特仍然没有笑,没有动,没有抬头。

"好吧,"他最终说道,"随你吧。来吧,斯坦。欢迎回家。你想吃点什么吗?"

"我承认,我已经有一段时间没吃东西了。"斯坦说道,听起来又好像他在参加某个波希米亚人的晚宴,而在座的宾客都在窃窃私语。当他们和弗洛以及其他人在一起时,斯坦是否有这种感觉?仿佛他必须为他的朋友而向他们解释,找借口?不过,凯特还是保持沉默。

"你饿吗,凯特?"他一边走进厨房一边叫她。

没有回应。只有电视发出的更多噪声。那个老家伙在说他千篇一律的套话——"很高兴见到你。"观众们都笑着向他回应道:"见到你很高兴!"……如果一切都这么简单就好了。每一次互动。如果有一个简单的方法来回应任何人对你说的或做的一切,没有误解或意外的伤人。没有暴力。一种简单的呼叫、回应的生活方式。他打开冰箱,发现是空的,基本空了。只有几罐腌制的东西在门上哐当响,还有半个洋葱放在顶层架子上。他扫视了房间的其他地方。任何桌面上都没有吃的,真的。只有一包几乎吃

共有之地 | 259

完的玉米片和一条发霉的面包。

"我喝茶就行。"斯坦说道。

查理转过身来看他。他注意到斯坦已经脱掉了鞋子，穿着布满卡通恐龙的袜子。

"没有牛奶，"他告诉斯坦，"我敢打赌，也没有茶包。"他从斯坦身边走过，穿过厨房门口，回到了客厅。

一个身材高大的斯堪的纳维亚人，穿着闪闪发光的衣服，正领着一个笨拙的老胖子在舞台上转圈，看起来像是在跳某种萨尔萨舞。凯特依然双眼无神。他倒不是很介意没有晚餐或什么，但她毫无反应，这让他开始感到害怕。

"凯特，"他说道，"你在搞什么？为什么我们什么吃的都没有？"

"如果你不做任何事来表明你是我的丈夫，我也不会为你做任何事。"

"什么？凯特。但这并不公平。你整天都在屋里，而我却在——我做了。我做了很多，凯特。"

"你做了什么，查理？告诉我。因为我真的很想知道。"

"我想——我不知道。我一下子列不出一张清单，总之，不要像个白痴一样，凯特，你知道事情不是这样的。"

"那应该怎样？告诉我。因为从我坐的地方看去，我好像还不如不在这里——除了给你提供食物，确保你的房子干净。我不记得你最后一次听我说话，或征求我的意见，或对我表现出丝毫的兴趣，甚至，问过我最近在做什么。或者注意到你盘子里的食物的味道，更不用说感谢我了。"

"别这样，凯特。我一直都有和你说话——"

"明天，查理。比赛是在明天早上。而我可以告诉你，你还没有准备好。事实上，这该死的很清楚，因为你这周每天晚上都在外面喝酒，直到天知道什么时候，有一次你去了马丁·埃文斯的健身房，他把你打得很惨，你转身就跑，甚至没有打完——"

"等一下，等一下。不管是谁告诉你的，都是骗人的——"

"真的，查理？那告诉我，他们哪句话是编造的？"

"我没有转身就跑。我告诉他要去哪里，然后自己离开了。我还有事——"

"那就是你明天要做的事吗？告诉霍兰德该去哪里，然后自己离开？真他妈的了不起，查理，你会让我们都感到骄傲的。"

"闭嘴，"他说道，听起来像个孩子，并且讨厌自己这样，"你总是对我指手画脚——做这个，做那个，去健身房……你什么时候才能明白？我很累，凯特。你看不到我的时候，我不在这里的时候，我并不是躺在某个橱柜里休眠，只是切换到待机模式。我在工作。我回到家后，我也很累。"

"哦？"她说道，"那你今天就是在那里工作吗？"

他停了下来，在转身回到厨房的半路上。

"满脸通红，满身酒气？"她说道，"你去哪儿了，查理？因为可以肯定的是，没有去工作。"

"我——不是今天，不是。"他走到她身边。出于某种原因，向她伸出手——在寻求什么，他不知道。他伸出手来，把他的手放到她的肩上。她皱了皱眉头，但至少与他对视了。

"我很抱歉，凯特——凯蒂。我想我又要去找工作了。我——我不知道。我和我的经理发生了点分歧。"

"太好了，"她说道，"一点分歧。你知道吗？我甚至都不惊讶。你真没用，查理。如果有任何方法可以摆脱一些事情，避免承担责任，你会找到它。在这一点上你是我可以信赖的。"

"他们没有给他公平的报酬。"斯坦尖声说道,他一直站在厨房门口,像鱼一样张着嘴,盯着二人之间。

"这是薪酬歧视。给他的工资比其他做同样工作的人都少,完全是这样。"

"太好了。"凯特说道,离开查理,手脚并用爬到沙发的另一边,远离他,针对斯坦,"那真是太好了。但是你知道吗?你可以闭上你那张愚蠢的外人的嘴,因为你对我的婚姻一无所知。你根本不知道或不了解什么。我是说看看你——就像一个长不大的孩子。跟着这个废物到处跑,对他的话深信不疑?就因为他说得天花乱坠?但你知道什么?这个人,我告诉你,没有做任何事情,根本没帮过我。八个月前,我生下了一个死婴。我们的孩子,一个男孩,死在我的子宫里,离预产期还有两个星期。我只抱了他五分钟——小小的、没有生命的,在我怀里越来越冷,然后医院的人就把他从我身边带走了。我们必须为他取名字,以便进行死因审理,开具出生和死亡证明——但你猜怎么着?这个人,这个你敢在这里试图为之辩护的人,他甚至不愿意帮我选一个名字。而现在,当然,他把我当成了被损坏的货物。对不对,查理?为什么你几乎不碰我了?看吧——他不会否认的。"

"查理,那是——你真的失去了一个孩子吗?"

查理点了点头。"是的,"他说道,"是这样,斯坦。是这样。"

"你——你选的是什么名字?"斯坦试探性地问凯特。

"伊莱,"她说道,"我父亲的名字。"

斯坦点点头,但之后似乎没能再说什么,只是站在那里睁大眼睛,闭着嘴。

"这让你闭嘴了,不是吗?"凯特说道,并不完全是不友善的。

"别这样,凯特,那孩子不知道。我叫他来的,叫他来做客。你别烦他。"

"这很好,不是吗?对他的朋友如此忠诚。为每个人辩护,除了我。所有的男孩,彼此靠拢。把你的朋友们带回这里,这样你就不必独自面对我,不就是这样吗?'她是个疯子',我打赌你告诉了他们所有人。我打赌你也没有告诉他们别的。你是个懦夫,查理,你要学会长大,站出来,为自己的生活承担一些责任。因为你知道吗?我已经厌倦了——我已经厌倦了为你担心。事实上,我希望你明天会输。我希望霍兰德给你一顿应得的殴打,希望詹姆斯再也不看你一眼。这将给你一个教训。"

"上帝啊,女人,闭嘴!"查理说道,他的脸上出现了一种奇怪的、扭曲的表情——好像他想笑,想用笑蒙混过去,想把她说的话变得轻松一点,但就是没办法做到。

"不要告诉我闭嘴,你没有权利。"凯特说道。

"那就再说一遍吧。再告诉我,你希望我输。这样我就知道你是真心的。"

电视机里再次爆发出热烈的掌声,但凯特的目光并没有从查理身上移开。

"我希望你输。"她直言。

有一秒钟,查理没有动,只是盯着她,脸色凝固了,好像笑话说了一半后氛围急转直下。电视屏幕闪烁着色彩,八十年代的劲歌热舞开始了,一对夫妇开始在舞台上跳起了华尔兹。但凯特还是盯着他看,下巴高高扬起,坐垫仍像盾牌一样攥在她面前。然后查理眨了眨眼,把目光移开。

"好,"他说道,"来吧,斯坦。我们走。"

共有之地 | 263

34

"那现在去哪里?"斯坦问道,在他们身后的门被关上后,他们都盯着门看了一会儿。

"恐怕我也不知道,朋友。"查理说道。

斯坦如此期待地盯着他,仿佛这一切都是某种计划的一部分,在这一切之下——仿佛查理把一切都控制住了,会清楚地知道下一步在哪里、晚上的计划是什么。

"你认为她会让你回家吗,过一会儿?"

"我不想再进去了。"查理说道,"我在里面无法放松,无法呼吸。有她在我身边我就睡不着。斯坦,我必须在明天早上恢复正常。回到那里只会耗尽我体内最后一点战斗力。"

斯坦点了点头。看了看他的手表。"你可以到我那里去,"他说道,"在城市的另一边,但时间还没有那么晚。我们可以在九点前到。可以点个外卖。"

"真的吗?"

"是的。我会和我的室友说清楚,我相信他们会同意的。"

"你的室友是谁?"

"其他的学生——或者等等,不是。丹现在是个摄影师,不是学生。但其他人是学生。他们都很好,我保证。"

斯坦的学生公寓。可能都是书、酒和报纸。墙上挂着奇怪的海报，在厨房里谈话。回到那里吃外卖，闲聊，解释，斯坦咬紧牙关，装出一副勇敢的样子，但可能就像他把斯坦带回家面对凯特、在家里的感觉一样——好像他的朋友没有具体的意义，仅仅是一个巨大的移动标靶，供人鄙视、误解，无法保护，也不能为之辩解。

"来吧，查理，你总得找个地方。而且你甚至都没有见过我住的地方。那会很有趣的。你可以见到我的朋友，我们能吃点什么。我还会把暖气打开——特别招待。"

"好吧。"查理说道，"不，朋友。非常感谢你的提议，但我不想去，不知为何。"

"别这么说。我很想请你过来，查理。你也会喜欢我的公寓，我肯定。它很好，我向你保证。我把我们说得像小气鬼，但它是个好地方，我发誓。如果你喜欢，我甚至可以给你做晚餐。"

"不，朋友，不用那样……"查理双手插在外套口袋里，薄薄的兜帽顶着雨，顶着风，顶着格拉斯哥的夜色——他开始慢慢地走，渐渐远离了门阶，远离斯坦。

"来吧，朋友，你要去哪里？"

"对不起，斯坦，"他说道，"我无法面对。不要为我担心，我会好起来的。"

斯坦现在跟在后面，跟上了他。"你有别的地方可去吗？"他说道，"老实说，查理。告诉我。"

查理停下脚步。转身看向斯坦，试图苦笑。"我当然有，"他说道，"我有很多地方可以住，不是吗？全城都有朋友。"

"你确定你不想去我那里？"

他点了点头。"是的，"他说道，"我去我弟弟那里。那会是最好的。"

"詹姆斯？"

"是的。我只有一个弟弟，不是吗？"

"他现在怎么样？"

"不错，朋友，我会说。不错。"

然后他们就站在雨中，显然没有什么可说的了。

"那我就走了。"查理说道。

"好吧，"斯坦说道，"如果你改变主意，你有我的电话号码。"

"是的，我知道。"查理说道。

"还有，查理？"

"什么？"

"明天好运。"

"谢谢了，朋友。"

"我希望你赢。而且我相信，她心底里也这么想。"斯坦向查理家的大门方向点头示意。

"谢谢，朋友。"他又说道，"你真好。谢谢。"

然后他转身走了，留下斯坦在后面盯着他，脸上充满了不确定，靴子里灌满了雨水。

*

他现在感觉好些了，他自己一个人。身边有其他人的时候就会这样。你在他们面前必须呈现某个版本的自己。你必须让他们笑或感到安全，或其他他们期望从你身上得到的东西。你必须看起来稳妥笃定。在只有你自己的情况下，你可以不顾那些。当没有人看到你的时候，做回你自己。不再是一个好丈夫，一个好朋友，一个好兄弟，一个好同事，一个好团队成员之类的。一个好儿子，一个好男人。像这样独自一人时，他只需要是查理。可以随心所欲,如果他想的话,可以不受桎梏束缚,打破所有规则,摆脱他人的期望,按自己的想法说或做。如果他想的话,他可以对着月亮大喊大叫——那一溜新月,在云层后面若隐若现,就在那里。

他在街上停了下来,冲着它嚎叫,穿过雨,穿过夜,穿过城市的光污染。有人投来奇怪的目光。这是一条相当安静的街道,大部分是住宅区,但仍有一个穿西装的年轻男人走过,还有一个女人在更远处,正从她的车里出来。但谁会在乎这些随机出现的陌生人呢?如果他愿意,他可以成为在夜里高歌和蹒跚而行的疯子。而且他也不是一个人。这毕竟是伦敦,对着月亮嚎叫的感觉很好,他又做了一次。这似乎让他的血液又有了一些活力,就像一首好曲子的第一小节从CD播放器的耳机里传来。他唯一希望的,是他现在带着他的CD播放器。那会很好。当他四处游荡时,耳边会有一些曲子。让他想起过去的美好时光,在比赛前重新调整他的情绪。

啊,但这也不错,不是吗?像这样在新鲜的空气和天气中行走,离开那栋监狱般的房子和他的婚姻废墟。只是这真的是废墟吗?也许斯坦对凯特的看法是正确的。他希望斯坦是正确的。他和凯特,他们真正拥有过什么。尽管现在一切都乱套了——而且他没有做到最好,或许,好好处理孩子的事情,他承认这点——她说的话肯定不是当真的?他们一起经历过的事,那种爱,肯定不会就这么死去、消失,甚至不留下一丝痕迹?

他决定,无论如何,他不会去他弟弟那里。他意识到,他从未真正打算去。他只是想对斯坦这么说。他跳上一辆公交车,朝河的方向驶去。公交车,为什么他这些天总是在公交车上?

然后,他下车,走到泰晤士河边的水泥景观的小径上。他坐

共有之地 | 267

在一张空着的普通的长椅上,望着外面,看着整座城市,还有船只经过。今晚水流湍急。涨潮了。当然,这下面可是铁灰色的工业污泥,但让他感到欣慰的是,这条河是从某处山丘一路流过,在某个空气清新、天空辽阔的地方。那个地方或许也有点像他和凯特结婚的地方。他和凯特。凯特和他。幸福的一对。快乐的时光。比现在更快乐的时光。外婆还在。上帝啊,他真想她。所有的旧人们。他面前的这条河现在似乎一路流到他的过去,穿越交叉的日、周与年,穿越所有的丘陵和田野。同时流经霍利特里。如果他现在回去,霍利特里有什么呢?一个发电厂?一个仓库?一个住宅区?还是只是一片空白?无缘无故地被清空了?

今晚很冷。他能感觉到他的脚在运动鞋里开始疼了起来。他刚才没有看路,天太黑也看不清,所以踩到了水坑,他的袜子都湿透了。他不得不继续走,让血液流动起来,让血液循环流动起来。这样就能没问题了。正如他对斯坦说的那样,他会好起来。他总是会好起来。

*

他一路走到市中心,及时看到大钟敲响午夜。他特意来的这里,从他到塔桥开始就有计划这么做了。他希望这一刻,在钟下见证星期六的第一个时刻,一种预示性的、重要的感觉,就像电影中的情节。如果他不是那么累,没有因为穿着运动服和运动鞋以及绝对不防水的外套而全身湿透,他也许也会有这种感觉。

不过,他努力不让自己的情绪过于低落,他走到威斯敏斯特站,坐在路边观察街道。有趣的是,他感觉这一夜已经持续了好几个小时,但在正常的世界里还不算晚。人们像往常一样四处游荡,往返于酒吧,上下出租车和公交车。

"喂，朋友，有火吗？"一个声音从他身后传来。他转过身，看到一个脸色阴沉的穿西装的男人，他挽着一个女孩，女孩头发烫过，还画着浓浓的妆。

"对不起，朋友，我不抽烟。"他说道，转身面对街上。

"说得像真的一样，"那人说道，"不要那么冷漠。朋友，我就想要一个打火机。"

"是的，我没有撒谎，"查理道，"我真的不抽烟了。去年已经戒掉了。"

"闭嘴吧，朋友，你没戒。"

"算了，杰米，"女孩说道，"算了。"

"他妈的什么算了？"杰米说道。

"好吧，朋友，没必要向她发脾气。"查理说道。

"你在教我怎么跟我的女朋友说话？"杰米说道，"那就来吧，我们看看谁有资格。"他笨拙地、醉醺醺地弯下腰，推了查理一把。他身上有香烟、须后水、薄荷糖和酸臭的汗水味。在生活中，暴力无处不在。你无法安静地坐下来一分钟，似乎总会有人来，乱说话，试图挑衅你。

"杰米！"女孩说道。

"没关系，"查理说道，"我要走了。我不会碍到你们。你把他带回家，好吗？"他对女孩说道。

她只是盯着他。

"你他妈的别和她说话，你这个派基垃圾。"杰米说道。

"我要走了，"查理说道，举起手，退到一边，转身，现在大步离开，"相信我，我不感兴趣。"

"回来，你这个小懦夫。"杰米在他后面大喊，但查理只是继续走。

共有之地 | 269

"对不起，先生。恐怕你不能待在那里。"

他是个年轻的警察，肯定比查理年轻，也许甚至比斯坦还年轻。雀斑，圆脸，不知道自己该不该微笑。在与杰米相遇后的一个小时左右，他走累了，在花街停了下来，在城里的步行购物区。晚上这个时候，这里比较安静，所有的商店都关了门，他想他更有可能找到独处的机会，不太可能和某个星期五晚上喝酒的人发生冲突，喝酒的人都焦躁不安，百无聊赖，只想打一架。而现在，这个年轻的小伙子穿着不合身的警服，注视着他，好像他想在工作上好好表现一下，而查理没有对任何人造成伤害，只是坐在"极度干燥"品牌的玻璃门对面的石凳上，对着橱窗里亮起的高价帽衫眼神放空，想自己的事。

"这是为什么？"他半信半疑地问。他不想吵架，特别是不想和这个孩子吵。他看起来是个友善的人。

"只是这个区域，这里所有的商店。我的任务是让一些在这里长时间逗留的人走开。这么做是为了阻止某些人偷东西和砸窗之类的。"

"哦，"查理说道，"管用吗？"

"不知道，"那孩子说道，"我是新来的。说实话，我还不太清楚自己在做什么。不过，我觉得很有干劲。我上周才拿到我的制服。还需要拍张照片，给我奶奶看看。"

查理想到了他自己的外婆——每当警察的警笛声隐约传到耳边时，外婆就会从窗户里探出头来，大喊："警察，警察来了！"

"听着，"查理说道，"你们警察不是结对出现的吗？你应该有个搭档和你在一起，也许是更有经验的人，这样你就不会在夜里独自徘徊了?"

"哦,我有——我是说有人和我一起值班。只是他去小便和买烟了。今晚一直都很安静。"

"刚工作一个星期?"

"没错。"小伙子说道,笑容像阳光一样照亮了他的脸。

"你要我不在这里逗留?"

"如果可以的话,是的。"

"如果我不呢?"

笑容略微动摇。"哦,好吧。我想。我想我必须记下你的详细资料,给你一个警告——或者我给警局打电话,也许。打电话叫车来接你。"

"把我关进去,是这样吗?"

"我希望我不必这样做,先生。"

他是那么认真,那么不经世事。查理可以看到他现在在他奶奶的客厅里,杯子和碟子放在他的膝盖上,听她说她为他感到多么骄傲,他给家里增光添彩。

"别担心,"他说道,"我只是在跟你开玩笑。我走了。反正我也快冻僵了。"他站了起来。若无其事地,开始行走。

"谢谢你,"那孩子在他后面叫道,"谢谢你,先生。"

"祝你好运,"他回道,"你让你的奶奶感到骄傲。"

他没有逗留去看,但他可以想象到男孩的脸,骄傲地发着光。为什么不呢?不管你对警察有什么看法,至少这孩子有值得展示的东西——资历,可能吧。踏上了通往体面职业的阶梯。

不过,他想,当他离开巨大的、沉默的商店区,向河边走去时,经过垃圾的俱乐部和回荡的低音炮以及二十四小时营业的超市和刺眼的灯带——也许这只会使情况更糟,就他而言。被一个

共有之地 | 271

如此和蔼可亲、如此乐观、如此对生活的走向充满信心的人这样感动。被一个他甚至不忍心告诉他去死的人感动——因为说实话？这一次，他真的想听对方的话，走开，去帮助这个年轻而有出息的小伙子。这就是整件事最糟心的地方。他总是被迫离开，被告知要继续前进——被告知其他人更重要，世界上的任何空间都是那些人的，而不是他的。也许他已经开始习惯于这样。也许他已经开始接受。

35

整个城市的钟声响起,最后一家俱乐部开始吐出那些还在跳舞的人——那些喝醉了的、喝高了的、简直快乐得神魂颠倒的人,以及那些今晚过得很糟糕、为了躲避家人而在外面待到这么晚的人。查理在这些深夜的流浪者中走着,意识到他也该回家了。他几个小时前就应该回去,真的。给凯特一两个小时的时间来冷静一下,然后在明天和比赛之前及时出现,吃顿好的,睡个好觉……啊,但去他妈的。他会进屋,那时她几乎肯定在睡觉。然后他可以在不惊动她的情况下溜进去,也许睡在沙发上或其他地方,盖上毯子,然后在她发现他回来之前,早上溜出去。他无法面对另一场争吵。无法面对解释、道歉、辩解。无法面对她看他的眼神。

他继续走,游荡在愈深的夜里,伦敦的街道在他身边变得越来越空旷。最后,整座城市安静到他能听到鸟在歌唱——但他一直欣赏不来那么多伦敦鸟在夜里的歌唱声——查理发现自己到了霍克斯顿广场。他没有打算要来,真的。是他的双脚带他来的。

他继续走,顺应心中的冲动,走下狭窄的街道,现在,穿过巨大高耸的大楼,所到之处感觉都是后门,或者卸货区,或者停车场——直到他走到斯皮克斯沃思街上,然后走到裁判巷,那里的街灯很破,停着一排车,铺路石也坑坑洼洼的。然后,他突然站在啤酒屋外的人行道上。已经打烊了,很明显。即便那个一直都在的酒保都已经回家睡觉了。他长长地看了眼快要剥落的酒吧招牌,然后坐到了它正前方的路沿上。

接着,一扇车门从街上停的一排车中推开,查理发现自己在叹气。又来了,他想。在这个世界上从来不被允许有片刻的宁静。只是静静地坐着思考都不允许。然而——

"查理。"有个人在喊。然后斯坦就在那里。斯坦就像他几小时前在家门口离开时一样。同样的衣服,同样的鞋子,同样焦虑的表情。查理发现他甚至没有多余的精力去惊讶。

"啊?"

"查理,"斯坦又说道,"我一直在找你。我一直在到处找你。"

查理把他的手摊开。"你找到了我。"

"你喝醉了吗?"斯坦说道。

"不,"查理说道,"我应该喝醉吗?"

"这不重要,"斯坦说道,在人行道上挨着他坐下,"该死的查理,我很担心。我开车绕城一周。"

"找我?"

"我以为你会打电话。我以为我给你一段时间,让你自己去解决你需要解决的问题,然后你会打电话过来,我们一起吃饭,怎么说呢——一切都会好起来的。"

"你不需要照顾我,斯坦。真的不用。我很好。"

"不过,你呢,查理?我差点就放弃了。我只是来碰运气。我觉得你可能在这里,如果你——我不知道。如果你弄丢了我的号码,或者别的什么。"

"我确实有其他地方要去,你知道,"查理说道,"我之前没有撒谎。我说过。"

"我知道，"斯坦说道，"我知道你没骗我。那我们现在可以走了吗？你一定冻坏了。"

他跳了起来，但查理待在原地，摇了摇头，把他的手更深地塞进夹克口袋。

"你走吧。我在这里很好。"

"什么？"斯坦说道，"你太可笑了。你需要吃点东西，查理。一个热水澡。一顿好饭。这——好吧。这对任何人都没有好处。"

"我想在外面，"查理说道，"在户外我可以感受到天气是什么样的，感受到风吹在我脸上。"

"什么？"斯坦说道，他拿着他的车钥匙，都准备出发了。

"我很好，"查理再次说道，"你走吧。"

但斯坦反而坐回了他旁边。

"你在干什么？"

"坐下来。"

"为什么？"

"因为你不想回家。"

查理叹了口气。"别犯傻了，斯坦。"

"我没有。"斯坦说道。

而他说这话的口气——他说得很轻柔，但让查理无法反驳。他耸了耸肩。"随你吧。"

"我会的。"

"但我现在只是打算待在这里，我想，直到该走的时候。"

"走？"

"诺斯希尔。"

"诺斯希尔？"

"霍兰德那群人会去那里。"

共有之地 | 275

斯坦看起来面无表情。

"你知道——为了比赛。"

"什么，你还想去吗？"

"是的。"

"你不该。"

"为什么？"

"查理。你会被打废的。"

"谢谢。"

"不，我不是说——"

"我知道你是什么意思。"

他们都盯着柏油路上的水坑，盯着一排安静停放的汽车，盯着在微风中来回吹动的撕碎的空薯片包装袋。

"听着，"查理接着说道，"你不必这样来找我。你不欠我什么，你知道。我知道你对那篇文章和所有事情感到抱歉，但你真的不应该来。这没什么，真的。没有伤害到谁。无论如何，如果有的话——事实上我欠你的。"

"你是什么意思？"

"很久以前。纽福德。我的错，斯坦。我没有忘记。至少记住了我的亏欠。"

"但不是这样的，"斯坦说道，"朋友间没什么欠不欠的。"

"朋友，"查理点了点头，然后发现他无法直视斯坦，所以转而盯着路面看，"当然，你曾经说过，你不确定你妈妈说的是不是真的，她说我将会毁掉你的人生。"

"哈，是的。"斯坦说道，然后没有再说什么。查理仍然没有看他，只是盯着前方排水沟里的雨水，还有他湿透的鞋尖。

"你现在确定了吗？"他最终说道。

"当然，朋友，"斯坦说道，听起来很惊讶，"我当时十三岁。那都是胡扯。"

"哦，别乱说。你的生活不错，斯坦。好工作。为一个该死的学位而学习，在神圣的大学厅堂里徘徊，舒服的公寓，不错的朋友，都在看书，深夜喝茶，吃烤面包，聊着马克思或什么的。再看看我。在这样的天气里，我被困在人行道上，一无所有，斯坦。什么都没有。再看看你现在。和我一起被困在这里。"

斯坦耸了耸肩。"就像我说的，"他告诉查理，"我不认为我们谁欠谁的。"

最终，天空开始变亮，查理打破沉默，站了起来。

"对，"他说道，"我该走了。"

"去诺斯希尔？"斯坦说道。

"是的。"查理说道，眯起眼睛看着黎明。

"你怎么去？"

"公交车，也许？"查理说道，好像他才想到这个问题，"真的，我应该开车，但我卖了我的面包车。"

"听着，"他说道，然后也站了起来，"如果你愿意，我可以捎你去。我仍然认为你不应该去，但如果能帮到你，我可以做到。"

"我要去。"查理说道。

"我就知道，"斯坦说，"那么，你至少会接受一次搭车吗？"

查理盯着他看了一会儿，然后点点头。

*

他们在车上没怎么说话。查理只是闭上眼，靠在窗边，斯坦认为最好让他睡会儿。毕竟，赛前他需要养精蓄锐。

他对这些都不了解——对查理的世界，以及无论出于什么样的义务准则，现在都导致他开车带着他最年长的朋友沿着一条尘土飞扬的乡镇公路，到发电站后面的绿地死角，到他所有认识的人都没有去过的地方——所有这些只是为了挨揍。但话说回来，也许查理准备得比他想的要充分？他是一个彻头彻尾的旅行者——也许他从小就这么被教育。毕竟他一生中大部分时间都在打拳，不是吗？当然，他昨晚过得很糟，但谁知道结果会如何呢，以及查理的实力到底如何。也许他应该对他的老朋友更有信心。

就在他这么想的时候，太阳冲破了雾气和云层，仿佛同意他的观点，对上了他的心情——查理打了个哈欠，睁开眼睛。

"该死的，朋友，我跟你说，"他说道，"我并不觉得有什么不好。我的状态一点也不坏。"

"真的吗？"斯坦说道，驶出环岛。查理只告诉他"沿着路牌去发电站"。

"真的。"查理说道。

"我们走的路对吗？"斯坦说道。

"我不知道，朋友，我们在哪里？"

"我想是在哈尔格罗夫附近。快到发电站了。"

"那就好。那就好。"查理打了个哈欠，从座位上坐了起来，现在看起来很警觉，扫视着外面的世界，寻找地标，"左转，朋友，行吗？"

他们从乡镇公路转到了一条更窄的路上，十分钟左右后，到了一条近似乡村小巷的路上。

查理伸了个懒腰，然后说道："其实，朋友，这里停就好。其实，这里就可以了。"

斯坦放慢了车速——比每小时三十英里的限速还要慢，直到他们以挪动的方式前进——但他没有停下来。

"这里?"他说道,"但我可以把你送到那个地方,不管它在哪里。这并不麻烦,我已经开了这么远了,不是吗?"

"不,"查理说道,"别担心。就在这里,很好。"

"哎,查理。别傻了。我会带你到你要去的地方。"

"我不傻,"查理说道,"接下来我走过去。并不远。"

"有多远?"

"一点儿都不远。听着,我——我不想让他们看到我坐你的车来。"

"为什么不呢?"

"听着,斯坦。现在跟我们小时候不一样了,相信我,这样——更省事。拜托了。今天早上已经够艰难的了。"

斯坦停车,关掉引擎。然后他们就在那里坐了一会儿。直到查理说——"听着,斯坦。我想感谢你——感谢你等我,昨晚在酒吧外面。"

"那好吧。"斯坦说道。

"还有——看。好吧。我……上帝,我不知道说什么。我还是走吧。"查理说道,然后打开了车门。

"查理?"斯坦说道。

"嗯?"

"这家伙侮辱了你弟弟,对吗?这就是为什么你要和他打架?"

"是的。怎么了?"

"你——你很好。坚持到底。"

查理耸耸肩——现在下了车,站在小路上往车里看。"我应该这么做,"他说,"不是吗?"

共有之地 | 279

"祝你好运，"斯坦说，"让他吃点苦头。听起来是他活该。"

"Nae pasaran。"查理说道，关上车门，举手示意。挥手。

"Nae pasaran。"斯坦说道，尽管查理没有听到他的回答。

*

他把车开到路上，直到他认为已经和查理隔开了一段安全距离，然后靠边停车，研究地图。然后他调转车头，直奔发电站后面的小路而去。

他首先看到的是汽车，都朝一个方向行驶。小货车、改装过的福特全顺、奔驰和宝马敞篷车——后视镜上挂着马蹄铁、微型拳击手套和念珠。对这样一个偏僻的地方来说，车多得、车的种类单一得不正常。斯坦尽可能地保持冷静和面无表情，继续开车，尽量不纠结于他那辆破旧的雪铁龙在这些车中是多么的显眼。这感觉就像他正侵入禁地，踏入一个他无权进入的世界……但他不是一向都说——他不是一向坚决认为不能让任何人对他施加这种感觉——好像他没有权利去做他喜欢的事？难道查理没有教他这些吗？"别让他们告诉你，你属于哪里，又不属于哪里。"他总是这么说。

不过，他仍然没有勇气转入似乎所有其他车辆都在行驶的狭窄土路上。相反，他径直往前开，走了一段他感觉还算安全的距离，然后在路边停下。他从这里看不到任何东西，但离他们很近，他知道。真的，只有一条路之隔，还隔着一片树篱。他摇下车窗，果然，他们就在那里，在微风中向他飘来。严厉的男声、喊出指令、威胁、玩笑。

这很愚蠢，可能。也许他应该回家。但他还是待在那里，随时准备开车离开，但仍在等待，耳朵听着外面田野里的吵闹声，车窗紧闭。最终，吵闹声渐渐明朗，他能够听出查理的声音——威胁和辱骂，听起来很强烈、很暴力、很兴奋，随时准备进攻，他都快认不出他老朋友的声音了，甚至会以为是别人的声音，如果不是那种独特的口音——那种他听惯了的曼彻斯特口音的话。听到查理这样的声音，他感到有点害怕，在那种情况下，他是十足的拳击手、十足的旅行者。不过，他也感觉到了一点希望——就像他在巷子里和查理告别时的那种感觉。希望这一切终究会有结果。查理很坚强，像钉子一样坚硬。他身经百战。他会赢的。

然后就开始了。查理的对手，那个霍兰德，不管他是谁，咆哮着，大叫着，查理也尽全力出击——然后一个年长的人的声音盖过他们俩的，听起来像是裁判。有那么一瞬间，似乎还不错，好像一切都还不错。然后斯坦听到拳击的声音，查理大叫——这次显然不是高傲地叫，而是痛得叫出声。然后裁判叫道："现在公平竞争，小伙子们，公平竞争。"但仍然是令人作呕的拳击声以及查理的咒骂和喊叫声，还有数百个人的声音，听起来，所有这些声音都是男性，笑着或喊着让他重新站起来。

"你要放弃吗？"当斯坦僵硬地坐在车上，双手把住方向盘，感觉这场比赛永无止尽时，裁判的声音传来，"你要放弃吗？"

这时出现了一个停顿——在喊叫和呼叫的一片喧嚣中出现了一个停顿。天知道发生了什么。查理在做什么？发生了什么事？

然后，查理的声音，听起来如此破碎、如此陌生，完全是支离破碎的、从未听到过的声音，在早晨回荡。

"他妈的不可能。"他说道。

然后斯坦就听不下去了。当他开车来到这里时，在他的计划里，也许，他会等到比赛结束、大多数人都散去后，开车去给他的朋友一个惊喜。祝贺或安慰他，然后送他回镇上，带他去急诊

共有之地 | 281

室或吃早餐，视情况而定。但是现在的情况——现在的情况——和他想象的不一样。难以承受，太野蛮了，而且——对他来说太复杂了，他应对不了。

他在方向盘后面的座位上瘫坐下来，他有生以来第一次感到别人的生活是多么费解。多么复杂。以及多么残酷。有那么一瞬间，他感到非常、非常害怕。

然后，他把车窗摇起来，挡住叫喊声——查理的尖叫声现在只是含糊的一部分，无法辨认，消失在其他声音中——然后发动汽车，开车离开，回到格拉斯哥，回到家里，回到计划好的、等待着他的、属于自己的星期六。大学和图书馆，然后在报社待一下午，然后回家做晚饭，或许再看看书或与他的舍友互通有无——他们都在忙一些事，比如完成论文或与女孩们喝咖啡，去水球俱乐部。他需要远离这一切，远离这种暴力和悲剧。他需要安全地回到真实的世界。

真实的世界，斯坦边开车边想——过了一会儿，他缓和了些。但即便如此，他的一部分仍然不能完全相信它，不能真正相信，不能完全相信。他无法忘记他在车道上摇下车窗时那种纯粹的恐惧。他无法摆脱这种疑虑，他想也许这就是事实，在某种程度上，也许这一切都不过是——两个疲惫的男人在田野上互相殴打。他无法理解这一点，也无法用简单的好意来解决。

第三部 两周后

36

他向《新无产者》递交了辞呈。现在想想很奇怪,他曾经对报社的每个职工和报纸本身都那么钦佩。他曾经真的觉得他成功了,某种程度上,来到这里工作。曾经真的相信他在用他的大脑、文字和写作做重要的事。这一切现在都看上去那么空洞,自从那篇文章和查理的事之后。比空洞更甚,是偏见和道德上的腐朽。他觉得自己像个傻瓜。难堪,甚至感到羞愧。一直以来,他急切地想向查理展示他成长了,没有以前那么无忧无虑,并且向查理承诺了超出他能力范围的事。

在报社工作的最后一天,斯坦把他斗室般的办公桌上的所有东西都收拾进了一个纸箱——主要是几本旧书,还有一支坏了的录音笔——然后去见弗洛。已经四月了,五点时天还是亮的,坐在外面也不冷,如果你穿一件厚外套的话。她在戈登广场等他,在大学图书馆附近,她就在那里复习备试。她正坐在草地上的一块毯子上看书,皱着眉头,啃着大拇指。最近他找她时,她总是这副样子,因为要期末考了。

很搞笑,他现在想,隔着广场看着她。他第一次见她的时候,他真的不理解她,一点儿都不。因为她的口音、着装和她上过的著名的寄宿学校,他曾经对她做过各种各样的愚蠢的判断。他以为她轻浮、脆弱,从小娇生惯养,不会认真对待任何事。他甚至把和她约会视作一种社会体验。但就在过去的几个月里,他认识到自己偏见深刻,以这样的方式看待他人是相当不公平的。他抬高他的纸箱,走过去找她。

"那是给我的礼物吗?"她问道,在他走近时对着箱子点点头,从她的书本里抬起头来,在傍晚的阳光中眯起眼看他。

"可以啊,如果你想要。"他说道,"如果你想要一支坏掉的录音笔。"

"我想要一支。"她回答,"你太宠我了。"

他把箱子扑通一下放到她一边的草地上,坐下,亲了亲她。

"今天很累?"她说道,大概是因为他脸上的表情。

"最后一天,"他告诉她,"在《新无产者》工作。我的最后一班岗。"

"总算辞了。"她说道,"感觉怎么样?"

他耸耸肩。"我很期待开启我在学生会做咖啡师的新前程。"

"别阴阳怪气的。"她说道,"不适合你。而且在学生会工作比给一群种族歧视的蠢货打工好一百倍。"

"不是所有人都种族歧视。"他说道。

"是啊,但是你跟我说过,你老板说了什么?"

"他已经不是我老板了。"

她翻了个白眼。"你的前老板,十分钟以前还是。他说了什么?"

"吉卜赛人的新闻不畅销。"

"就是这句。"她点头,着重强调,她的观点得到了佐证。她是对的,当然。

斯坦叹气,往后坐到毯子上,望着他那一整箱的东西。"我真希望一切都没有发生,"然后他说道,"希望自己没有给他承诺过要写一篇文章。"

"你的老板?你的前老板?"

"查理。"

"哦。"她皱眉,又开始啃大拇指了,"你后来还有他消息吗?"

斯坦耸耸肩。"一点。不太多。那天他来电了。我当时在图书馆。"

"他还好吗?"

"我不知道。我没接。"

"斯坦。"

"我知道。我会打给他的。我很快就会去联系。"

"你应该这么做。"

他惊讶地看到她突然看起来很严肃。"你怎么突然这么关心了?"他问她。

弗洛只是耸耸肩。"你应该为他人挺身而出,"她说道,"这很重要。"

但是,虽然他同意她说的,他没有给查理回电。他想打的,当然。但是他一直在赶期末的作业,做咖啡师,鼓励弗洛撑过期末考,所以把联系查理的事放一边了。直到,他稀里糊涂地到了五月的期末周,伦敦突然色彩缤纷、生机盎然,整座城市都是夏天的服装和月季,紫藤花盖过窗框,人们涌出餐厅和酒吧,走到人行道上,同时鸣禽和亮绿色的鹦鹉在树上啾啾、嘎嘎地叫着。

就在这个时节,一个绿色的小信封寄了过来的,手写地址,像一张生日卡。他想都没想就撕开信封,信封上整齐、圆润的笔迹不属于他认识的任何一人,他被掉出来的一小团碎彩纸吓了一跳,彩纸被他满是划痕的桌面保护膜衬得尤为亮眼。数以百计的绿色小三叶草。他用指尖粘起一个,盯着它看了一会儿,然后展开信封里的纸条。"凯特和查理的欢送会",上面写着,依然是十分工整的字迹——他现在意识到,这肯定是凯特写的。"我们又要上路了。下周二来和我们一起举杯吧。"

斯坦盯着"欢送会"三字。如果他真的要离开,为什么查理不给他打电话,甚至不发条信息?而且离开去哪儿?斯坦皱眉又看了一会邀请函。至少这意味着查理和凯特还在一起。他一直在想这个问题,在拳击赛前,在他们公寓的糟糕一晚后。

斯坦闭上眼,想把马上就要吞噬他的那种感觉推开。这完全可以理解,他消失了一阵,不是吗?他们的生活并不是真的密不可分的,不再是。他们可能住在同一座城市,但他们身处不同的世界,就是这样,不是吗?

即便在他自己听来,这些借口都很牵强。他把邀请函对折,对折再对折,塞进他的口袋。然后他把桌子上的纸屑扫到垃圾桶里。

37

斯坦到达查理家,四点半刚过。这个时间点正好,他想,这是从"下周二"这样一个毫无头绪的日期里可以推测出的一个完全合理的时间。不过,他还是忍不住觉得紧张,一边走向前门,按响查理家的门铃。"别道歉。"查理总是这么告诉他,而现在,这一次——到了关键时刻,他还是想道歉——他发现他很担心自己没有办法,不知出于什么原因,不知道该说些什么。一位女性的声音从对讲机中传来。他听不出这是凯特的声音还是别人的。他甚至没听清她说了什么,扬声器把声音都扭曲了。

"是我,斯坦。"他说道,随着前门打开,他踏进楼道,心里紧张得很,从来没像现在这样觉得自己是个不速之客。

查理公寓的门没上锁,信箱上挂着一个绿气球。斯坦推开门,看到目前为止,这个聚会上根本就没有多少人。当然,凯特在,她点头打了个招呼,谢天谢地,虽然她没有笑。不过,他表示理解,鉴于上次见面时的状况。还有一个男的,斯坦不认识,但看起来就像他妈妈以前会说的那样,看上去不好惹。还有一个年轻男人,斯坦确定他以前在哪里见过,但他想不起来是哪里。一个年轻女人,斯坦多看了一眼后确认是查理的妈妈,只不过她现在满头白发。

然后,查理从厨房出来,出现在走道上,抱着一提六罐啤酒,

共有之地 | 289

他和斯坦对视，有那么一秒，没人说话。他的脸已经痊愈了，至少。

"好吧，朋友，"他说道，"开始以为你不来了。"

"当然，"斯坦说道，"我——查理。我当然会来。"

查理耸耸肩，朝客厅走去，把啤酒放到餐桌上。他拿出一罐，伸手递给斯坦。

"不了，我——不想喝，实际上。"斯坦说道。

"随你吧。"查理说道，打开啤酒，喝了一口，眼神飘忽，"只是想好好招待你。"

"就是，"斯坦说道，"我就是有篇论文要写。周五要交。"

"好吧，周五。"斯坦说道，"又不是现在。"

这时，凯特走了过来。"我们重新认识下？"她说道，向斯坦伸出一只手，"很抱歉，我们没有好好认识彼此，之前。"

"别这么说。非常谢谢你邀请我来，今天。"斯坦说道，他真希望自己的语气能成熟些，不要像个过家家酒的孩子。

"别客气。"她说道，眼睛望向查理，他看不太懂那是什么意思。

之后，斯坦和其他宾客握了手。那个相貌有点吓人的说自己叫汤米·坎贝尔，他笑容灿烂，握手的力度差点儿把斯坦的手指弄断。另一个叫戴维·埃文斯，查理的小表弟，斯坦过了一会才认出了这个男人小时候的样子——就是纽福德营地上的那个小孩子，穿着大人的衣服绕着他们跑的那个。

"斯坦——"查理的妈妈立刻认出了他——"你好吗？还在念书吗？"

"是啊，"他告诉她，"我上大学了，在伦敦这里。念硕士。你怎么样？"

"哦，你知道的，"她说道，"这样又那样。"

他在说话时，查理一直看着他，和其他人隔开了一段距离站着，靠在通往厨房的廊道上。斯坦对他们点点头，然后朝他走过去，发现自己有一点紧张，不知道要说什么。

"看上去不错，朋友。"他说道，"很健康。"

"是啊。"查理说道，"好吧。虽然。我不知道。那不是真话，是吗？"

斯坦耸耸肩。和上次见到他时比起来，查理的确看上去更健壮了，受的伤也差不多恢复了，但是，他眼睛下方仍旧有乌青，身上的吉尼斯T恤看上去很紧绷，似乎他这个春天胖了很多——斯坦又想到，这也算正常，换作任何一个人都会这样，只能待在屋子里，受伤，失业，无事可做。然后，某种东西，某种感觉快要从斯坦的肚子涌向他的喉咙。他凭着意志力把它咽了下去。

"对不起，查理。"然后他说道。

"有什么对不起的？"查理说道。

"你知道的。我最近很过分。我不是故意的。"

有那么一会儿，查理什么都没说，只是啜了几口啤酒，盯着客厅的墙壁。然后，他揉揉眼睛，说道："没什么的，真的，斯坦。你有考试和其他事情忙，不是吗？"

"课程作业。"斯坦说道，"是啊，我是有。还没做完呢。"

查理耸耸肩，还是没正眼看斯坦。

"你接下来要去哪里？"斯坦问他。

"什么？"

"你要离开了，对吧？搬去哪里？"

查理点头，缓缓地。喝了一大口啤酒后，才恢复。"爱尔兰，斯坦。"终于，他说话了，"我要重新开始，在那里。会戒酒，戒

共有之地 | 291

掉坏习惯。"

爱尔兰。突然他想通了。三叶草彩纸、门口的绿色气球、查理的吉尼斯 T 恤。

"不喝酒了?"斯坦说道,望着吉尼斯的商标,"去爱尔兰戒?"

"啊,老天,朋友。这就是一件 T 恤而已。"

斯坦觉得自己在皱眉,哭笑不得。

"哎呀,我这不是在找感觉吗?穿件带爱尔兰元素的衣服。"但接着,查理对他露出一个奇怪的表情,"你不相信我,是吗?"他说道。

"什么?"

"不相信我要重新开始。不再喝酒之类的。但我会做到的。我们要往西走,凯蒂和我。不是去城市,而是荒郊野外,斯坦。想象一下。只有我们俩,没有其他人来捣乱或者让我们失望或者来他妈的碍事。我们要去凯里,山里。我们要沿着野性大西洋之路开,像以前一样,和鸟儿一起醒来。"

"我——不是的,我当然相信你。那——那很棒,查理。"

查理点头,看上去并不相信他说的。

"你以前怎么没跟我说呢?"斯坦问道。

查理望着他,然后微微一笑。"想跟你说啊。但你从没出现。"

*

之后,在走廊上,斯坦惊讶地看到查理和凯特的卧室门虚掩着,里面亮着一盏灯。他没怎么想就走了过去,轻轻推开门。是詹姆斯,在电脑屏幕前皱眉,还在打字。

"对不起。"斯坦一开门便说道。

"没事。"詹姆斯说道，眼睛没有离开屏幕。

斯坦几乎要转身回到客厅，去找查理和其他人，但不知什么原因，他的脚似乎粘在了地上。"你在做什么？"他问詹姆斯。

"研究，"詹姆斯说——然后转头看向斯坦说，"或者——我不知道。只是脸书上的一些乱七八糟的东西。"

"哦，"斯坦说，"好。"

"只是不想再一无所知，你知道吗？这个世界怎么运作的。不想再相信别人，然后看着一切都变成狗屎。"

"有道理，我想。"

"我在查找关于'未经授权的营地'的资料"——单引号的内容在詹姆斯的声音中听得很清楚，"关于他们把人驱逐的法律。引入法警和所有这些。"

"查理跟我说了在霍利特里发生的事情。听起来真的很糟糕。"斯坦说道，他意识到这些话从他嘴里说出来时听起来有多空洞，就像有人从一张纸上读出一行字——"这里有一些我认为应该说的客套话来填补这里的空洞。"詹姆斯似乎也注意到了这一点。他转身回到他的屏幕上，开始滚动页面。

"是啊，好吧。这种情况到处都在发生。所有这些家庭都被赶到路边。然后没有人说应该做些什么，互联网上到处都是喷子，说他们活该，那些家庭，他们是自找的。但他们怎么能真的认为这是真相呢，当他们派防暴警察进入的时候？"

"防暴警察？"

"人们一直在说，说旅行者问题很大。"詹姆斯说道，好像没听见斯坦说了什么，"甚至你在这里有时也会听到这种论调，抱怨爱尔兰人——抱怨孩子们乱跑等等。但每个人都有问题，不是吗？不只是我们。在我看来，唯一的区别是，我们的问题之所以发生，是因为掌权者似乎都不接受我们的存在——所以，就是说，当然会出问题，你知道吗？而且我们根本都不是坏人。不是我们挑起的战争，也不是我们让这个星球变得一团糟。"

"是的，"斯坦说道，"我想这是真的。"

"是哪里来着？"詹姆斯说道，"我们是在哪里认识的？"

"你是说纽福德？"

"是的，纽福德。"詹姆斯点头，"那时候比现在好。查理不讨厌那里，你知道的。不过他抱怨最多，这是他的一贯作风。你上次回去是什么时候？"

詹姆斯的问题突然调转方向，斯坦措手不及，他朝他眨眨眼。"回纽福德？"

"是的。"

斯坦发现自己得仔细回想，算一下月份，一下子答不上来。"我想有两年了，将近两年。"

"那里还有你的家人吗？"

"有啊。我妈。她还住那里。"

"你两年没回家看她？"

"我想是的，我没有。"斯坦说道，觉得更尴尬了。

*

"那么，为什么是爱尔兰？"斯坦问查理，他现在和詹姆斯一起回到了客厅，詹姆斯和凯蒂在沙发边，正在调收音机，在音乐、杂音、言语和对话的碎片之间切换。

"说真的，我也不知道。"查理回复，"但我们要逃离，不是吗？觉得我们应该离开这里。不过，这里也很美。美丽到让你心碎，斯坦。"

"逃离?"斯坦说道。

"是啊。好吧。就是……离开这一切,重新开始。没有期望和义务。没有讨厌的房东、租房中介或债务。只是消失一段时间,仅此而已。他们很快就会忘记我们。"

"查理,那是——你说消失是什么意思?你不是真的要逃跑,是吗?甩开你的房东?"

查理耸了耸肩。"要不然你觉得我们怎么能离开这里?"

"但查理,你不能……我是说你不能就这样走。这是不可能的。"

"我们得照顾好自己,不是吗,朋友?靠不了别人,如果你认为我会因为欠了某个混蛋的钱就在这里浪费我的生命,那你就错了。总之他负担得起。我可不行。"

"但是,当然,查理,如果你找到一份工作或其什么——如果你适当计划,省吃俭用,肯定能行。你可以设定一个日期,在明年离开。"

"做不到,朋友,"查理说道,"不能再待在这里了。"有那么一瞬间,他似乎清醒了,看起来不那么醉了,更清醒、更清晰、更严肃。"我不能呆在这里,斯坦。"他说道,"你不明白吗?我快死在这里了。我很难受。"

斯坦张了张嘴,准备告诉他的朋友他反应过度了,然后又闭上嘴不说话。"是的,"他最终说道,"我确实看出来了。"

"所以如果有人问你,"查理带着一丝淡淡的笑意说道,"就说你从未见过我,你不认识我。好吗?"

一开始,斯坦笑了起来。

"我是认真的,"查理说道,"你能为我做这个吗,斯坦?"

"上帝,"斯坦说道,"我想可以。是的,好吧。我想可以。如果有人问起,我不认识你。"

查理的脸上绽出斯坦许久没见过的发自内心的笑,虽然带着点惨淡。"我不知道,朋友,但我们所剩无几了。"他说道。

38

初夏的几个星期里，他们靠查理勉强凑出来的钱生活，在农场里帮忙。刚开始戒酒那阵，他很喜欢这种工作。这能分散他的注意力，让他在白天有别的事情可做，然后让他疲累不堪，每天晚上睡得像个孩子。虽然没有人能给他开出高薪，或者有长期的工作给他，现在不如以前了，所有的农民都这么告诉他，他们的说法大同小异。现在光是他们自己就已经很拮据了，更不用说要请长期的帮工了。还有那些爱尔兰旅行者也是如此。查理和他遇到的大多数小伙子相处得还不错——毕竟他还是很擅长交朋友的，无论他在哪里——但总有第一次谈话、第一次争论、先入为主的看法，认为他不过是一个自以为比他们强的自大狂而已。所以这并不容易。不是度假，但为了逃债而离开英格兰时他多少这么幻想过。

然后在七月下旬的某一天，就在特拉里郊外，他和一个无聊的爱尔兰小伙子一起采摘草莓，那人似乎决心无论查理做什么或说什么都要找他吵架。那种生活的魅力已经消磨殆尽了。之后，查理和凯特又开车离开凯里，爬上悬崖，然后乘渡轮前往克莱尔——他们大致就是这么来到这里的，在初秋在这里逗留，把车停在高威市外的阿斯达超级市场的停车场。

查理被雨点打在面包车车顶上的声音惊醒。凯特的眼睛仍然

共有之地 | 297

闭着，她的红发散落在枕头上。她很适合，像这样在路上生活，更接近他们的祖父母和曾祖父母的生活方式。她变得更加坚强、更加自信，尽管他们重新被拾起的旅行旧梦伴随着种种新困难。

不过高威的情况要好一些。并不是说农场里的情况有多糟糕，和格拉斯哥的地狱一样，完全不一样，他没什么好抱怨的——但城市里的钱更多，这无疑让一切变得更容易。工作找了还不到两天，他就找到了一份体面的活儿，在当地的音乐演出场所做轮班制的随行技术员，帮助安装和拆卸设备。所有的乐队都会来这里。这是一件令人惊奇的事情，还有——爱尔兰的人们没有忘记音乐是什么，更没有像英国那样把它贬低为酒吧里的背景音乐，或者只是另一种卖运动鞋的方式。这里的人仍在写有意义的歌词，即使是那些年轻人。他大多数晚上都能看演出，凯特有时也会来，如果她不是太累，如果她喜欢正在演出的乐队的嗓音。或许，甚至有时只是因为她想看到他。

这就说到另一件事了。他们的尝试似乎是有效的。尝试，因为尽管他们在离开时没有告诉任何人——做一对快乐的夫妇，统一战线，手拉手进入巨大的未知世界——实际上他们给了自己一年时间。在路上的一年时间里，他们试图重归于好，遵守九年前结婚时对彼此的誓言。一年，不行就算了，他们会同意分道扬镳。现在还剩不到十个月。

他在被子里起身，伸手把凯特上方窗户的百叶帘拉开了点。外面也许不是阳光灿烂，但很亮。这是在爱尔兰偶尔才有的那种温和的天气，雨是那么柔和、清澈，一切都呈现出不同的灰色调。他躺下，再次闭上眼睛，享受光线在他眼皮上打转和外面的雨声。当他再次睁开眼睛时，凯特已经醒了，正在看着他。

"早上好。"他说。

"早上好。"她回答,并回过头来对他笑了笑——她很久没这样真心笑过了。她的笑是什么样的呢?就像在漫长的黑暗之后,太阳出来了?不,不完全是这样。更像第一滴雨,在一个漫长而干燥的夏天之后打在干枯的土地上。

"你今天又要去工作?"她问他。

"是的。"他说。

"下班后去哪儿玩吗?"

他想了一会儿。"我想你会喜欢的,是的。"

"真的吗?"

"骗你的,"他说道,"事实上,我认为你可能会讨厌。我只是想说,我觉得如果有你在,就会很有趣。"

"你知道吗,"她说道,"我真的不确定该相信你的哪个说法。"

"你宁愿相信哪个?"

她耸耸肩,笑了笑。"我其实不确定。"她说道。

39

这个地方看上去有点不一样了。更整洁了。小小的前院里没有一根杂草，开裂的铺路石换成了温暖的金黄色石头，窗沿粉饰一新，闪闪发亮。实际上，整个门面看上去在不久前深度冲洗过。斯坦打开院门，鼓起勇气走到台阶上。事先录制好的门铃声在屋内回响，似乎门后的屋子空无一物。没人应声。他站着听了一会儿郊区树上的鸟叫，有鸽子、乌鸦、知更鸟、燕雀，他强迫自己数到十，再次按响门铃。

这一次，海伦在门铃声没响完就来开门了，几乎就像她其实一直在那里等着，一直默不作声。斯坦知道已经有一段时间了，他两年多没见她，但是，他看到她完全变了个样，他几乎是震惊的。她画了眼线，头发吹过造型，挑染了金色，她的变化远不止如此。她看上去更……更夺目了。仿佛她的五官和轮廓更清晰了。

"我不确定你会不会来。"她说道。

"我当然会来。"他告诉她。

"你比你说的时间要晚。"

"我知道。对不起。埃普索姆没信号。"

"很高兴看到你，斯坦利。"她最后说道。

"谢谢，妈妈。我也很高兴。"

然后，他们拥抱。依然有意保持彼此之间的距离。但这也意味着什么,斯坦在想,他在火车上纠结担忧的东西是否毫无根据。或许这样没问题。或许查理是对的,她的确想见他。或许这一整个下午,他们都会相安无事。

屋子内部也变了。比斯坦见过的干净得多,一切都排成直线,整个房子看上去刚刚洗刷一新。

"喝茶吗?"在他们往客厅走时海伦问道。

"好啊,谢了,妈妈。"

他在厨房的餐桌边坐下,而她则在烧水,他试着不去想这种奇怪的感觉,像一个客人一样回到自己长大的地方。

"你怎么样?"他问她,意识到自己说出口的话有多生硬,"工作还好吗?"

"工作?"她说道,"工作还行。我也还行。我很健康,实话实说,斯坦利。"

"真好。"他说道——然后他发现自己点头点得太勤快了,强迫自己停下,"那太好了,妈妈。我真开心。"

水壶响了,她转身到料理台边泡茶。"隔壁莫林家有外孙了,现在。"她接着道,"你记得比弗利吧?莫林的女儿比弗利?她生了个女孩。很可爱。我看过照片。他们还没有来过。"

"比弗利?"斯坦说道,这个名字从久远的时光中飘来,他依稀记得。

"算了,我猜你大概不记得她了。她比你大一点。没有很多,真的。但我想人到了她那个年纪的确会不一样。"

就这样,他们聊着邻居的事,斯坦开始放松下来。太容易了,比聊他们自己的事容易多了。他们喝到第二杯茶,屋外日暮刚至,这时海伦终于问了他一个更私人的问题。"所以,"她说道,"你怎么样?"

虽然一开始感觉很奇怪,要告诉她大学、伦敦、他的公寓和他正在写的论文的事,但他说着说着感觉更自在了,坐在这熟悉又不熟悉的厨房餐桌边,告诉他妈妈他近来的生活。她似乎在认真听,他儿时她总会露出的走神的表情现已无影无踪。

"我甚至在想,"他发现自己正说道——虽然他没有打算说,至少不是在今天——"或许你该认识下我的女朋友。找个时候。不着急。如果你愿意的话。"

"你女朋友?"海伦说道,她扬起眉毛,朝茶杯吹气。

"是啊,"斯坦说道,尽量不让自己笑得太灿烂,但做不到,"弗洛。她很好,我保证。"

"学生吗?"

"是啊。艺术历史专业。也在伦敦大学学院。不过她比我小一届,刚考完期末考。"

"她是哪里人?"

"苏格兰,实际上。虽然你永远不会猜到。她是那种时髦的苏格兰人,基本上是英格兰口音。"

海伦听后甚至笑出了声。"不错,"她说道,"我很高兴。我放心了,说实话,斯坦利。我常常在想,你最后会和谁在一起,因为你小时候挑朋友的喜好。"

斯坦停下,刚要送到嘴边的茶中途暂停。"那是什么意思?"他问她。

"没事。"她说道,"我不该说话的。你只会针对我。现在我知道了。"

"你不是说查理,是吗?"

"我不知道。我不记得他的名字。那个你以前经常一起玩的吉卜赛小孩,天知道你是在哪里认识他的。那个把你推下屋顶的人。"

"是的，那是查理。"斯坦说道，"但不是他把我推下去的，妈妈。是个意外。他都没有上屋顶。再说，是我自己选择上去的。是我。"

"好吧，那么，"海伦说道，她的语气轻松但是坚定，"我记得的不是这样，但很抱歉我重提旧事了。只要这个弗洛跟他不是一类人，那我肯定我们会合得来。"

"但是妈妈，查理和我还是好朋友。而且是他告诉我应该回来看你的，他告诉我要和你重新来往。"

海伦抿起嘴。"我很难相信。"

"是真的，妈妈。你为什么不信呢？"

"五分钟前，我甚至不知道你们还在联系。"

"妈妈，"斯坦说道，这时他才意识到她叫查理吉卜赛小孩时的态度，"你怎么还是对查理阴阳怪气的？都是很久以前的事了。"

"你不该提起他，如果你不想让我谈论他的话。"

斯坦叹气，闭上眼睛。为什么总是会这样呢，每次他想好好和她说话的时候？"你曾经告诉我他会毁了我的人生，"他接着道，"你记得吗？"

"当然，我记得，斯坦利。而且我不后悔这么说。你差点死了，在那个屋顶上。"

"但我说了，那是意外。"

她只是让人恼火地夸张地耸耸肩。

"你为什么那么说，妈妈？说他会毁了我的人生？你在害怕什么？"

"斯坦利，每次你来，你都这样。你总是把我说的话缠绕打结，把我变成那个坏人。"

"他还没有毁了我的人生。"他告诉她。

"给他点时间。"她回道。

斯坦听了,把椅子往后一推,站了起来。"我没有必要听这个。"他说道。

"好吧。"她回道,"我从没求过你,斯坦利,你知道的。我没求你回来。是你自己要来见我的。突然之间,在失联两年之后。我现在有自己的生活,斯坦利。我创造的没有你的生活。"

"我不想这样。我现在就走,妈妈。我要走了。"

她没有说话。只是沉默地坐在那里,头埋在双手中。她甚至没有抬头看他。

在门外的台阶上,大门在他身后关上,空气里是沉甸甸的悲伤、结束的氛围。斯坦一边回忆刚刚的对话,一边勉强呼吸,不知道为什么事情那么快就升级了。在他看来,这很疯狂,她竟然能在那么多年里一直对某个人固执己见。然后,除此之外,还有他问她的问题,几乎没有经过思考便脱口而出。"你为什么那么说?你在害怕什么?"它们不仅仅是口头上随口一问。他发现自己是真的想让她回答并且做出解释。因为真的,他开始意识到,他不也是出于同样的理由,在拳击赛后的几周里把查理抛弃了吗?他害怕,这才是真相。但他害怕什么?害怕他们的世界撞击?害怕如果查理的世界开始渗透进他的世界,会发生什么?就这样抛弃一个朋友,多么可悲、愚蠢。如果说查理会毁了他的生活,那他也一样会毁了查理的生活,一直以来都是这样。而且,再怎么说,这些恐惧只有在一个前提下才有逻辑可言,那就是他继续接受并深化这种想法,即他和查理必须生活在两个世界。查理从来没有接受这点。在那一刻,在童年的台阶上,斯坦下定决心,他也不会接受。

现在，他离开海伦的家，往火车站走去。斯坦觉得很有必要再次向查理道歉，所以他掏出手机，拨通了查理的电话。电话刚响的那几声，他觉得近乎紧张，不确定现在打电话该说什么——但随着铃声继续，斯坦慢慢意识到，他的电话没人接。他挂了，在路上停了下来，发了条短信。

刚明白我是个很糟糕的朋友，在春天那时候。我把事情搞砸了。真对不起，查理。

说太多了吗？他决定不去多想，按下发送。

在走去火车站和回伦敦的路上，他一直在查看手机。整个晚上都在留心手机，接下来的一整个星期也这样，他开始后悔这么做了，在想这么一条短信是不是过于突然、没头没脑了。但他每次查看手机，都没看到新动态。依然没有回复。

40

又一个晚上,再一杯该死的茶。但问题是,查理实际上已经不介意了,甚至开始喜欢上它了。不是茶的问题,哪里都有茶喝,而是摆脱酒精后的清醒似乎赋予了他更多的活力。每天早晨似乎都更加明亮、更加清楚、更加清晰和美好,是他记忆中儿时的样子,真的,那时睁开眼睛只是一个中性的事实,而不是一个崩溃的灾难时刻,忧虑、债务、焦虑和亏欠涌向他,让已经宿醉的他头痛欲裂。

然后还有凯特,坐在他身边,坐在他们一起在爱尔兰的这片海滩上生起的火堆旁。查理今晚休息,他们开车离开城市,在安静的康尼马拉路边停车,步行至这里的海湾。这更像是他们离开伦敦时他所想象的样子。开阔的天空,开阔的火光,开阔的海洋,而凯特就像这样,嘴角挂着微笑,肩上搭着毛毯,一边用棍子戳弄火焰,一边哼着一首老歌。她的目光从火堆上移开,与他相遇。

"今晚在想心事呢,是吗?"

"更多的是……感激,"他说道,"想谢谢你。"

"感谢谁?或者感谢什么?"

他耸了耸肩。"我不知道。"他说道,"感谢这个?"他指了指他们周围的海浪,然后又指了指后方延伸的田野,"感谢你让我的生活得以恢复。"

她摇了摇头。"你不用谢任何人，"她说道，"你原本就是这样的。"

"那就谢谢你了，"他说道，"我可以这样做吗？我对你表示感谢。"

"别这样，查理。"她说道，"我不吃你那一套。"不过，她笑了出来，而他很高兴自己说了出来，即使她没有当真。

"我是认真的，"他告诉她，"谢谢你。"

她的表情在火光中发生了变化，变得更加严肃，她似乎还想说些什么，这时，他的手机在他的口袋里响了起来，整个事情被打断了。

"该死的，对不起，"他说道，在地上乱抓一气，找手机，"我以为我已经把它关掉了。"

但是时机已过。她叹了口气，回到火堆旁，无论她想说什么，都随着烟雾消失在空气中了。

"对不起，凯蒂。"他边掏出电话边告诉她。詹姆斯，屏幕显示。他盯着它响了一下、两下、三下，更多下——然后按下按钮，将电话静音。他把电话塞回口袋，大口大口地呼吸着夜晚的空气，试图恢复前一刻怡然自得的平静。

"我刚才说到哪了？"他问凯特。

"你对生活中简单的小事存感激。"

"真的吗？我不知道我是怎么了。"

他很高兴她没有问是谁打的电话。他喝了一大口茶，开始哼唱一首老歌，只是为了带走他身上沉重的感觉，突然之间的一种感觉，而且快要压倒他。凯特甚至在他唱完这首歌的第二句歌词之前就开始笑了。

"那首老歌？"她说道，"你为什么要唱这个？"

共有之地 | 307

听到她这样的笑声真好，所以他唱了出来。

我是罗姆绅士①，我是真正的罗姆人后人②。
我在蓝天下建造我的城堡，
我住在帐篷里，我不付租金。
这就是为什么他们叫我——罗姆人绅士。

她刚开始打拍子，他的手机又响了。"啊，上帝，"他说道，她则皱起了眉头。"现在怎么办？"

如果他说他不知道是谁打来的，那他纯属自欺欺人。詹姆斯，屏幕上又显示。当然了。詹姆斯不会闲来无事打个电话。他有充分的理由从不打电话，事实上，他有充分的理由完全忘记他有一个哥哥——这意味着一定有什么特别的事情发生。不过，他还是把铃声再次按掉，把电话放回口袋里。当他抬起头时，凯特正看着他，目光锐利。

"是谁？"她说道。

"不重要。"他说道。

"别跟我来这套，"她说道，"我以为我们不会再这样了。像以前那样的谎言和废话。"

"不是——我没有对你撒谎，凯特。或者说我不想说谎。只是……嗯。

"什么，只是什么？"

"不是所有事情都与你有关，"他接着说道，"是我的电话响

---

① 原文为罗姆语"Romani rai"。
② 原文为罗姆语"didikai"。

了，不是你的。"

她给了他那种眼神。现在外面很黑,她的脸只被火和月光照亮,所有的阴影、角度和亮度——但只有傻瓜才看不出她眼中的厌恶、封闭和不甘。不该这么做,不是吗?否则他们也不必上这来,这不是他想要的。他吸了一口气,振作起来。

"是詹姆斯,"他告诉她,"就是这样。我的弟弟詹姆斯。"

"那你为什么不接?"她问道。

真是个好问题。答案不是很明显吗?"我只是——现在不想接,就是这样。我们来这里是为了远离那一切,不是吗?"

她皱起眉头。"不算是。远离什么?肯定不是远离詹姆斯。"

他耸了耸肩。"我不知道,"他说道,"不想让他一直失望。不想让他们一直失望。"

凯特放下了她一直用来探火的棍子,双手交叠,一本正经地转向他,她的表情几乎是严厉的。

"查理·威尔斯,"她接着说道,"我再告诉你一次,你听清楚了。你没有让你弟弟失望。你为他而战,你拼尽全力,你断了三根肋骨,断了一条胳膊,你从来没有,从来没有放弃过。"

"但是凯特。我还是——"

"被打晕不算是放弃,查理。你没有。你从未放弃过。"

"天啊,可是我太丢人了,凯特。"

"你没有,"她说道,"他仍然尊敬你,你知道吗,查理?"

他望着她。不知何故,她似乎十分严肃。"该死的,凯特,"他说道,"我不知道。我不想再去想这个问题。这本来是一个他妈的新的开始。"

然后他的电话又开始响了。

"查理,"凯特说道,"查理。"

共有之地 | 309

"哦，该死的，好吧，我这就接，我这就接通电话。"他说道，"你现在高兴了吧?"他从口袋里拽出手机，接了电话。"好吗，小伙子?"他说道，尽量让自己的声音听起来正常而不慌张，"一切都好吗?"

"查理，该死的，我没想到你会接电话。"

光是詹姆斯远在另一端的声音就让他想蜷缩起来、躲起来。当然，凯特说的不可能是真的。她应该是想让他高兴一点，这样她就可以有一个再次昂首挺胸的丈夫，肯定就是这样。

"詹姆斯，"他说道，"我很抱歉。我刚看到电话。什么事?"

"是马丁。"詹姆斯说道。

"马丁?"查理说道。在他所担心或期待的事情中，这并不是其中之一。毕竟，上次他想和他说话时，马丁明确告诉他，他让他很失望，是个废物，看到他就觉得恶心。光是现身挨揍就已经做得够多了——凯特的那一套说辞在马丁那可没有说服力，"马丁怎么了?"

"他想见你，"詹姆斯说道，"他的情况很糟糕，查理。"

"如果他想见我，那他肯定不对劲。"

"这不好笑。他在医院。"

"在医院? 该死的发生了什么? 他生病了吗?"

"是的，"詹姆斯说道，"被打了，是吗? 酒吧里的几个小年轻。毫无尊重可言。把他拖出山羊和指南针酒吧，在街上打他。"

"什么?"查理说道。凯特的眉头皱得更深了。

"你说什么? 马丁? 你是认真的吗?"

"我当然是他妈的认真的。你以为我会拿这种事开玩笑吗? 他想见你，朋友。"

"他还好吗?"

"他当然他妈的不好。"

"但他——他没有——"

"他死不了,如果你是这个意思的话。他仍然是马丁。"

"老天。"查理盯着外面的黑暗,"老天。他们到底是谁?还有,怎么会……"

"他们怎么可能打败马丁?"他想问。因为诚然,马丁年纪不小了,但是天啊,谁敢找他做对手。马丁。这似乎不可能。疯了吧。

"我知道,"詹姆斯说道,"他们有七个人。他仍然跟他们打了个赌。"

"但他们是谁?不会是霍兰德或其他什么人吧?"

"当然不是,"詹姆斯说道,"来吧,查理。你和我一样清楚,霍兰德不会惹马丁。这些人——他们是个组织的,至少马丁是这么说的。他们在酒吧里开了几次会,都穿别有徽章的衬衫。都是圣乔治十字勋章之类的。"

"圣乔治的十字架?在格拉斯哥?"

"不,朋友,"詹姆斯说道,"我们回到了纽福德。"

"什么?"

"是的。在和霍兰德那些人的那些破事后,再加上你们俩就这样走了,之后就没有人愿意在那里待着了。

"但是,纽福德?"查理说道,"你回去做什么?回纽福德做什么?"

"现在这些人,显然。英格兰之盾,他们自称。我已经了解了一下。"

"该死的,"查理说道,"那他们抓住他们了吗?"

"什么意思啊?"詹姆斯说道。

"那几个人动手的人。那七个人。他们抓住他们了吗?"

"警察①。他们没有逮捕他们或什么吗?"

"当然没有,朋友。他们跑了,不是吗?"

"但警察在找他们吧?"

"我觉得没有。"

"该死的。"查理揉了揉自己的眼睛。事情又是这样。"他怎么样了?"他说道,"情况有多糟?"

"他现在能说话了,"詹姆斯说道,"不过看起来还是很糟糕,连着管子什么的。他情况不稳定,至少还得住一周,医生说。"

"他要找我?"查理说道,"要见我?"

"是的,朋友。"

"为什么?"

"他妈的谁知道。可能只是想你了。你来不来?"

"我——不知道。我在爱尔兰。我问问凯特。"

"来一趟吧,查理。"

"我——好吧。我想我会的。但是我——好吧。我需要和她谈谈。我再给你打电话。谢谢你告诉我。"

"给我回电,"詹姆斯说道,"你会吧? 你不会现在就滚蛋、消失吧,是不是?"

"不,我当然不会。你为什么这么说?"

"对不起,查理,我不知道。只是……只是情况太糟了,你知道吗?"

"是的,朋友,我知道。我一会儿给你打电话。"

"你最好打来。"

---

① 原文为罗姆语"Gavvers"。

"我会的。"

"出什么事了?"他一放下电话,凯特就问道。她把毯子拉得更紧了,尽管天并不冷,"出什么事了?"

"是马丁。"查理说道,"在英格兰被一群暴徒打了。"

"他还好吗?"

"他在医院。"

她点点头。睁大眼睛望着火堆。"我们应该去,"她说道,没有犹豫,"我们应该过去看看他。"

"什么?"他说道,"但是马丁——我上次见到马丁时他——"

"马丁爱你。"她说道。

"天啊,凯特。你以为你知道自己在说什么,但你真的,真的不懂。"

"我知道。"

"你不知道。"

"但你不关心他吗?难道你不想看看他吗?"

"老天,我不知道。上次我见到他时,他试图在一周内第二次把我揍趴下。好吧,所以他现在要见我,但我怎么知道我过去后他不会……"

"你怕他吗?"

"说实话?不,我认为我不怕。"

"那又是怎么回事?他让你觉得很自卑?"

"该死的,凯特——"

"你会后悔的,你知道。如果你不去看他,你会永远后悔的,不管过去后会发生了什么。虽然他有错,马丁一直都很照顾你,查理,用他自己的方式。"

他又揉了揉眼睛——眼睛被篝火的烟熏得刺痛——他张嘴想

争辩,想告诉她这一切都很荒谬,她刚才说的话根本没有意义。但是——

"我知道。"他发现自己反而说了这句话。

这句话一出口,他就知道自己的心意了。

41

凌晨三点,沙发上,仍旧穿着睡衣的斯坦开始觉得烦躁。不是因为他起晚了,他没有必要起床换衣服,坐着在笔记本电脑上写作,写的是可笑的付费的自由撰稿文章,同时他还在找工作,看奥运会的标枪比赛,这些事都不需要精致着装。奥运会很奇怪。所有的电视画面、仪式、活动想努力呈现的伦敦形象和这座城市的现实很不一样,他有时候不禁觉得这是发生在另一个星球上的事。他的电话一响,让他从这种麻木中猛地醒过来。来电的手机号码,他不认识,他的手机里也没记录,不过他还是接了起来,很高兴能找点其他事做。

"斯坦。"电话一接通,另一头的人便说道。

"查理,"斯坦回应道,"老天,查理,好久了,我很担心。整个夏天我都在给你打电话。出什么事了?"

"我手机丢了,不是吗?哎,等下。你很担心?担心我?"斯坦知道那种语调,查理在笑话他呢。他又想到,自己真的在担心,担心查理会反过来生他的气,或者更糟,他出事了。不过,斯坦还是不禁觉得这一天变得明亮起来,和天气无关。

"该死的,查理。"

"哎呀,我开玩笑的。"

"我知道。"

"好的,那么。"

"不过你怎么样,查理?还在爱尔兰吗?"

"是的,我在。我这边……情况不错,斯坦,大多数时候。"

查理说话的方式让斯坦合上了他的笔记本电脑,他把电脑放到一边。"什么?"他问道,"怎么了?"

"我要回英国,待一阵。"

"但是……为什么呢,查理?你还能回来吗?"

"什么意思?"

"你的债务。你的前房东。"

"老天,他啊。我不知道啊,不是吗?祝他好运,能找到我。"

"查理……"

"别,斯坦,听着。是马丁。"

"马丁?"

"你记得马丁吧,我叔叔?"

"我当然记得他。"

"好吧,他住院了。我回来看望他。就几天,没什么大事。"

"他住院了?"

"说来话长。"

"那他……还好吗?"

"我不知道。"

然后,电话那头沉默了,斯坦不知道该怎么打破沉默。

"你会在吗?"查理最后问他,"我来的时候。能见见你挺好的,朋友。只是——好吧。我不知道。"

"伦敦?"

"纽福德。"

"纽福德?"

"马丁在那里,他们回纽福德了。"

"马丁怎么了,查理?"

"被揍了,不是吗?"

"他现在住院了?"

"好像是。"

"老天。"

"我明天会到。或者后天。或者星期二,实际上。我们正在去轮渡的路上。"

"好的,当然,是的。我想想该怎么安排。"

话毕,查理挂了电话,斯坦发现自己正望向窗外亮得不真实的伦敦午后,骑行者正在穿梭,绿叶刚刚染上一丝红色。很疯狂,查理回到英国,冒着之前逃债的风险,就为了见马丁一面,而且偏偏是马丁。他的一生似乎都受到马丁的逼迫。但是,话又说回来,他不也差不多是马丁带大的,马丁填补了他爸爸的空缺?不止于此,斯坦觉得,这是查理的特殊之处。他有某种持久的力量。比如好几个月前的那天早上,尽管他完全明白会发生什么,他会被暴揍,他还是坚持让斯坦开车送他去拳击赛。

Nae pasaran。当斯坦注视楼下雨后人行道上的阳光时,这两个词从斯坦头脑中某个下意识的地方飘了出来。现在想来,他从没质疑过这句话究竟是什么意思。他一直把它和好几年前查理帮他摆脱学校里的恶霸联系在一起,一直默认它说的是反抗,是不要默默忍受或让别人欺负你。但是现在,他感到自己终于开始明白这句话的含义远不止如此。本质上,nae pasaran 是要你为他人挺身而出。即便他人是你想回避、退缩回舒适区、视而不见的人。不是为了好奇或怜悯为他人挺身而出,而是因为友谊,完全平等

的友谊。他现在明白，一段友谊是怎么支撑你的，这种支撑是别的东西给不了的。而且他明白了，真的，nae pasaran 一直在说这个道理。远不止于反抗，它说的是团结，当然是。团结和友谊。

42

不可否认的是，马丁看起来很糟。完全该死的一团糟，躺在医院的病床上，手臂上插着管子之类的，各处都是绷带、敷料和石膏。或者——不。虽然他看着糟糕，但事实没那么简单。因为他懒洋洋地躺在床上的样子，整个床的后半部分被抬起来，就像一个该死的贵妃椅或什么东西，就像他在该死的躺着。他仍然是马丁，在经历了一切之后。所以，不，他看起来一点也不糟，实际上——查理在想什么？他看起来像个战士，仅此而已。

"操，"这是马丁在查理走到床边后说的第一句话，"你瘦了。"

"是啊，我以前是个很胖的浑蛋，不是吗？"

全身被包扎起来的马丁尽力耸耸肩。"这话是你说的，朋友。不是我。"

"我也很高兴见到你。"查理说道。

"没想到你会来。"马丁说道。

"我这不来了嘛，"查理说道，"你觉得我会错过看到你这副鬼样的机会吗？"

愤怒的火花立即在马丁的脸上燃起。几个月前，他还能笑着接受这样的话，也许很快地回一嘴或者拍拍肩膀。不过，现在可能不是时候。

"对不起，"查理说道，"我是在开玩笑——很明显。我不是故意的。"

"好吧，你成功了。"马丁说道，"你的意思传达到位了。即使你是说着玩的。"

"听着，"查理说道，"我大老远从爱尔兰赶来见你。开着货车。还得坐渡轮。花了好几个小时。然后凯特晕船了，晕得厉害。我不是来这里争论的。"

"爱尔兰？"

"是啊。其他人没有告诉你吗？"

马丁在床单上蹭了蹭，皱皱鼻子，似乎想挠挠它——一只手打着石膏，另一只手看起来很痛苦，手腕处都缠着绷带，动弹不得。"我想他们可能说起过，"他说道，"可能是我没听清楚。"

"我们没有邀请你参加欢送会，"查理说道，"对此我很抱歉。"

"啊，"马丁说道，"没关系。反正我也不会去。"

"当然。"查理说道。

然后他走到床边的椅子上坐下。回到这里的感觉很奇怪。不仅仅是回到纽福德，这已经够奇怪了，而且回到了这家医院。该死的似曾相识的感觉，在外面的台阶上等待探视时间，然后走到桌子前。"斯坦·高尔的朋友。"他差点就说了。不过现在在这里的是马丁，不是斯坦——马丁盯着他，现在他已经坐了起来，尽管受伤，但他眼里的火苗似乎比以前更旺了。

"你挺舒服的啊？"马丁说道。

"哎，好吧，是你叫我来的。"

"我没有叫你来看望。我说我想见你。"

"有什么区别吗？"

"叫你来看望。听起来好像我在接受慈善援助。"

查理叹了口气。"如果看到我就那么生气,那你为什么想见我?你应该知道我有别的事可做,而不是坐在这里被你憎恨。"

马丁当时给了他一个耐人寻味的眼神。几乎是痛苦的——尽管他可能只是伤口很痛。"我不恨你,朋友。"他说道,"我当然不恨你。我不知道你为什么会这么想。"

查理想笑,但笑卡在了喉咙的某个地方。"你不是认真的吧?"他说道。

"你真是个戏精,是不是,查理·威尔斯?"马丁接着说道,"我被一些戴着花哨徽章的童子军送进了该死的医院,现在躺在这里,而你才是那个需要鼓励的人?有些事情永远不会改变。"

"这是什么意思?"

"你总是认为自己重要得很。"

"不,我没有。不,我没有。这就是我今天来的原因,如果你愿意听的话。因为我认为这件事——你和那些小伙子在酒吧里发生的事——可能比我们之间的这些破事更重要一些,马丁。也许我说得不对。"

马丁闭了一会儿眼睛。当他再次睁开眼睛时,他说道:"我知道我一直对你很苛刻,查理小子。但这就是为什么——你看到了吗?"他抬起受伤的手臂,几乎没有任何畏缩,比划着他的身体,像这样在床上被支撑着,"这就是原因。我教你要强大,这是一个男人在这个世界上需要的。这是每个人都需要的。总之每个旅行者都需要。你想要有人哄着你,骗你,告诉你生活本可以更容易?你希望有人告诉你,你值得更好的,即使你搞砸了也没关系,一切都会好起来的?

"我不是这个意思。"查理平静地说道。

"因为那种废话,"马丁继续说,显然对查理的打断置若罔

共有之地 | 321

闻,"是掌控这个世界的人的特权,查理。不是我们。不是你。当他们搞砸了,可能会没事。当你搞砸了,你就再也起不来了。"

查理吞咽了一下,试图说话,发现他的声音近乎干哑。他咳了咳,又试着说话。"他们是谁,"他说道,"把你打进医院的那些人?詹姆斯说他们自称是英格兰之盾什么的。"

"啊,谁他妈的知道,"马丁接着说道,"反正他们都是他妈的一样的,不是吗?不管他们的名字是什么,他们都跟其他人一样坏。英国国家党。英国第一。英格兰护卫联盟。不管你想怎么叫它。甚至是该死的政府——因为那批人,那批人也一样坏。"

"不,别这样,马丁——"

"我们必须战斗,查理小子。我们必须战斗,继续他妈的战斗,因为不管他们怎么说,他们不喜欢我们,他们不在乎我们,没有人能够帮助我们。我们要靠自己,查理。完全靠我们自己。"

查理不禁想到斯坦,那时候,他开车带他去见霍兰德那小子,然后消失了,消失了几个星期。最糟糕的是,查理甚至都没有那么惊讶。

"你会继续战斗的,会吗?"马丁说道。他的手指现在抓住了查理的前臂,尽管他的手腕受伤,但他的握力出奇地强,"我教过你那么多,不是吗?"

"别这样,马丁,这不是——我不知道你是什么意思。"

"我不是告诉过你吗,我不是一直对你说——你决不能让他们告诉你……"

"……你属于哪里,又不属于哪里。"查理和马丁异口同声道。他们两个人的声音重叠,听起来出奇相似。"是的,"查理接着说道,"我想你一直都在说。"

"因为你和其他人一样有价值,一样有权利来这里。他们才是问题所在，而不是你。"马丁的眼睛现在睁得很大——该死的瞳孔巨大。天知道他们在这个地方给他吃了什么，但应该不是扑热息痛。不过，话说回来。"永远不要让他们告诉你属于哪里，又不属于哪里。"他忘了是马丁先向他灌输了这一点。时间一久，记忆会变得混杂和模糊，所有这些碎片都留在你的脑子里，而你却不知道它们从何而来。所有这些人，没有人记得谁说了什么，或者为什么，谁欠谁的，谁让谁失望。这么多年来，他一直告诉自己他恨马丁。所有曾经的徒劳，而实际上马丁——现在在他面前的这个人。不是他的敌人。永远不是他的敌人。

"你说得对，"查理说道，"而且我他妈的会抓到伤害你的人。我保证。"

*

"他怎么样了？"凯特和詹姆斯同时说道，他们在医院大堂里等待查理，凯特显然只是关心马丁，詹姆斯问的东西稍微有不同——与其说是"他怎么样"，不如说是"聊得怎么样"。

"还行，"查理对他们说，"像以前一样疯狂，但这次我想说的是，他这样情有可原。"

詹姆斯向他露出转瞬即逝的微笑——詹姆斯的那种微笑，来得快，去得也快，你必须要够仔细才能捕捉到。"很高兴你来了。"他说道。

"我也是。"查理说道。

"打扰一下，"一个医院的勤务员说道，然后推过来一辆装满各种医疗用品的手推车，"请靠边站好吗？"

"当然可以，对不起。"查理对他说道，他不假思索地抓住了詹姆斯的轮椅后背，想让大家都靠边，越快越好。

共有之地 | 323

"该死的，"詹姆斯说道，"没有必要这样。你怎么想的？我不能自己动吗？"

"我——不。他妈的。对不起。"查理说道，放开了椅子。

"对不起。"推手推车的勤务员再次说道，仍然过不去。"老天，"查理说道，"好吧，好吧。"他自己移到墙边，詹姆斯和凯特紧随其后。

"谢谢你。"勤务员边走边说，查理觉得他话说得阴阳怪气。

"不客气。你也滚吧。"詹姆斯在他后面叫道。

"詹姆斯，"凯特说道，"看在上帝的分上。好像人们盯得还不够紧似的。"

"什么？"詹姆斯说道，"我已经受够了被人赶。我们刚在说正事。"

"我们是的。"查理说道，他很想换个话题，不喜欢凯特的眼睛现在闪烁的样子——他已经有一段时间没有从她那里看到这种表情了，好几个月了。他甚至差点就没注意到——差点。"那些伤害马丁的混蛋。英格兰之盾。我们对他们了解多少？"

"不多。"詹姆斯说道，"我发现他们的脸书页面。没有太多的成员。或者说，反正在这里没有。大部分的帖子都是关于穆斯林的废话。说实话，我不知道他们在想什么，去跟马丁打架。"

"啊，他们对谁有意见不重要。"查理说道，"不管是不是穆斯林，都是胡说八道，不是吗？被说的总是还有黑人，还有我们。"

"查理。"凯特说道，她的声音里有一种警告。

"怎么了？"他说道，"这不是事实吗？哪句话不是事实？"

她耸了耸肩。"你说话太大声了，"她说道，"大家都在看。"

"去他妈的别人在看。"他说道。

"没错。"詹姆斯说道。

"该死的纽福德。"查理说道。

"看在上帝的分上,你会让我们被赶出去的。"凯特说道。

查理环顾四周。她是对的。人们目不转睛地看着他们,好像他们掏出了武器或什么东西,而不是以高于正常的音量说了几句话。然后那个前台的女孩也在看着他们,手在她的手机上徘徊——查理很清楚这种表情。她在想是否要叫保安。天啊。

"好吧,"他说道,这次是用较低的声调,"好的。不过我想说的是,我们不会让他们得逞,是吗?"

"我很抱歉?"凯特说道。

"这群人,这个英格兰之盾。我们不会让他们得逞的。"

"是吗?"凯特说道。

"我想是的。"詹姆斯说道。

"搞什么鬼?"查理说道,"你认为我们就这样默默忍受?如果我们现在什么都不做,那就像……就像这无所谓。就像马丁不重要。"

"我们可以去找警察。"凯特说道。

"去他妈的警察。"詹姆斯说。

"好吧,"凯特说道,"那么,我们到底该怎么做?因为这当然非常浪漫、非常高尚,不经考虑就想发动战争,与某个我们几乎一无所知的组织的战争。但这么做聪明吗?我不这么认为。"

"我不关心聪不聪明。"查理平静地说道,与其说是对其他两个人,不如说是对他自己。

"什么?什么意思?"凯特说道。

他叹了口气。"我不关心聪不聪明。"他重复道,尽可能大声但又不至于喊出来。啊,但当然他现在已经在喊了。前台的女孩正在打电话，从她的桌子后面一直盯着他们。

"这一切都很好，查理·威尔斯。"凯特说道，"但总得有人聪明起来，不是吗？因为当我们不聪明的时候，会发生什么？这些人会赢。"

"实际上她是对的，查理。"詹姆斯说，"我们应该考虑一下这个问题。"

"什么？"查理说道，"你什么时候开始突然这么谨慎了？"

"自从我受够了失败。"詹姆斯说道。

"该死的，"查理说道，"好吧。好吧，那么我们对他们了解多少？我们一定有办法可以找到他们。"

"那警察呢？"凯特再次建议道。

"警察？"詹姆斯说道，"警察是该死的腐败的。你相信警察，你知道那会给你带来什么？眨眼间，他们要找的就是我们。会找马丁。相信我。他们只会……扭曲事实。"

"那就不找警察。"查理说道，"但要怎么办呢？"

"我们需要找出我们的对手。"凯特说道。

"詹姆斯在脸书上找到了他们。我们知道我们面对的是什么。"

"不，我们不知道。并非如此。"

"老天，还能有多少不知道的？圣乔治的旗帜，私人的钱，只要是他们不理解的就全都憎恨。我说的对吗，詹姆斯？"

"也许我们应该去。"詹姆斯说道。

"什么？"查理和凯特同时说道。

"参加他们的下一次会议。也许我们应该去。"

"什么？去找他们，去那家山羊和指南针酒吧？"

"不，"詹姆斯说道，"我想，每次都是不同的酒吧。我可以在脸书上看看。看看下一家的情况。"

"然后我们就……出现在那里?"查理说道,"去干吗?我以为我们不会挑事。"

"看情况,"詹姆斯说道,"但我只能从一个脸书页面上看出这么多。我说我们去见见他们,看看我们对付的是什么人。"

"我不知道,"凯特说道,"也许这就是他们想要的。"

"当然这不是他们想要的。"查理接着说道,"你认为他们会在意跟我们玩心理战吗?他们希望我们消失,而不是一直出现在他们喝酒的地方。"

"那我们就去。"詹姆斯说道。

"去吧,看一看,喝一喝,让他们看看我们在那里不害怕。"查理说道,"你去吗?"

"去,"凯特说道,"如果你要去的话。"

"对不起,"刚刚出现在查理肩膀后面的保安说道,"抱歉我不得不请你们离开。"

"老天。"詹姆斯说道。

"没关系,"查理说道,"反正我们本来就要走。"

43

"斯坦。"是查理的声音,斯坦望着火车车窗外驶过的田野,再次打开查理留给他的语音短信,他心里的一部分还在想自己到底在做什么,就这样放下所有事情,匆忙赶去纽福德。

"我还没告诉你马丁到底怎么了。"查理继续说道。现在他的背景音里带点噪声,是马路、警笛和某个女人说话的声音,或许是凯特。

"不知道为什么我之前没说,"查理说道,"我想也许是我听到时,我自己都不相信,或者我觉得很丢脸。不过,那只是他们的胡说八道,慢慢渗透我的大脑,是不是?他们称呼自己英格兰之盾,斯坦,那些把我叔叔打进医院的人。英格兰之盾,我上网查了,他们是法西斯分子,总的来说。不管怎样,我们今晚要去他们的一个会议,去看看我们能做什么。因为我不知道,斯坦。但纽福德不应该这样,比这群英格兰之盾的人渣好得多,不是吗?"

最后那句"不是吗"中的不确定。斯坦能感知到那一刻查理脸上是什么表情,被自己的问题突然问倒。接着又是交通繁忙的马路声,然后是詹姆斯在说:"查理,朋友,你干什么呢?我们赶时间。"

"好了,"查理的声音再次传来,继续说道,"晚上七点在交叉钥匙酒吧，如果你想来的话。还有，你知道的。"——马路上的声音，警笛，凯特的声音正在说"查理!"——"Nae pasaran，我想说，就是这样。"

就这样，查理挂断了电话。

交叉钥匙。斯坦好多年没去那里了。店在镇上较为安静的地段，离河边不远。除了暴躁的酒店老板，还有青少年时期在那里约会过几次，尴尬得让他想忘掉以外，他不记得关于那家店的其他东西了。他把手机放回外套口袋，然后再次靠在窗上，望向窗外。他的火车会在六点五十分到站。如果他从车站跑过去，他可以赶上。

44

"就是这里,是吧?交叉钥匙?"查理眯着眼睛看着招牌。似乎这里不像是。

"就是这里。"詹姆斯说道,继续向入口处走去,"那你们哪一个来给我开门?"

"你确定是这里?"查理说道,"而且肯定是晚上七点?"

"你现在突然不信我了吗?"

"我当然信你。"查理说道,抓住门把手,为詹姆斯推开门,"这只是……和我想象的不一样,就是这样。"

"你以为会是什么样?"

"我不知道。"查理说道,"这里看起来太……正常了,就是这样。"

"他们就是这样接近你的。"詹姆斯说道,"正常。他们的秘密武器。"他把轮椅推进来,一边对查理挑了挑眉毛。

"事实上,朋友,"查理说道,也为凯特拉开了门。你知道吗,我想也许的确如此?"

"当然。"詹姆斯说道。

"小心点。"凯特走过他身边时对他说,"聪明点。"

"我一直很聪明。"他说道。

"我是认真的。"她说道。

330

"我知道。"

他跟着她走进酒吧,让门在他们身后摇晃着关上。里面基本上看起来就像普通的威瑟斯庞连锁酒吧,只有花花绿绿的墙纸和四周奇怪的灯光是迎合雅皮士人群的。对于一个周三来说,这里出乎意料地客满了,聊天声和笑声此起彼伏。事实上,这里有很多人——或者说是很多男人,查理在第二眼就注意到了,他们中的大多数人都穿着同样的足球衫。橙白相间的条纹。一定是当地球队的衣服。他甚至不知道纽福德有自己的足球俱乐部。但当然有,每个地方都有,他总是忘记这种事,因为尽管他对足球没什么特别反感的地方——或者说,在球迷喝醉闹事前没有什么反感,他只是从来没有那么喜欢过。如果他说在这么多喝酒、穿同样队服、刚看完比赛的球迷中间,他没有感到不安,那就是在撒谎。不过,他们中的大多数人看起来很高兴,都在笑和开玩笑。可能这意味着纽福德至少没有输。他希望这是个好兆头。

"喂,查理。"詹姆斯说道,向他叫了一声,做了个人人都知道的手势,要了一品脱,"喝吗?"

"不,朋友。"他说道。然后——"或者,其实……"他开始说——他能感觉到凯特的眼睛在看着他,尖锐无比,他发现他竟然很喜欢这样惹她,是他太过分了吗?"其实,"他又说,尽可能地把这个词拉长,"如果你不介意的话,我要一杯青柠苏打水,朋友。"

詹姆斯耸耸肩。"随你便吧。"他说道。"你喝什么?"他对凯特说。

"一样。"她说道,对查理翻了个白眼。

"你们是纽福德城市队的球迷吗?"当他们等待詹姆斯的第二杯健力士啤酒时,那个穿足球衫的酒保问查理。

"我不讨厌他们。"查理说道。

"你不是本地人吧?"酒保说道。

"你为什么这么说?"查理说道。凯特向他投去一个警告的眼神。

酒保没有回答,只是开始倒青柠苏打水。"所以你没有看今晚的比赛?"

"不能说我们有,没有。"

酒保摇了摇头。"人们单纯因为我们是小俱乐部,就不去关注。"

"我没有这么说。"查理说。

"是的,好吧。"酒保说道,"四块六。"

"什么?"查理说道。

"我说价格是四块六,除非你有什么意见?"

"没意见,朋友。只是……青柠苏打水也收费吗?"

"青柠苏打水二十便士一杯,健力士啤酒四镑二十便士。快结账吧,你后面有很多人要点酒。"

"老天。好的。詹姆斯,"查理在对面叫他。他已经到了酒吧的另一边,在找一个空的桌子,"詹姆斯,你能不能借我一英镑?"

"什么?"詹姆斯回过头来大喊,声音太大,即使在这群球迷中也显得很大声。酒保的眉头皱得更紧了。

"我说,你有一英镑吗?"查理重复道。

"老天爷。"凯特说道,把一英镑硬币丢在查理面前的吧台上。"不好意思,"她对酒保说道,转而露出一个明亮、息事宁人的笑容,"我拉不走他。"

"明白了。"酒保说道,没有回以微笑。

他们带着饮料走到詹姆斯在角落里找到的桌子旁——这是一个理想的位置，从那里可以看到整个室内，而自己又不会太显眼。查理看了看手表，又看看四周。大概一小时前，他给斯坦留了条语音，但可能通知得太晚了，他知道。像斯坦这样的人，他大概有一本日程本，圣诞前的档期全都填满了。鬼知道他为什么要在这里找斯坦。没有斯坦，他也能处理这种情况，不是吗？或许是因为回到了这里，回到纽福德，他才觉得斯坦也该在这里。

"你是想把这一切搞砸吗？"当他们在一群群球迷围坐的桌子间穿梭时凯特说道。

过了几秒查理才甩开自己的思绪，意识到她说的是酒保。"不，"他说道，"对不起。他只是看起来……我不知道。我不喜欢他问我们有没有去看比赛的口气。好像他想表达某种观点一样。"

"那又怎样？"她说道，"这不值得，查理。他不是一个可以得罪的人。这里的每个人很明显都认识他。我甚至听到有人说他的儿子为球队效力。"

"你什么时候听到的？"

"就在刚才。当你忙着争论而没有注意或仔细听任何事情的时候。"

查理耸了耸肩。"但这有什么关系呢？说到底，他就是个混蛋。"

她对他扬了扬眉毛，但仅止于此。

"晚上七点，是吗？"当他们坐下来后，他问詹姆斯。

"我就是这么告诉你的。"他回答。

查理再次看了眼手表——七点十三分，现在。他拿出手机，再次查看他发给斯坦的短信，然后强迫自己把手机放回去，重新环视酒吧。不见斯坦，也不见任何一个看上去像英格兰之盾的人，只有一桌桌穿着足球衫的男顾客。突然一切都感觉完全是个错误。如果不是想到马丁，他当时就会站起来，坚持要求他们一起走，抓住凯特的手，开车把她送回轮渡码头，然后回到爱尔兰。他知道，马丁一直想好好和他相处，即便他不认同当时他的做法。

"确定脸书上是这么说的?"

"不，"詹姆斯说道，"我捏造了一个时间，就为了气气你。"

"但我没看到他们中的任何一个。"查理说道，"看起来不像是在这里。"

"他们可能在这里，"凯特说道，"我们不知道他们长什么样。"

"我的意思是，他们可能是这些人中的任何一个，不是吗?"詹姆斯说道，喝了一口酒，瞪着眼睛看着酒吧里的其他人。

但查理强迫自己慢下来，让自己心烦意乱的思绪停下来，顶住压力。他深呼吸，眯起眼睛，环顾四周，仔细观察。"不，"他说道，"我不觉得。不是这些人。"

"你怎么能分辨出来?"詹姆斯说道，"正如我所说——正常。这就是他们接近你的方法。"

"不，"查理又说，"不对。这些人是……他们是穿着足球衫，但看看他们。他们只是一群父亲和——我不知道。保险推销员或什么的。"

"法西斯分子也可以做爸爸和保险推销员。"

"不，"查理又说，"他们还没来。"

詹姆斯耸了耸肩。"这是他们说要见面的地方。"

"也许他们迟到了。"凯特说道。

"也许。"查理说道。

"那个人呢?"詹姆斯说。

查理顺着他的目光看向酒馆的另一个角落,那是在这个明亮、喧闹、有回声的房间里,你能找到的最接近"安静的一桌"的地方。一个人坐在那里——穿着一件橙白条纹的足球衫,但显得有些不合群,他正在看面前桌子上的一沓文件,手里拿着笔,时不时地记下什么。他看起来很年轻。也许和詹姆斯差不多大,甚至更年轻。他是那种长着一张娃娃脸的小伙子,显得比实际年龄小。

几分钟后,另一个人来到桌前,这个人穿着西装,打着领带,好像他刚从某个高档的办公室里出来。查理看着这两个人握手并聊了几句——没有机会偷听到。酒馆现在很吵,而且他们离得太远了。

"他们并不熟悉对方,但他们以前见过。"查理说道,仍然看着他们。

"你为什么这么说?"詹姆斯说道。

"握手是正式礼仪,比较正式的。但现在看——他把那些文件递给他,没有解释。他们显然以前做过这种事,不管那是什么。"

"这里还有两个。"凯特说道,两个新人出现了。这次来的人年纪较大。其中一个和第一个小伙子更熟,就是那个穿纽福德足球衫的,抓着他的肩膀,在说笑,把他们都逗笑了。查理再次查看手机。斯坦还是没有回信。重新望向酒吧另一头坐在桌边的那群人,现在那里又来了个新人,双手插兜站在那里,带着近乎厌恶的申请环视酒吧。他又查看手机。还是没有回信。凯特正看着他,眼神中带着质疑,他最后扫视了一遍酒吧。不见斯坦。他还没来。没关系。他没事。"Nae pasaran。"他对自己说道。

"我要过去。"查理说道。

共有之地 | 335

"什么?"凯特说道,"我以为你说我们只是来看看——看看我们面对的是什么。"

"是,"查理说道,"我是这么说。但我在这里什么也看不出来,不是吗?从目前的情况来看,这可能是纽福德男子飞钓协会的会议。一个字都听不到。"

"我和你一起去。"凯特说道。

"好吧,"查理说道,"但你只会让我更显眼。"

"但这有什么关系呢,"她说道,"如果我们只是去看一看?"

"我们都该去。"詹姆斯说道,"我想知道是不是他们,和你一样。"

他们穿过纽福德城市队支持者的桌子。他们似乎都认识对方,每个人都在笑和开玩笑,互相拍打着对方的背,请对方喝酒……而凯特说对了,从他们与酒保聊天的语气来看,他们似乎认识。小地方,小世界,查理想。他又在一张离角落里的男人仅有一段距离的桌子边坐下。凯特和詹姆斯紧随其后。

"埃迪·弗兰克斯,"第一个人说道,与另一个刚走过来的新人握手——年轻,穿西装,戴纹章戒指,"欢迎来到英格兰之盾。很高兴你能加入。"

"谢谢。"新来的人说道,"我很高兴我来了。你的工作做得很好,你知道。每个人都知道它。有些人只是害怕说出来——"

"事情正在发生变化。"其中一个年纪大的接着说,"这个国家正在觉醒。"

"我希望如此。"新来的人说道,"越快越好。"

老天。他们是认真的吗?"他妈的,"查理对詹姆斯嘀咕道,"他们就像电影里的邪教组织。他们就像小型的3K党。欢迎,公民,加入本会。请为你的入会仪式做准备。"

"不知道这有什么好笑的。"詹姆斯说道。

"啊你知道。看看他们。他们就像——我不知道。《星球大战》电影中的邪恶委员会或什么的。他们认为自己很重要。"

"没错。"詹姆斯说道。

"好的,除非有人有异议。"第一个人说——埃迪·弗兰克斯,他说了他的名字,不是吗?"我就开始了。我们已经过了时间,我相信任何迟到的人都可以自己处理好,好吗?"

桌子上的其他人发出了同意的喃喃声。

"你们中有些人我认识,"埃迪说,"有些人以前没有见过。有新面孔围着桌子转总是好的。欢迎。"

更多的喃喃声,表示赞同。

"因此,对于那些不知道的人和新来的人来说,这个小组的重点是本地。严格来说,我们与英格兰之盾的主体组织没联系——我们是一个附属团体。因此,我们专注的是当地的问题,特别是威胁到我们社区安全和道德的问题,并将英格兰之盾在全国范围内所维护和倡导的一些价值观在当地付诸行动,以打击这些威胁。"

桌子周围的人都点头。社区?安全和道德?很奇怪,看到他们都在为这些矫饰的、积极的词语点头,同时又很清楚他们的意思。

"我想我们今天可以谈谈,"埃迪·弗兰克斯现在说,"关于全科医生的手术以及医院的问题。"

桌子周围的人再次点头……然后后面那张桌子上支持纽福德城市队的人开始唱起歌来,走调走得惊人。尽管时间还早,但他们听起来已经很醉了。查理往肩膀一侧瞥一眼,但他们似乎仍然很自在,很喜欢唱歌,就算唱得难听得要命。查理把他的椅子拉到离英格兰之盾尽可能近的地方，但又不至于真的坐到他们旁边，尽可能地靠近他们而不使自己太明显。

"我妈妈前几天想去看全科医生。"埃迪正在说，"她打电话，就像你应该做的那样，手术室一上班就打电话。我妈妈在那里看了很多年的病，他们怎么跟她说的？他们很抱歉，但是要等三个星期才有空位。三个星期。然后他们就建议她在没有预约的情况下直接去医院。所以我开车送她去，当然，因为她不再年轻了，我的妈妈，而且我不可能让她坐公交车"——整个英格兰之盾的人都点头表示赞同——"我们到达后发现什么？等了一个多小时。一个多小时！他们让一个在这个镇上住了一辈子的老太太等了一个多小时才见到医生。而且你们知道吗？我可以保证，在那个房间里等待的每一个人，都是在过去一年左右的时间里来到这个国家的——我可以肯定，那绝对是这里移民最多的地方。到处都说着不同的语言。其中大约一半的人戴着该死的头巾……"

整个桌子的人都在点头。

"为什么我不感到惊讶呢？"那个戴纹章戒指的西装革履的新人说道，显然他说话是为了在新朋友面前表现。

"你想知道为什么像我妈妈这样的人在这个镇上再也看不到医生了吗？"埃迪继续说道，"这很明显。他们告诉我们不是这样的，但这很简单——简单的数学。任何一个孩子都明白。因为它是纯粹的数字，不是吗？纽福德并不是一个大地方。而我们已经被占领了，长话短说。我们被占领了。"

"放屁。"这个词在查理还没来得及过脑前就说出来了——而且说了出来，他说了出来，他的声音，这个词。大声到足以让任何人在身后球迷的歌声中清楚地听到。

"查理，"凯特嘶吼道，"看在上帝的分上。"

他们现在都转过头来看着他,英格兰之盾的那批人,他们当然转过头来了。该死的整张桌子的人,整个童子军军队,所有的人——他数了数,眼睛快速地扫过他们——强大的英格兰之盾纽福德附属团体的全体八个人,或者不管他们该死的怎么称呼自己。

"查理。"詹姆斯说道,他的声音里有一种警告的意味。

但是。但是。该死的。看看他们,这帮浑蛋。因为是这些人打了马丁,显然是这样。甚至还有那些该死的徽章,他们该死的花哨的小徽章,都是配套的,圣乔治小旗在他们的衣襟上闪闪发光,与埃迪·弗兰克斯的纽福德城市队足球衫的橙白色巧妙地融为一体。而查理已经厌倦了。厌倦了小心翼翼、闭口不言、忍气吞声,厌倦了太累或受尽打击而懒得告诉别人他们在胡说八道,而显然他们就是在胡说八道。

凯特和詹姆斯现在也在盯着他,显然警惕得要命。也许他应该注意到他们。也许他们是对的。但是,埃迪·弗兰克斯脸上的表情。那种纯粹的自鸣得意,就像他在大声说——"好,好,好,现在是什么情况?"

"放屁。"查理再次大喊,这次的声音足以让整个酒吧听到。尽管凯特的手伸向了她的嘴,但这感觉实际上很好。不用像他曾经那样,在很长一段时间里、很多年里,都逆来顺受、忍气吞声,这种感觉很好。天啊,这几乎让他觉得自己又年轻了。

"你说什么?"埃迪·弗兰克斯说道。

"哦,拉倒吧。"查理说道,"我忍不住偷听了你的话,你在胡说八道。这不是穆斯林的错,你妈妈要等一阵才能看上病,是该死的政府在削减所有的钱。任何白痴都知道这一点。这么多年来,这一直发生在我们其他人身上。你要找的不是穆斯林,朋友。而是保守党。"

共有之地 | 339

"我从没说过是穆斯林。"埃迪·弗兰克斯说道。

"是的,但你就是这个意思,朋友,不是吗?大约一半的人戴着该死的头巾,这是我一秒钟前听到的从你嘴里说出来的话。你确实这么说了,不是吗?还是我的耳朵出了问题?"

酒吧里的其他人现在很安静,隔壁桌的歌声渐渐变小,人们转过头来目不转睛地看着,困惑的脸在查理和埃迪之间徘徊,每个人都被搞了个措手不及,想弄清楚怎么了。埃迪·弗兰克斯扫视了一下房间,然后才回答。

"这句话我不会改口,"他最后说道,"大约一半的人戴着头巾。这就是事实。这个国家的人需要正视事实。"

"继续说呀。"隔壁桌上一个支持纽福德城市队的小伙子说,查理感到他心里有什么东西被猛地关上了。

"等一下,朋友,"他说道,转向刚才说话的那个人,"没有必要这样,不是吗?我的意思是,没有必要做个浑蛋。"

"查理。"凯特开始说,"查理,看在上帝的分上……"

"那边那个人,"纽福德城市队的人说,"他说的是实话。"

"实话?"查理开口——但在他能说下去之前,英格兰之盾的一个老家伙已经在埃迪·弗兰克斯的身后插话了。

"你是派基。你是,不是吗?谁说这个酒馆欢迎你的?"

"哦,我不能来吗?"查理说道,"我的意思是,这都什么年代了,一九五〇年吗?吉卜赛人不得入内,是这样吗?"

"你是个该死的闹事的,"那个老家伙说,"因为这就是你的工作,不是吗?你来到这里,给其他人挑事。大家都在享受一个美好的夜晚,安静地喝酒。"

酒馆周围传来几声赞同的低语,现在又有几张桌子上的人在点头——查理看到那些原本困惑的脸在听到"安静地喝酒"这句看似无害的话后突然起了兴致。

"是的,当你在那个角落里,"他说道,"散布你关于穆斯林的谎言。"

"查理,"凯特再次吼道,"住嘴。这不关我们的事,不要去斗。"

他想转向她,让她放心,或者向她解释,或者别的什么——但是英格兰之盾的全体八人,都毫不掩饰恨意地盯着他,他无法移开目光,无法转身,无法不去注视,或者做任何可能让他们认为他被他们吓到的事情。最后,是詹姆斯先开口。

"但就是,"詹姆斯的声音在他旁边响起,"查理是对的。因为这就是我们的战斗,不是吗?不公平,但一直是我们的战斗。"

"哦,得了吧,"那个戴纹章戒指的人接着说道,"你以为你在说什么?战斗?你真的要和我们打吗?"

埃迪·弗兰克斯这时开始大笑,同桌的其他小伙子也跟着笑,酒吧里还有不少人在笑。天啊。天啊,他妈的天啊。该死的足球迷。这就是为什么查理从不看足球,这就是为什么他从不去看比赛。因为这只是表面上的东西,不是吗?只有民族主义和群体主义。而现在,他到底把他们带进了什么鬼地方?詹姆斯会没事吗?凯特会没事吗?当他们面对这么多人时,他怎么能好好照顾他们?

"就是嘛。"埃迪说道,现在他们周围的笑声一浪高过一浪,"我的意思是,你到底要做什么,你这个该死的派基残废?"

说话声和哄笑声爆发,但查理几乎没有听到。他过去的速度比他的大脑还快,一把抓住埃迪·弗兰克斯的足球衫,拳头举在他自以为是的脸上。

"你可以试试。"埃迪接着说道。

"查理!"他听到凯特的声音后抬头看了看她,她的手伸了出来,好像要跳到前面去,阻止他的指关节接触——尽管实际上她离得太远,什么也做不了。

只是她不必跳上前去,不是吗?她不必再靠近,因为他的拳头还没有砸到埃迪·弗兰克斯的脸上。他仍旧握着拳,紧紧地握着。她对他说"要聪明点",不是吗?"因为当我们不聪明的时候,会发生什么?这些人会赢。"现在每个人都在盯着。所有这些人都穿着同样的上衣,张着嘴,眼中充满恐惧,盯着他,好像他,查理,才是威胁,而不是英格兰之盾。他吞咽了一下,放下了拳头。

"我想让你再告诉我一次,"他说道,"你刚才叫我弟弟什么。"

"什么?"埃迪·弗兰克斯说道。

"再说一遍。"查理说道。

"你是在给我下命令吗?"

"再说一遍。"查理重复道,但埃迪保持沉默,回过头来盯着他,眼睛眯了起来。他不打算说,不会在这么多人的注视下说。

"该死的派基残废。"

但说话的不是埃迪·弗兰克斯。这句话从酒吧的整个楼层响起。说这话的是酒保。当然是那个浑蛋。啊,凯特是对的,不是吗?他早些时候就不应该把他惹毛。他可能整个晚上都在等着找借口把他们赶出去。

"该死的派基残废。"酒保又说了一遍,声音很大,语速很慢,每个字似乎都比上一个字更重、更难听。查理几乎已经放弃了整件事情,认为这是一场灾难,准备带着詹姆斯和凯特逃跑,以免事情变得更糟,这时酒保转向了埃迪·弗兰克斯。"继续,"

他对他说道,"你就是这么叫他的,不是吗?你为什么不承认呢?或者再仔细想想,你是不是觉得这么叫不怎么好听呢?"

查理的眼睛当时对上了詹姆斯的眼睛。他看起来和查理现在的感觉一样困惑。

"该死的,"埃迪·弗兰克斯说道,"这只是……我随口说说的。你不觉得你有点反应过度了?"

酒馆周围的人发出叹息、嘲笑和抱怨——虽然现在听起来不是所有人都那么有敌意。更多的是不确定。查理再次对上了詹姆斯的目光。他看起来很不确定,很兴奋。他的表情似乎在说,这该死的是怎么回事?查理决定冒这个险。他回头看了看埃迪·弗兰克斯。

"看,"他说道,"在你来之前,我们像其他人一样安静地喝酒,想过一个愉快的夜晚。"

"鬼才信。"埃迪·弗兰克斯说道,"你是来挑事的,你就是。因为这就是你们这些人的一贯做法。你们来到我们的社区,打架,偷东西,故意挑起该死的麻烦。天啊,只是看着你,说实话。就让我感到恶心。"

"我是对社区的威胁?"查理说道,"我?我和我的妻子以及我的弟弟?那你呢?这些人想度过一个美好的夜晚,庆祝一场足球比赛,而你却带着你该死的英格兰之盾附属团体进来开会了。"

"是的,但我也是来庆祝比赛的,不是吗?"埃迪·弗兰克斯说道,指了指他的纽福德城市队足球衫,"我来和我的朋友马修庆祝,就像在这里的其他人一样。"他朝酒保的方向挥了挥手,"因为你猜怎么着?"埃迪继续说道,"这是我的社区。不是你的。我是说,看看你。你对这个社区了解多少?滚出去。滚出我的视线。"

查理在考虑下一步该怎么做,他慢慢地吸了一口长气。埃

共有之地 | 343

迪·弗兰克斯试图激怒他，这一点很清楚，但他不能跟他对上。他们离混乱只有一线之隔，离他们三个人在医院的结局只有一线之隔，甚至可能与马丁一起。他知道他必须想办法让埃迪搬起石头砸自己的脚——但他该该死的怎么做呢？他们被酒保打断了。

"这不是你的社区，"他在说，"而且如果有人要离开我的酒吧，这由我决定，不是你。"

然后酒吧里的其他人也在点头，看来这些人都像绵羊一样容易受影响。而他现在走过来了，这个酒保，动作很有威严，就像一个知道自己有朋友诚邀，而且是在主场的人，毫无疑问——因为他当然不仅仅是酒保，查理当时意识到，他是老板。在他的生活中，查理见过很多疯狂的事情，被迷惑过，被背叛过，不得不改变他对他人的看法，次数之多，他都记不清了，但很少有事情能像这位老板接下来说的那样让他吃惊。

"你是个耻辱，就是你，"他对英格兰之盾的人说，现在就在他们面前，与埃迪·弗兰克斯对视，"我的儿子会因为有你们这样的人支持他的球队而感到羞耻。滚出我的酒吧。你们是纽福德城市队的耻辱。"

这时，有人开始鼓掌，声音很大，从酒吧的另一头，从门边。其他人也开始鼓掌，查理向对面看去，看看是谁先开始的。他不得不阻止自己笑出声来。他不得不阻止自己说脏话或大喊大叫，或做一些会毁掉整个微妙的平衡的该死的怪事——因为那个人是斯坦，正向他点头致意，现在站在椅子上，带头鼓掌。说实话，查理没想过他会来。或者说，他不确定天平会偏向哪一边。在伦敦时，似乎总是有两个斯坦。一个是他认识的，另一个是全新的版本，一个看似冷酷、遥远、属于另一个世界的斯坦。有时候查理会想——尤其在此之后漫长的那几周里，还有跟霍兰德打完拳击赛后——他想他是不是在欺骗自己，这位旧友已经变了，再也变不回原样，而且根本不关心他。他想过，是否那篇文章的事完全是瞎搞，斯坦根本没有当回事。但是，那晚在啤酒屋外的人行道上，如果斯坦把这些都当作儿戏，为什么他还会在那里一直等呢？

现在，斯坦不再看向查理，反而盯着埃迪·弗兰克斯，他的眼神让查理惊讶，还是像往常一样温和。然后还有埃迪·弗兰克斯。他像见鬼似的盯着斯坦。很快，查理就在想这种表情究竟意味着什么，因为斯坦现在在喊着什么——甚至是吟唱。唱歌，几乎是。用熟悉的《共和国战歌》的曲调唱着什么。虽然有几个人站起来，把椅子往后推，摇摇头，明显神色厌恶地走向门口，但他周围的大多数人都唱了起来。到底唱的是什么？斯坦唱的是什么，能引起这样的反应？

> 你是纽福德城市队的耻辱，
> 你是纽福德城市队的耻辱，
> 你是纽福德城市队的耻辱，
> 还有你的朋友……

一首足球的助威歌。但是，天哪，这太妙了！为什么他没有想到呢？为什么他没有想到这一点？这个国家的人他妈的喜欢足球口号，稍加提示，他们便会在任何情况下随口唱出来，不管说了什么，也不问任何问题。斯坦·高尔，你是个天才，他想向所有的人喊话，几乎所有留在酒馆里的人现在都站起来，跟着唱。

> 你是纽福德城市队的耻辱，
> 你是纽福德城市队的耻辱……

共有之地 | 345

他跳上一把椅子,加入他们——大喊大叫,唱出了奇迹中的奇迹,这些话就像这些人在真正的足球比赛中唱出的那样昂扬,埃迪·弗兰克斯和他的手下仍然在那里,没有离开的迹象,尽管现在很明显他们不受欢迎。他们站起来了,事实上,他们很警觉,眼睛到处看,好像他们八个人可能会跟酒吧里的所有人对上。查理回头看了一眼斯坦。他仍然站在他的椅子上,仍然在高呼"你是纽福德城市队的耻辱",好像这才是最重要的。这时,斯坦对上了查理的目光,他在空中举起了拳头。查理笑了笑,举起了拳头……然后他有了一个绝妙的主意。

埃迪·弗兰克斯和他的伙伴们可能仍然不为所动,但他们现在看起来更警惕了,几乎是怯懦的,那个戴着纹章戒指的新成员非常害怕,眼神到处乱瞟,显然在寻找出去的路。只需要再推一把,一个明确的举动,就能把形势反转。他最后看了一眼凯特——她现在正望着他,看他,他不禁注意到,她已经很多年没有这样做了,可能从他们第一次见面后就没有了——他伸手抓住埃迪·弗兰克斯的纽福德城市队足球衫的领子。埃迪抬起头,转过身来,准备把衣领抢回来——但他已经分心了,被屋子里其他地方的骚动惊到了,而且无论如何,查理对他来说太快了。他一扯一拉,腋窝下的缝线处绷了,只听到轻微的撕裂声,他就把埃迪·弗兰克斯的衬衫扯了下来,往上扯到他头上。酒吧里现在一片哗然,人们欢呼,吹口哨,大笑,詹姆斯在那里看着,眼睛闪闪发光,埃迪·弗兰克斯脸上泛起了红晕,他发现自己就像这样,刚刚还不胜自大的种族主义者被剥掉了铠甲,在这么多笑着的人面前展示着自己的肚子。他的"社区",他之前这么称呼他们。你不由得为他感到遗憾。

"好吧,"埃迪最后终于道,"我们走。你现在高兴了吗?我们走。"

这得到了全场的嘲笑和欢呼。

"走吧，朋友，"一个英格兰之盾的老家伙说道，然后把一只手放在埃迪汗涔涔的肩膀上，"别担心了。他们都喝醉了。任何人都可能碰到这种事。我们走吧。"

不过，埃迪甩开了他。"去你的，别对我说教。"他对那个老家伙说，"别以为我没注意到。你总是认为自己更懂。"然后他向门口走去，人们让开，让他和其余的人通过，但仍旧大声清晰地唱。

> 你是纽福德城市队的耻辱，
> 你是纽福德城市队的耻辱，
> 你是纽福德城市队的耻辱，
> 还有你的朋友……

查理一边想，一边望着老板——他现在已经回到了他的吧台，正在擦拭水龙头，甚至听到所有的欢呼声和掌声后眼睛都不抬一下，现在这种声音席卷了他的酒吧，因为英格兰之盾终于走出了前门——这真的很令人惊讶。就在你以为一切都完了的时候，人们仍然有能力给你带来惊喜。

共有之地 | 347

45

"好吧。"查理说道,他现在出现在斯坦面前,穿过纽福德城市队的人群,自从埃迪和他的手下走后,所有的人现在都冷静下来了,分成各自的小团体,拍打着老板马修的背,在他们的桌子前坐下。问题是,他一开始几乎没有认出查理来,尽管距离他最后一次见他还没有几个月。那时,他似乎是一个被打垮的人——在比赛之后,字面意义上的被揍趴下了。但他现在看起来更敏锐、更年轻。有那么一刻不再熟悉,但不知为何,更像多年前斯坦第一次见到的那个男孩,他曾在戈肖克公共绿地上停下来帮他修自行车。

"好吧。"斯坦回道,"这还不算太坏,是吗?"

斯坦笑了起来。"我想可以这么说。"

"我不确定你会来。"

"我当然会来。"

查理点点头,有那么一刻看上去十分严肃。"我很高兴你来了。"然后他又说,"喝一杯吗?"他说着朝吧台点点头。

"我以为你戒了?"

"姜汁啤酒总能喝的。"

"啊,为了怀旧。"

他们走到吧台。酒吧里的气氛仍然很热烈,人们在他们经过时向他们微笑和点头。

"请来一品脱红爵啤酒。"斯坦对马修说道,"还有一杯姜汁啤酒。"

"谢谢你,朋友。"查理插了进来,往吧台后的马修伸出一只手,"对不起,我之前对你态度不好。你刚才真棒。"

马修耸了耸肩。"不算什么,"他说道,尽管他还是和查理握了手,"只是出于普通的礼貌。我不知道他们在我的酒吧里喝酒。"

"他们每次都在不同的地方见面,"查理说道,"反正我弟弟是这么说的。"

"对,"马修边说边给斯坦倒了一品脱,"所以下次会有其他可怜的浑蛋来修理他们。某个还不知道的人。"

"我想就是这样。"查理说道。

"我不喜欢这样,你知道,"马修说道,把斯坦的一品脱酒放在吧台上,"你在新闻上、在街上都会看到。现在,各种说法都让人难以置信。敌对的环境,所有这些。这真的是一种耻辱,这个国家的发展趋势。"他摇了摇头,然后转身去冰箱拿查理的姜汁啤酒。

之后,他们带着饮料回到桌前,与詹姆斯和凯特会合。

"人不错,那家伙。"斯坦边走边说。

"是的,但他说得挺对的,不是吗?"查理说道。

"我不知道,"斯坦说道,"你看到了刚才发生的事情。我认为还是正常人多,总的来说,还是正常的。"

查理耸了耸肩。"也许吧。真的,我认为他们大多只是喜欢被领导。"

凯特看起来也好多了,与在伦敦时相比,她没有那么多紧张和担忧了。她把头发留得很长,这很适合她。詹姆斯看起来没什么变化——只是也许,斯坦想,看起来至少略微高兴了一些。比起以前他看到他的场合。他们两个互相点点头，还说了句"好吗？"，好像他们是朋友一样。

"你们知道吗？"当他们都在桌边坐下后，斯坦告诉他们，"我和那个人是同学。穿足球衫的那个。他是曾经在操场上殴打我的那群人中的一个。"

查理差点被他的姜汁啤酒呛到。"该死的，朋友。我觉得他看你的眼神有点怪。他是那个住大房子的人吗？"

"不，"斯坦说道，"不是那个人。不过是他的伙伴。"

"老天，"查理说道，"小地方。你最终会认识所有人，甚至法西斯分子。"

"就是这样。"斯坦说道。

"不可思议。"詹姆斯说道，"不过我打赌，当我们这么跟别人说时，几乎没有人会相信。我打赌马丁也不会相信。"

"我把它拍下来了。"凯特说道。他们都转过身来看她。

"你什么？"查理说道。

"我拍下来了，"她说道，"用我的手机。拍下了整个过程。"

"该死的，"詹姆斯说道，"然后我们就可以给马丁看了。然后——我不知道。我们应该把它放在网上。"

"我就是这么想的。"凯特说道。

"他妈的，"查理说道，"这很棒，你知道。你真聪明。"他伸手去抓凯特的手。

"哦，别摆出那副表情。"她说道，但她在笑。

"你应该这么做。"斯坦说道，"人们需要看到。关于这个国家如何能够变得更好的草根例子。"

"听听，"查理说道，"大学政治先生。"

"是真的。我是对的。"

"我知道你说得对。"查理说道,"只是你说话的腔调。"

詹姆斯听到这话笑了,过了一会儿,斯坦也笑了。

*

"我有个想法。"斯坦后来对查理说,当时凯特和詹姆斯正略带醉意地热烈讨论谁是今年《英国烘焙大赛》最有前途的参赛者。

"一个想法?"查理说道,"这倒是头一回。"

"闭嘴,"斯坦说道,"我认真的。你看,我正在和《纽福德回声报》的人联系,他们说过或许能合作一些文章。

"《纽福德回声报》?该死的,你知道我都已经忘记它叫这个名字了吗?那份标题都是关于教堂庆典和垃圾收集的报纸?"

"他们说他们正在寻找投稿。"斯坦说道,"寻找政治倾向性更强的作品。我给他们打电话时,他们是这样说的,要有更多活力的东西。"

查理哼了一声。是的,但就我所知,多一点活力可以有很多解读。可能意味着当地最富传奇色彩的爱猫女士或其他什么的介绍文章。

"是的,但可能不是。他们可能真的是认真的,说要更加政治化。"

"你的意思是?"查理眯起眼睛。

斯坦向整个酒吧打了个手势,向周围所有仍在笑着聊天的人。"这个怎么样?刚才发生的事情?那是政治性的,不是吗?"

"老天,斯坦。"查理说道,"认真地说,不要再聊你的论文素材了。"

"但我真的认为这可能有用。"斯坦说道,"听我说,查理。

我认为他们会接受的。"

"不,他们不会。而且,我甚至不知道我是否想让他们报道。事情总是以扭曲的方式结束。会发生一些事情,让詹姆斯看起来——我不知道。我想,像一个受害者。这样,我看起来也像一个受害者。"

斯坦喝了一口他的啤酒。"如果是由你来写呢?"他接着说道。

"什么?"

"我是认真的。如果你写这篇文章呢?我认为你应该写。"

查理盯着他看了很久,然后把目光移开,微微一笑,把这个想法抛诸脑后,仿佛这是一个没有完全击中他笑点的笑话,但他还是很有礼貌地尝试微笑。

"我是认真的,查理。"

"不,你不是。"

"为什么不呢?"

"因为他们不会刊登。吉卜赛人的新闻不畅销,你的老板说过,不是吗?"

"不,但是这个……牵涉到这些人,当然会大卖。"斯坦一手扫过酒吧里所有的人,他们仍旧穿着当地球队的颜色。"如果这段视频火了,当然会大卖,这真的很有可能,"他说道,在已经开始表示怀疑的查理面前抢话道,"然后还有一件事就是,如果你写了,这将是与《回声报》以往的内容完全不同的东西。真正了不起的东西。考虑一下吧。请想一想。"

查理张了张嘴,似乎想说些什么,一些否定、反驳的话——但随后他喝了一口姜汁啤酒,非常干脆而果断地把杯子放在他面前的桌子上,然后用袖子擦了擦嘴。

"好吧,"他说道,"好吧。我会的。我会考虑的。"

46

纽福德城市队球迷高声歌唱,将种族仇恨团体赶出了当地酒吧——查理·威尔斯报道。

"漂亮。"斯坦看着那天的报纸说道。他们盘腿坐在草地上,报纸在他们之间摊开。

"你可以再说一遍。"查理说道,伸了个懒腰,调整了他的太阳镜,"这真他妈的不可思议。"

"并没有,"斯坦说道,"没什么不可思议的。或者说本不该是。当你好好想想时。"

查理抬头看他,似乎想争辩,然后说——"是的,实际上。你说得很有道理,朋友。"

恰到好处的秋意,完全符合九月的气候,公共绿地上明快多彩。低悬的金色阳光穿透正在变色的叶子,而草地还没从夏天恢复过来。

"我不知道。我还是很惊讶他们发印了。"查理说道。

"他们确实想要更多活力,我想。"

"是的。"查理说道,透过墨镜望着斯坦,"但我仍然认为它可能有很多种解读。你读过这份报纸的其余内容吗?"他拿起报纸,开始翻阅。"当地茶叶店老板说,计划中的万圣节装饰将污染公众的眼睛?还有农夫对萝卜的意外胜利感到高兴?这怎么会出

共有之地 | 353

现在头版?

"我以为你喜欢这些东西。"

"哦,我知道,"查理说道,"在这一切之下。或者至少可以说……我与它的关系很复杂。"

"好吧,"斯坦说道,"你把它给其他人看了吗?"

查理点了点头。"今早,是的。甚至给马丁看了。"

"对了,"斯坦说道,"他怎么样了?"

"出院了,"查理说道,"和以前一样浑蛋。"

"为什么?他说什么了?"

"从没想过你有这能耐,但我想这并不坏。"

"该死的,"斯坦说道,"那是什么意思?"

"我认为他实际上喜欢这篇文章。"查理说道,"可能只是不想让我大摇大摆,洋洋得意。"

"老天,"斯坦说道,"他从不松懈,是吗?"

查理笑了起来。"是啊,好吧。他在做他认为对我和其他人都好的事。我明白这一点,你知道的。他住院时,我弄明白了。我一直在对他生气,然后我现在看东西的角度变了,不知道为什么。一切都没那么简单。"

然后,斯坦想到了某件事。"我又去见我妈了,你知道的。"他告诉查理。

"真的吗?"查理说道,"我正想问,你回来的这几天有没有去见她。"

"我是说初夏的时候。"

"好吧。然后你就再没回去过了?"

"没。"斯坦说道,"只是……她是我妈,查理。我关心她,当然了。我忍不住要关心她。就像你所说的马丁那样。我想她还在以某种扭曲的方式,做她认为对的事。"

"发生什么事了?"

斯坦看了看他,然后又看向别处。"说实话?你大概不想知道。"

"为什么?"查理在草地上坐得更直了些,"和我有关吗?"

斯坦没有回答。

"妈的。就是和我有关,对不对?"

"我们的确提到你了,不知道为什么。"

"老天。她还记得我,我真觉得荣幸。她说了什么?"

斯坦只是耸耸肩。

"好吧,"查理说道,"我明白了。"

"我走了出去,查理。我没听她的。"

查理点点头,低头看着他边上的一块草皮,开始揪那一块的草,一边拔野草一边说道:"我见过她一次,你知道的。正式见面。你那时候住院,掉下屋顶后还昏迷着。"

"她从没说过。"

"是啊,好吧。"

"发生什么事了?你们聊什么了?"

"主要是,她告诉我,我不能再跟你做朋友了。还有——好吧。我当时十六岁。在那之后,差不多逃跑了。"

"查理。我完全不知道。"

"但是,是啊,就像你说的,朋友。我想她的确……看上去在努力,某种程度上。就好像过去她经历了一些不好的事,延续至今。"

"你很宽容。"斯坦说道。

查理几乎要笑出来。"我尽量。"

共有之地 | 355

"但是,"斯坦继续道,"我该怎么办呢?她以某种糟糕的方式尽她所能,但那是否意味着她说的和她想的其实没那么糟?我甚至不确定,这么做让事情更糟了。"

"说实话,朋友?我不知道。我想家人就是这样的,有时候。"

然后,他们沉默地坐了一会儿,望向大片的草地和树木。

"不过,既然你来了,你还会见她吗?"查理最后问道。

斯坦耸耸肩。"你知道的,"他说道,"我还是坚持这点,家人不一定是指生来就在你身边的人。他们可以是你选择在一起的人,比血缘之类的东西更重要。"

查理嗤笑了一声。"那是暗示吗?"他说道,"你现在想忽悠我做你的家人,是吗?"

斯坦听了抓起一把草朝他扔去,查理则扔出一根树枝。然后,斯坦又抓了满满一把草回击,查理则撕下报纸的一页,团成球,朝斯坦的额头砸去。他们二人望着纸团滚开去,穿过蒲公英,沿着缓坡而下。接着,斯坦伸出手,抓住纸团,重新把它展开。

"园艺中心的英雄众筹成功。"他念道。

查理一开始笑了出来,然后他的笑声淡去,他的视线移至还摊在他眼前的报纸的残余。

"我希望这的确对他们造成了影响。"他说道。

"对谁?园艺中心的英雄?"

"不是。是英格兰之盾。我希望这篇文章改变了一些事。我希望它做出了实际的影响。"

"是啊,"斯坦耸耸肩,"好吧。我想我们得等待一段时间再看。"

查理卷起报纸，塞到腋下，然后跳了起来。"你现在回镇上吗？"他问斯坦。

"我想再待一会。"斯坦告诉他，"我的火车还有一小时才到。"

"好吧。"查理说道，看看他的手表，"我得走了。不想让凯特一个人在车里待太久。"

"为什么？她还好吗？"

"哦，她很好。只不过警察一直过来，想让我们离开。看上去委员会现在又有新权力了。或许最近的警察办事更勤快了，谁知道呢。我是说，凯特一个人没问题，但是，我还是不想留她一个人应对。"

斯坦也站了起来，拍拍牛仔裤上的尘土。"我可以做什么吗？"他说道，"来帮忙？"

"我到时候会告诉你的。"查理说道，"只是——这次别再搞消失了啊，行吗？"

斯坦忍不住微微皱起脸。"不会，当然不会了。"

"好样的。"

斯坦对着午后的阳光眯起眼，目送他的朋友穿过草坪，走到小路上——直到突然间，他发现自己觉得不能就这么让查理走了，这种感觉难以解释，出于某种难以名状的原因，他必须让他停下，即便就停下那么一会儿，在阳光和他们之间的距离把他完全变成剪影前。

"Nae pasaran。"他在查理身后喊道，听上去几乎像个问句。

查理听到他的声音后停下了，他转身，朝草坪另一头的斯坦喊去："老天，朋友。你太肉麻了，你知道吗？"不过，他在微笑。"Nae pasaran，"他接着说道，"这下你开心了吧？"

共有之地 | 357

查理举起拳头，斯坦也照做，有那么一刻，围绕在他们身边的整个世界——从他们俩站的位置延伸开去，在戈肖克公共绿地上，在午后的阳光里——变得更好，更明亮，更友善了。

致 谢

十分感谢我的经纪人彼得·施特劳斯、伊莱莎·普罗登、史蒂文·爱德华兹、劳伦·拉鲁尤，以及所有在罗杰斯、科律治和怀特出版社（Rogers, Coleridge and White）工作的出色的人们，还有ICM的莫利·阿特拉斯。万分感谢我才华横溢的编辑玛丽-安·哈灵顿，感谢艾米·珀金斯，感谢耶迪·兰布雷切茨设计的美丽封面，以及所有在火种出版社（Tinder Press）工作的人们。十分感谢哈里特·埃弗里在我最需要的时候给了我宝贵的反馈意见，感谢尼尔·安赛尔提供的建议、洞见和支持。感谢艾薇·曼宁百忙之中与我讨论，提出了大有裨益的建议。感谢德米安·勒·巴斯百忙之中与我讨论。总体而言，我在《共有之地》中提到的所有与罗姆人和旅行者团体相关的人都十分友善，给予了我莫大的帮助——非常感谢你们，我希望你们喜欢这本书，同时，书中如有错误、偏颇之处，恳请原谅。非常感谢我在伦敦、诺里奇、巴斯和全球各地的好朋友。谢谢 Mr B's Emporium 书店的尼克和朱利亚特给予我的支持和正能量，当然，我还非常感谢 Mr B 书店的所有人——尤其感谢爱德·斯科特兰告诉我 nae pasaran 和东基尔布莱德的故事。万分感谢纳亚姆、奥菲、特里和埃琳娜·麦克斯威尼的支持和微冒险的灵感。感谢我所有在东英吉利亚大学的老师和朋友，谢谢瑞贝卡·斯托特在我开始这一项目时，为

共有之地 | 359

我提供的环境优美的住所。感谢我成长过程中遇到的所有超赞的英语和戏剧老师。非常感谢诺布尔一家——当然我最感谢、最爱的是本·诺布尔,还有谢谢我的父母,洛娜和石黑一雄。

Naomi Ishiguro
COMMON GROUND
Copyright © Naomi Ishiguro 2021
This edition arranged with ROGERS, COLERIDGE & WHITE LTD. (RCW) through Big Apple Agency, Inc., Labuan, Malaysia.
Simplified Chinese edition copyright:
2024 SHANGHAI TRANSLATION PUBLISHING HOUSE
All rights reserved.

图字:09-2022-0049号

图书在版编目(CIP)数据

共有之地 / (英)石黑直美著;邹欢译. — 上海:上海译文出版社,2024.7
书名原文:Common Ground
ISBN 978-7-5327-9518-5

Ⅰ.①共… Ⅱ.①石…②邹… Ⅲ.①长篇小说-英国-现代 Ⅳ.①I561.45

中国国家版本馆CIP数据核字(2024)第106164号

共有之地
[英]石黑直美 著 邹欢 译
责任编辑 / 吴洁静 装帧设计 / 柴昊洲 封面插画 / CiCiSuen

上海译文出版社有限公司出版、发行
网址:www.yiwen.com.cn
201101 上海市闵行区号景路159弄B座
徐州绪权印刷有限公司印刷

开本 787×1092 1/32 印张 11.5 插页 5 字数 191,000
2024年7月第1版 2024年7月第1次印刷
印数:0,001—5,000册

ISBN 978-7-5327-9518-5/I·5956
定价:58.00元

本书中文简体字专有出版权归本社独家所有,未经本社同意不得转载、摘编或复制
如有质量问题,请与承印厂质量科联系。T:0516-83852799